천년의 기도

A Thousand Years
of Good Prayers

A THOUSAND YEARS OF GOOD PRAYERS

천년의 기도

A Thousand Years
of Good Prayers

이윤 리 소설
YIYUN LI
송경아 옮김

학고재

차례

잉여인간

린 할머니는 스테인리스 스틸 도시락통을 들고 11월의 오후 거리를 걷고 있다. 도시락통 속에는 공장에서 발급한 공식 증명서가 있다. 그 증명서에는 번쩍거리는 금색 글자로 이렇게 쓰여 있다.

"이로써 우리는 린 메이 동지가 베이징 홍성 의류공장에서 명예로이 퇴직했음을 확인한다."

하지만 홍성 의류공장이 파산했다거나 린 할머니가 명예로이 퇴직하는 바람에 연금을 받지 못하게 되었다는 사실은 절대 밝히지 않는다. 그건 진실이 아니기 때문이다. 파산은 국영기업에는 맞지 않는 용어다. 그들은 소위 '내부 재편성'이란 말은 슬그머니 빼버렸다. 명심해야 할 것은, 린 할머니의 연금은 일시적으로만 지급이 정지되어 있다는 점이다. 얼마나 오래 정지될 거라는 언급은 전혀 없다.

“가다가 산과 마주칠 때도 있지만 그래도 언제나 길이 생기는 법이에요.”

왕 아줌마가 린 할머니의 처지를 알고는 한마디 거든다.

“그리고 길이 있는 곳마다 도요타가 있습니다.”

도요타의 광고 문구 두 번째 줄이 무심결에 할머니 입에서 튀어나온다.

“거봐요, 린 할머니. 난 할머니가 낙천적인 분인 줄 알고 있다니까. 계속 긍정적인 태도를 갖고 있으면 할머니도 그 뭐냐, 도요타를 찾을 수 있을 거예요.”

그러나 저축해둔 돈은 계속 줄어드는데 도대체 어찌한단 말인가? 며칠 동안 린 할머니는 더하고, 빼고, 나누어본 후 1년 안에 돈이 바닥날 거라고 짐작한다. 가끔 한 끼씩 건너뛰고, 해가 지자마자 잠자리에 들고, 중국 북부의 긴 겨울 내내 배고픈 난로에 조개탄을 더 집어넣지 않아도 될 만큼 따뜻하게 껴입을 수만 있다면 2년은 갈 것이다.

“걱정 마요.”

시장에서 만난 왕 아줌마는 린 할머니가 저녁거리로 산 무한 개를 내려다보면서 말한다. 할머니의 두 손바닥에 있는 무는 부처님만큼이나 통통하다.

"누구 하나 잡아서 결혼하면 되잖아요."

"결혼을 해?"

린 할머니는 말하고 얼굴을 붉힌다.

"어리숙하게 그러지 말아요, 린 할머니. 연세가 어찌 되세요?"

왕 아줌마가 말한다.

"쉰하나."

"나보다 젊네! 난 쉰여덟이지만 당신처럼 구식은 아니라우. 그거 알아요? 이제는 젊은 사람들만 결혼하는 세상이 아니에요."

"놀리지 마시우."

린 할머니가 말한다.

"진짜예요, 린 할머니. 도시에는 늙은 홀아비들이 아주 많다오. 돌봐줄 사람을 찾는 돈 많고 성치 않은 사람이 있을 거라고요."

"내가 노인 돌보는 사람 자리를 찾을 수 있다는 말이우?"

린 할머니가 묻는다. 왕 아줌마는 한숨을 쉬더니 린 할머니의 이마를 손가락으로 콕 찌른다.

"머리를 써봐요. 돌보는 사람이 아니라 마누라라니까. 그러면 최소한 남편이 죽을 때 돈을 좀 물려받을 수 있잖아요."

린 할머니는 숨을 몰아쉰다. 평생 남편과 살아본 적도 없는데 죽은 남편이라니, 생각만 해도 겁이 덜컥 난다. 그러나 왕 아줌마는 두 생선 가게 사이에서 당장 할머니의 편안한 여생을 위해 미리 준비라도 해둔 듯이 결혼 상대를 찍어준다.

"일흔여섯. 고혈압에 당뇨가 있고, 마누라가 막 죽었어요. 침실 세 개짜리 공동주택에서 혼자 살고 있고요. 연금은 한 달에 2천 위안. 아들은 둘 다 결혼했고 공무원으로 쏠쏠하게 돈을 벌고 있어요."

왕 아줌마는 말하다가 린 할머니가 시큰둥하자 놀란다.

"이봐요, 린 할머니, 어디 가서 이렇게 좋은 남편감을 찾을 수 있겠어요? 그 노인은 곧 죽을 거고, 아들들은 아주 부자니까 유산을 할머니한테 조금 떼어준다고 아까워하지는 않을 거예요. 내 말 들어요. 결혼 상대로는 안성맞춤이라니까. 중매쟁이들이 뻔질나게 들락거려서 그 집 문지방이 닳을 지경이랍니다. 하지만 그 사람들은 할머니한테만 관심을 보이고 있어요. 왜냐고요? 할머니는 결혼한 적도 없고 아이도 없으니까요. 그건 그렇고 린 할머니, 왜 결혼은 안 했던 거예요? 한 번도 그 이유를 말해준 적이 없잖아요."

린 할머니는 입을 닫으려다 이윽고 대답한다.

"그냥 그렇게 되었어요."

"싫으면 말해주지 않아도 돼요. 어쨌거나 그 사람들은 아이들과 손자들이 떼거지로 있는 사람은 바라지 않아요. 나라도 그런 양어머니는 믿지 않겠어요. 그런 여자는 자기 아이들 주려고 노인네 돈을 훔칠지도 모르는 법이거든. 하지만 할머니는 최고예요. 내가 그 사람들한테 말했어요. 세상에 정직한 사람이 하나라도 남아 있다면 그건 린 할머니 당신이라고. 뭘 주저해요?"

"그 사람들은 왜 돌봐줄 사람을 고용하지 않지요? 길게 보면 그게 더 싸게 먹힐 텐데."

린 할머니는 곧 자기의 의붓아들이 될지도 모를 두 사람을 생각하면서 묻는다.

"가정부를 한다는 어린 여자들이 어떤지 몰라요? 게으르고 돈을 훔치지요. 그런 여자는 남편도 훔쳐가요. 그년들은 노인들이 하루 종일 자기 오줌 속에 앉아 있게 내버려둔다우. 그런 여자를 고용해요? 어휴, 더 빨리 죽으라고 등 떠미는 꼴이지 뭐요."

린 할머니는 늙은 여자를 마누라로 두는 편이 현명한 선택이라는 데 동의할 수밖에 없다. 왕 아줌마와 함께 린 할머니는 두 아들 부부 앞에서 면접을 본다. 한 시간 동안 질문을 한 후, 두 아들은 눈을 맞추고 린 할머니에게 생각할 시간이 더 필요한지 묻는다. 그리 많이 생각해보지도 못한 채, 그녀는 일주일 안에 새집으로 이사한다. 남편인 탕 노인은 생각보다 상태가 좋지 않다.

"알츠하이머예요."

한 며느리가 결혼식 피로연에서 린 할머니에게 말한다.

린 할머니는 그 병이 무엇인지는 모르지만 머리와 관련이 있나보다 생각하며 고개를 끄덕인다. 그녀는 양손으로 남편을 부축해 탁자에 앉히고 그의 턱에서 떨어지는 침을 닦아낸다.

린 할머니는 마누라이자 어머니 그리고 할머니가 되었다. 자기 생애의 어느 해부터 사람들이 자신을 린 아줌마가 아니라 린 할머니로 부르게 되었는지 기억할 수 없다. 사람들은 결혼하지 않은 여자들은 나이를 빨리 먹는다고 믿는다. 사실 그건 문제가 되지 않는다. 린 할머니는 그런 호칭을 기꺼이 받아들이고 있기 때문이다.

매주 두 아들 중 한 명이 들러 탕 노인을 살펴본 후, 한 주일을 지내기에 충분한 돈을 남기고 간다. 탕 노인은 조용히 창가 의자에 앉아 바닥 없는 침묵에 빠져 있다. 이따금 린 할머니에게 자기 마누라가 어디 있느냐고 묻는다. 린 할머니는 두 아들이 하라는 대로 그의 아내는 병원에서 건강을 되찾고 있으며 곧 집에 돌아올 거라고 대답한다. 그러나 대답을 듣기도 전에 탕 노인은 질문 자체를 잊어버리는 것 같고, 린 할머니의 말을 들었다는 시늉도 없이 다시 명상에 잠긴다. 그녀는 결코 나오지 않을 다음 질문을 기다리다 결국 포기한다.

그녀는 텔레비전의 볼륨을 높인 다음, 늙은 몸을 이끌고 집 안을 돌아다니며 먼지를 떨고 바닥을 쓸고 닦고 씻는데, 집안일을 끝내는 시간은 매일 더 빨라진다. 낮에는 소파에 앉아 일일연속극을 본다. 전에는 채널을 돌릴 때마다 방을 가로질러 가야 했다. 그 12인치 텔레비전(두 개의 철사 조각으로 만든 안테나로는 모두 여섯 개의 채널밖에 볼 수 없었다)과는 달리 탕 노인의 텔레비전은 수십 개나 되는 채널이 모두 조그만 리모컨에 꼬박꼬박 복종한다.

이제는 채널을 마음대로 선택할 수 있게 되었을 뿐만 아니라 손가락만 까딱해도 다른 프로그램을 볼 수 있어 어지러울 정도로 신기하고 편리하다. 하지만 린 할머니는 그 기계가 별 소용이 없다는 것을 금세 깨닫는다. 무슨 프로그램을 보고 있든 간에, 더 재미있는 것을 놓치고 있을지도 모른다는 불안감이 끈질기게 따라붙는다. 새로운 생활을 한 지 며칠이 지나, 린 할머니는 지난 10여 년 동안의 텔레비전 중독에서 벗어났다는 것을 깨닫고 어리벙벙해진다. 결혼이란 그렇게 짧은 시간에 오래 묵은 습관을 바꾸어버릴 정도로 혁명적인 힘을 가진 것인가?

린 할머니는 한숨을 쉬고 텔레비전을 꺼버린다. 탕 노인은 방에 넘쳐흐르는 침묵을 알아채지 못한다. 사실 텔레비전을 비난할 일은 아니다. 린 할머니가 집중할 수 없는 이유는 바로 탕 노인의 존재 때문이므로 그녀는 옛날 잡지를 집어 들어 얼굴을 가리고 탕 노인을 살짝 엿본다.

10분, 20분, 린 할머니는 계속 바라보지만 노인은 고집스레 그녀와 시선을 마주치지 않는다. 혹시 탕 노인은 멀쩡한 게 아닐까……. 그는 린 할머니가 거기 있음을 알고, 그녀를 은밀히 관찰하고 있다. 54년 동안 곁을 지켜온 아내가 영원히 자기를 떠났고 린 할머니가 새 아내라는 것을 안다. 하지만 그녀를 인정하지 않는다. 그는 정신 나간 사람처럼 가장하고 그에 맞춰 린 할머니가 고용된 간병인처럼 행동해주길 바란다.

그러나 린 할머니는 양보하지 않기로 한다. 그는 남편이고, 자신은 아내다. 결혼 증명서를 베개 아래 간직해두었다. 만약 탕 노인이 인내심을 시험하고 있다면 기꺼이 인내심을 증명해 보이리라. 이건 린 할머니가 이기게 되어 있는 술래잡기다. 그녀는 잡지를 내려놓고 대담하게 탕 노인의 얼굴을 들여다보면서 눈싸움에서 이기려 한다. 처음 몇 분이 급기야 한 시간이 되자, 갑자기 린 할머니는 자기도 정신이 나가고 있는지도 모른다는 두려움을 느껴 퍼뜩 깨어난다.

그녀는 소파에서 어렵사리 일어나 관절의 미세한 삐걱거림을 느끼며 몸을 쭉 뻗어본다. 탕 노인을 내려다본다. 여전히 동상 같다. 정말로 아픈 사람이야, 하고 생각한다. 갓 태어난 아이처럼 무력한 탕 노인을 근거 없이 의심한 것에 부끄러움을 느낀다. 그녀는 재빨리 부엌으로 걸어가 우유 한 잔을 갖고 돌아온다.

"우유 마실 시간이에요."

린 할머니는 탕 노인이 목으로 우유를 넘기기 시작할 때까지 뺨을 두드리며 말한다.

하루에 세 번, 린 할머니는 탕 노인에게 인슐린 주사를 놓아준다. 그때만 탕 노인에게 남아 있는 생명의 섬광을 포착할 수 있다. 그의 팔에 바늘을 밀어넣으면 근육이 놀란 듯 움찔거린다. 때때로 바늘을 뺀 후에 생기는 작은 핏방울을 그녀는 솜뭉치 대신 손끝으로 닦아내는데 그 피가 자기 몸으로 스며들고 있다는 이상한 느낌이 들어 혼미해진다.

린 할머니는 하루에도 몇 번씩 탕 노인을 목욕시킨다. 아침과 자기 전에, 그리고 노인이 오줌이나 똥을 싸면 언제나. 개인 욕실은 린 할머니가 결혼생활에서 제일 좋아하는 것이다. 일평생 녹슨 샤워 꼭지에서 떨어지는 미적지근한 물을 차지하려고 공중목욕탕에서 미끌미끌한 육체들과 싸우곤 했다. 이제 온전히 혼자 쓸 수 있는 욕실을 가졌으니 그것을 이용할 기회를 절대로 놓치지 않는다.

탕 노인은 린 할머니가 알몸을 본 유일한 남자다. 그를 처음으로 벗겼을 때, 그녀는 엷어지는 덤불 속에 자리 잡은 페니스를 훔쳐보지 않을 수 없었다. 젊은 시절에는 그게 어떤 모습이었을지 궁금했지만, 곧장 마음속에서 그 불결한 생각을 쫓아버렸다. 그 연약한 벌거숭이를 보고 있자니 한 번도 경험해

본 적 없던 부드러움이 가슴에 차올랐고, 그때부터 린 할머니는 어머니 같은 손길로 그의 몸을 돌보았다.

2월 어느 늦은 저녁, 린 할머니는 탕 노인을 욕실 한가운데 있는 플라스틱 의자에 앉히고 그의 잠옷을 벗긴다. 노인은 할머니가 이끄는 대로 그녀의 어깨에 머리를 기대고 팔을 구부린다. 그녀는 눈에 물이 들어가지 않도록 노인의 이마에 한 손을 대고 샤워기로 몸에 따뜻한 물을 뿌려준다.

린 할머니가 마루에 쪼그리고 앉아 탕 노인의 다리를 주물러주고 있는데 그가 손바닥으로 어깨를 건드린다. 돌아보니 그녀의 눈을 들여다보고 있는 게 아닌가. 할머니는 비명을 지르고 등을 돌린다.

"당신은 누구요?"

탕 노인이 말한다.

"탕 할아버지, 당신이에요?"

린 할머니가 말한다.

"당신은 누구요? 왜 당신이 여기 있지?"

"난 여기 살아요."

린 할머니가 말한다. 탕 노인의 눈에서 예사롭지 않은 또렷한 빛을 보니 그만 가슴이 내려앉는다. 이런 맑은 정신은 죽음이 가까워졌을 때에만 다시 찾아온다. 린 할머니는 2년 전 아버지가 돌아가시기 몇 시간 전에 당신 눈에서 그런 빛을 보았다. 그녀는 의사를 불러야 한다고 생각하지만, 발이 마룻바닥에 못 박힌 양 떨어지지 않는다. 눈은 그의 눈을 응시하고 있다.

"난 당신을 모르오. 당신은 누구지?"

린 할머니는 자신을 내려다본다. 연노랑 비닐 외투를 걸치고 연두색 고무장화를 신고 있다. 목욕시키는 사람 옷차림이다.

"난 당신 아내예요."

린 할머니가 말한다.

"당신은 내 아내가 아냐. 내 아내는 수제인이야. 수제인은 어디 있지?"

"수제인은 더이상 이승에 있지 않아요. 난 당신 새 아내예요."

"거짓말! 수제인은 병원에 있어."

탕 노인은 말하면서 일어선다.

"아니에요. 사람들이 당신에게 거짓말을 하는 거예요."

린 할머니가 말한다.

탕 노인은 그녀의 말을 듣지 않는다. 린 할머니를 밀치는 팔심이 갑자기 강해진다. 린 할머니는 노인을 움켜잡지만, 그는 감당할 수 없을 정도로 거칠어진다. 그녀는 죽은 여인을 두고 남편과 싸울 필요가 있나 싶어 그의 손을 놓아준다. 노인은 허공에서 허우적대다가 두 발짝 떼더니 비눗기로 미끄러운 욕실 바닥에 넘어진다.

장례식, 아무도 린 할머니에게 주의를 기울이지 않는다. 그녀는 구석에 앉아 탕 노인의 일생을 회고하는 여러 남녀의 이야기에 귀를 기울인다. 뛰어난 물리학자이자 위대한 선생, 충실한 남편이자 아버지, 할아버지. 사람들은 말을 끝내고 줄 끝에 앉은 그녀를 무시한 채 가족들과 악수를 한다.

난 그를 죽이지 않았어. 그는 넘어지기 전에 이미 죽어가고 있었어. 린 할머니는 마음속으로 거기 있는 모든 사람에게 이렇게 말한다. 하지만 누구에게도 진실을 말하지 않고, 자신의 부주의를 인정한다. 어쨌거나 아무도 린 할머니를 믿지 않을 것이다. 그의 눈 속에서 번득인 빛, 영면 전의 마지막 반짝임, 이른바 회광반조回光返照는 오로지 그녀만 보았기 때문이다.

린 할머니는 탕 노인의 유산을 한 푼도 받지 못한다. 탕 노인을 두 달 동안 돌보았을 뿐이고, 친척들이 짐작하기로 탕 노인을 부주의로 죽인 사람이었으니까. 그녀는 두 아들을 탓하지 않는다. 자신보다 천배는 더 고통스러울 그들의 상실감을 생각하며 안타까워할 뿐이다. 아들 중 하나가 자기 친구가 운영하는 사립 기숙학교 일자리를 알아봐준다고 했을 때, 린 할머니는 고마워서 울 뻔했다.

베이징 서쪽 교외의 산속 유원지에 자리 잡은 메이메이 학원은 중국 최초의 사립학교 가운데 하나라는 자부심이 넘치는 곳이다. 학교는 그 지역에서 드물게 건축 허가를 받은 4층짜리 건물 한 동이다("연줄이죠, 연줄." 린 할머니가 도착한 날 주방장이 그녀에게 말한다. 세력 있는 학부모들이 없었다면 어떻게 그런 허가가 났겠는가).

사립학교들은 민간 기업들과 마찬가지로 우후죽순처럼 중국 곳곳에 생겨나고 있었다. 공산당 지도자 친척들이 밤새 기업주로 탈바꿈했고, 그들의 얼굴이 새로운 프롤레타리아 기업가 대표라는 명찰을 달고 국영 텔레비전에 나오고 있다.

린 할머니는 지금보다 나은 삶을 상상할 수 없다. 모든 식사는 잔치다. 식탁마다 고기와 생선이 넘친다. 채소는 린 할머니가 시장에 다니던 그 시절보다 더 싱싱하다. 모두 국가 주석과 당 총서기와 그 가족들만이 이용할 수 있는 작은 유기농 텃밭에서 나온다. 주방장이 린 할머니에게 알려준 사실이다.

때로 린 할머니는 그렇게 좋은 음식들이 쓰레기로 변해가는 것을 보며 슬퍼한다. 그녀는 학생들이 식사를 끝낼 때까지 기다렸다가 늦게 식사를 하러 간다. 손도 안 댄 채소들이 접시에 남아 시들고, 부서진 생선들이 배를 반쯤 파먹힌 채 납작하니 누워 있다. 린 할머니는 접시에 남은 음식을 숟가락으로 담는다. 그러면서 학교와 도시 사이를 매일 오가며 입도 안 댄 이 음식을 옛 이웃들에게 날라다주는 고속버스가 있었으면 하고 생각한다.

일도 하지 않고 그렇게 좋은 음식을 먹으면 죄짓는 일이다. 자신이 할당받은 세탁과 기숙사 청소에 더해 린 할머니는 다른 일도 떠맡는다. 아침 일찍 일어나 교실 창문을 열고 신선한 산 공기를 들인다. 테라조 타일이 깔린 바닥을 쓸고 걸레질을 한다. 또 학생들의 책상 먼지를 떨어내고 싹싹 닦는다. 수위가 밤에 교실을 청소하기는 하지만, 린 할머니는 모든 것을 꼼꼼히 확인한다.

때때로 아직 기상 벨이 울리기 전, 시간이 있을 때 그녀는 산으로 산책을 나간다. 아침 안개가 피부와 머리칼을 촉촉

이 적시고, 도시에서는 한 번도 본 적이 없는 새들이 합창하듯 떼지어 노래 부른다. 그 순간 린 할머니는 자신의 행운이 꿈만 같아 가슴이 먹먹하다. 공장에서 보낸 세월은 이제 아득한 옛일 같고, 석탄 난로의 매연을 참으며 걷거나 화학 비료로 부풀어 오른 채소들을 시장에서 흥정하던 생활은 잊어버릴 지경이다.

종종 린 할머니는 산보하다가 야생화를 한아름 딴다. 산에 피는 난초, 진주벚꽃, 옥잠화들을. 그녀는 여섯 개의 교실에 둘 꽃병에 꽃을 가지런히 꽂는다. 한 학년에 하나씩. 그러나 첫 학기가 끝날 무렵에는 이런 섬세함은 찾아보기 어렵다. 입술로 꽃을 건드리는 남자아이는 계집애라고 불린다. 고학년 여자아이들은 꽃잎을 뜯어 학교 운동장에 꽃무덤을 만든다. 그들의 손길은 인정사정없는데 얼굴은 슬프도록 심각하다.

학교는 커지고 있다. 매달 새 학생들이 도착한다. 린 할머니는 2만 위안의 입학금에 2만 위안의 첫 학기 학비, 그리고 기숙사비를 아무렇지도 않게 내놓는 부유한 부모들을 본다.

린 할머니가 머문 지 석 달째 되는 달에 학교는 잔치를 열어 백 번째 입학생을 축하한다. 행운의 수를 뽑은 소년 캉은 여섯 살이다. 도시에서 온 다른 학생들과는 달리 근방의 시골에서 왔다. 며칠이 지나지 않아 선생과 교직원들은 그 아이의 속사정을 알게 된다. 캉의 할아버지는 고향의 커다란 인민농장 지도자였고, 아버지는 중국 북부에서 청소 꿈는 농업사업가였다.

"농부들은 아들을 집에 두고 싶어 하는 줄 알았는데."

린 할머니는 매트리스 아래에서 고약한 냄새를 풍기는 양말을 찾으면서 기숙사 사감 두 부인에게 말한다.

"참 나, 양말이 혼자 일어나 걸어다니겠네요."

너무 오래 신어 빳빳해진 양말을 두고 하는 말이다.

"눈 밖에 난 마누라 아들은 그렇지 않죠. 그애는 덤이고 여분이에요."

두 부인이 말한다.

"부모가 이혼했어?"

"누가 알겠어요? 하지만 그애 아버지는 다른 아내나 첩을 두고 있어요. 무슨 차이가 있겠어요? 애 어머니는 더이상 필요하지 않고, 아이도 어디로든 가야죠."

너무나 작아서 세상에서 자리를 차지해봐야 표도 안 날 정도지만, 다른 사람의 걸림돌인지라 치워져야 하는 이 남자아이를 생각하자 린 할머니는 슬퍼진다. 그녀는 학생들 속에서 그 남자아이를 찾기 시작한다. 다른 아이들과 같은 옷을 입었지만 너무 안 어울린다. 너무 크고, 너무 새것이고, 너무 최신식이라 그가 학교에 어울리지 않듯이 따로 노는 것 같다. 그의 얼굴과 손은 언제나 벅벅 문질러 씻어야 할 것 같지만, 손수 씻겨본 결과 그것이 아이나 기숙사 사감의 잘못이 아니라는 데 린 할머니 역시 동의할 수밖에 없다.

두 번째 주가 되자 캉은 오후 활동 시간에 세탁실로 오기 시작한다.

"할머니, 이건 뭐예요?"

어느 날 린 할머니가 그의 뺨에 베이비 로션을 발라주자 그가 묻는다.

"이게 널 도시 아이로 만들어줄 거야."

린 할머니가 말한다.

"할머니, 할머니는 어디 살아요?"

"여기 살지."

"하지만 여기 오기 전에는 어디서 살았어요? 할아버지 고향은 어디예요?"

린 할머니는 잠시 생각하다가 말한다.

"도시야."

"도시는 어때요? 엄마가 날 데려가서 도시 구경을 시켜 준댔어요."

"네 엄마는 어디 있니?"

린 할머니는 숨을 멈추고 심장 박동을 가라앉히려 애쓰며 묻는다. 소년은 눈치채지 못한 모양이다.

"집에 있어요."

"아버지 집에?"

"할아버지 집에요. 아버지 집에는 새엄마가 살아요."

"새엄마는 어떠니? 예뻐?"

"네."

"너한테 잘해주니?"

"네."

"새엄마 좋아?"

"네."

"너, 엄마도 좋아하니? 새엄마보다 더?"

린 할머니가 묻는다. 그녀는 누군가 복도를 걷다 세탁실을 지나치지 않나 보려고 주위를 둘러본다. 자기가 꼭 도둑이라도 되는 양 떨린다.

소년도 불안한 낯으로 주위를 돌아본다. 그러더니 가까이 와서 린 할머니의 목에 팔을 감고 귀에 입을 갖다댄다. 소년의 뜨거운 숨이 할머니의 귓불을 간질인다.

"할머니, 비밀이에요. 아무한테도 말하지 마세요."

"그러마."

"언젠가 엄마가 여기 와서 날 데려간다고 했어요."

"언제?"

"금방이랬어요."

"언제 엄마가 그런 말을 했는데?"

"새엄마가 들어오기 전에요."

"그게 언제였어?"

"작년에 그랬어요."

"그때 이후 엄마를 본 적이 있니?"

"아뇨. 하지만 내가 아빠랑 새엄마 말을 잘 들으면 곧 온댔어요. 할머니, 엄마가 오면 경비원들이 들여보내줄까요?"

"물론이지."

린 할머니가 말한다. 소년에게서 베이비 로션과 갓 세탁한 옷 냄새, 땀 냄새가 풍긴다. 그러자 린 할머니는 목욕을 한 탕 노인을 생각한다. 소중한 사람에게서 나는 좋은 냄새다. 그 생각에 린 할머니의 입술이 탄다. 그녀는 목에 둘린 소년의 뜨겁고 끈적끈적한 팔을 느낀다.

금요일 오후면 학교 정문 밖 주차장은 고급 승용차로 넘쳐난다. 주로 운전사와 유모들이 오는데, 학부모들이 직접 나타나기도 한다. 교사와 기숙사 사감들은 문 안쪽에 서서 누가 정부 유력자의 며느리고 누가 최신 인기 영화에 출연했는지 서로 가르쳐주며 숙덕거린다.

캉은 주말에 집에 가지 않고 학교에 머물러 있는 유일한 아이이다. 그의 아버지는 특별히 주말 기숙 학비를 지불했고, 학기 말에 오겠다고 약속했다. 때때로 린 할머니는 캉의 아버지가 오기나 할지, 여름이 올 때 아무도 데리러 오지 않으면 캉은 어떻게 될지 생각한다. 캉이 자기와 함께 학교에 머물 수 있을까? 그리고 자신도 학교에 남아도 될지, 만약 안 된다면 9월 개학 때까지 두 달을 어디서 보내야 할지를 생각한다.

매주 마지막 학생이 떠나면 교사와 기숙사 사감들은 도시로 가는 버스에 오른다. 경비원 두 사람과 린 할머니만 학교에 머물러 있다. 린 할머니는 기꺼이 캉을 돌보겠다고 한다.

그들은 교문 앞에 나란히 서서 버스에 손을 흔든다. 일단 버스가 사라지면 둘 다 안도의 한숨을 내쉰다. 캉은 운동장을 가로질러 쏜살같이 활동실로 달려가 가능한 한 빠르게 그림책을 팔락팔락 넘기고 다음 책으로 게걸스럽게 손을 뻗는다. 린 할머니는 들어와 그 옆에 앉아 머리를 토닥이고, 소년이 혼자 웃는 모습을 바라본다. 그가 새 책을 두루 섭렵하면 그들은 함께 나가서 운동장에서 논다. 린 할머니는 캉이 흥분과 공포로 비명을 지를 때까지 그네를 높이높이 밀어준다.

날씨가 좋을 때면 그들은 산속에서 오래오래 산책을 한다. 그 지역에는 주말 여행객 천지지만 린 할머니와 캉은 버스를 놓치거나 교통지옥에 갇힐 걱정을 하지 않는다. 그들은 손을 잡고 걷는다. 캉의 손바닥이 린 할머니의 손바닥에 닿아 양쪽 다 땀이 난다. 린 할머니는 꽃과 풀에 얽힌 옛날이야기를 해준다. 밑천이 다 떨어지면 새 이야기를 지어낸다.

저녁을 먹은 후 린 할머니는 캉을 욕실로 데려간다. 그녀는 수건과 잠옷을 챙겨 밖에서 기다리고, 아이는 샤워를 하며 린 할머니가 가르쳐준 고추잠자리 노래를 부른다. 고작 2분이 지나 그는 이제 나가도 되느냐고 소리를 지른다. 린 할머니는 5분만 더 샤워를 하면 좋을 거라고 대답한다. 소년은 계속 노래한다. 목소리가 맑고 순수하다.

종종 캉은 물을 잠그지 않고 샤워실에서 튀어나와 린 할머니에게 달려든다. 그녀가 깜짝 놀란 척하며 비명을 지르면 소년은 할머니가 물이 뚝뚝 떨어지는 몸에 수건을 감아주기도 전에 키들거리며 달려 나간다.

사번서 그는 꿈을 꾸는지 자꾸만 웅얼거린다. 팔다리를 사방으로 내뻗어 담요를 걷어차기 일쑤다. 린 할머니는 이불을 덮어주고 오랫동안 지켜본다. 가슴속에서 뭉클한 따스함이 부풀어 오른다. 이것이 사람들이 말하는 사랑일까 생각해본다. 여생을 누군가와 함께 보내고 싶다는 욕구가 너무도 커져서 때로 린 할머니는 겁에 질린다.

양말이 자꾸 없어지는데, 이걸 처음 알아차린 사람은 린 할머니가 아니다. 기숙사 사감은 여자아이들이 가장 좋아하는 양말이 세탁실에서 없어진다고 불평한다는 소리를 이번 주 내내 되풀이한다. 린 할머니는 양말이 어디로 갔는지 알아챘다. 캉이 어느 여자아이의 빨지 않은 양말을 꼭 잡고 있는 것을 몇 번 보았으니까. 할머니가 보고 있으면 캉은 양말을 세탁통 속에 떨어뜨린다.

다음 주말, 캉이 활동실에서 컴퓨터를 갖고 놀고 있는 동안 린 할머니는 그의 침대를 뒤진다. 아이들이 보통 물건을 숨기는 매트리스 아래에서는 아무것도 찾지 못한다. 이번엔 담요를 뒤집는다. 베개를 집어들고 베갯잇을 열자 갓난아이처럼 조그맣게 뭉쳐진 양말 다섯 짝이 보인다.

린 할머니는 양말 뭉치를 푼다. 꽃무늬나 만화에 나오는 동물들이 그려진 어린 여자아이들의 양말이다. 그것을 주머니에 집어넣으려다 캉이 양말을 찾아 베갯잇을 더듬을 거라는 생각이 들어 그만둔다. 이유는 몰라도 그 양말은 캉에게 소중한 것이리라. 그녀는 조심스럽게 양말을 도로 뭉쳐 베갯잇 속에 넣어둔다.

월요일, 린 할머니는 감독관에게 한나절 조퇴를 부탁하고 잃어버린 양말들과 똑같은 무늬의 양말을 찾으러 도시로 가는 버스를 탄다. 그녀는 모양이 다른 여자아이 양말도 몇 켤레 더 산다.

이제 린 할머니는 세탁물에 더 신경을 쓴다. 캉이 오기 전에 여자아이들 양말이 전부 세탁물 가방에 들어 있나 확인한다. 가끔은 자기가 산 양말들을 마루에 흩어놓는다.

여전히 그들은 행복한 주말 단짝이지만 린 할머니는 캉을 위해 내놓았다가 잃어버린 양말을 셀 때면 걱정이 된다. 캉과 이야기해서 이유를 알아볼까 생각하지만 입을 열 때마다 결심은 사그라진다.

귀여운 소년과 손을 잡고 네 비밀을 얘기해달라는 말을 꾹 삼킨 채 등나무 그늘에 앉아 있을 때면, 린 할머니는 이것이 젊은 시절 아쉬워했던 사랑이 아닐까 생각한다.

날씨가 더워지자 기숙사 사감들은 학생들의 침대에 모기장을 친다. 사감이 떠난 후 캉의 옆자리 소년이 일어난다. 그는 머리를 캉의 모기장에 붙이더니 캉의 눈에 손전등을 비추며 낮은 목소리로 날카롭게 소리 지른다. 캉은 소년의 바람과는 달리 울지는 않는다. 그러나 캉이 양손에 꽃무늬 양말을 끼고 뺨을 토닥거리는 것을 발견한 소년은 놀라고 또 한편 기뻐한다.

기숙사 사감들이 불려온다. 양말 일곱 개가 더 발견되고, 다음 날 해 넘어갈 무렵에는 여자아이들의 양말을 훔쳐 이상한 짓을 하는 기분 나쁜 소년에 대해 모든 사람이 알게 된다.

린 할머니는 학교운동장에서 캉을 '병신', '사이코', '변태'라고 부르며 쫓아다니는 소년들을 본다. 심장이 세탁기 속의 걸레 조각처럼 뒤틀린다. 캉은 더이상 세탁실에 출입할 수 없다. 할머니는 주말까지 남은 날짜를 세면서 사흘을 채 못 버티고 쓰러지지나 않을까 두려워한다.

금요일 오후, 린 할머니는 교문 앞에서 캉의 손을 들고 흔들어주어야 한다. 셔틀버스가 사라지자 린 할머니는 자기 앞에 있는 조약돌을 차고 있는 캉을 향해 돌아선다.

"캉, 할머니 방에 잠깐 올래?"

린 할머니가 말한다.

"아뇨, 싫어요."

린 할머니의 손을 뿌리치며 캉이 말한다.

"뭘 하고 싶니? 산책하자."

"산책도 싫어요."

"책을 보는 건 어떠니? 어제 새 책 상자가 왔단다."

"보고 싶지 않아요."

"그네 타자."

"전부 다 싫어요."

캉은 어깨에서 린 할머니의 손을 밀어내며 말한다.

린 할머니의 눈에서 눈물이 솟아나온다. 그녀는 캉의 정수리를 내려다본다. 누군가를 사랑한다는 것은 눈이 오나 비가 오나 그를 행복하게 해주고 싶은 것이리라.

"하고 싶은 걸 생각해보고 나랑 같이 하자. 네가 원하는 걸 생각해봐, 그럼 할머니가 갖다줄게. 할머니가 널 사랑한다는 걸 알잖니."

"집에 가고 싶어요. 엄마가 보고 싶어요. 할머니, 우리 기차 타고 이틀 동안 집에 가면 안 될까요?"

캉이 말한다.

린 할머니는 자신을 쳐다보는 캉의 얼굴을 내려다보고, 그 눈에서 점점 커져가는 작은 희망을 본다. 캉은 그녀의 손을 잡는다.

"할머니, 딱 이틀만요. 아무도 모를 거예요."

린 할머니는 한숨을 쉰다.

"미안하다, 캉. 할머니는 그건 해줄 수 없구나."

"왜요? 뭐든지 해준댔잖아요."

"여기 학교에서, 산에서 할 수 있는 건 뭐든지 해주마. 캉, 착하지, 우리는 학교를 떠날 수 없단다."

캉이 울음을 터뜨릴 때까지 몇 분이 걸린다. 린 할머니는 소년을 진정시키려 하면서 품안으로 끌어당긴다. 캉은 그녀를 밀어낸다. 탕 노인의 눈에서 본, 차가운 분노를 띤 그 눈빛에 할머니는 얼어붙고 만다. 캉은 학교 운동장을 가로질러 달려간다. 린 할머니도 뒤따라 달리지만 몇 발짝도 못 가 멈춰서 숨을 골라야 한다. 마음은 여전히 젊은데 몸이 늙어 따라갈 수가 없다.

린 할머니는 캉이 자기 침대에서 울고 있을 거라고 생각했지만 소년은 그곳에 없다. 그녀는 건물 안을 샅샅이 뒤지며 그의 이름을 외치고 잠기지 않은 문은 죄다 열어 안을 살펴보고 활동실과 음악실, 식당을 둘러본다. 테이블 아래와 커튼 뒤도 찾아보지만 희망은 물거품처럼 스러져만 간다. 그럴 때마다 가슴은 더 깊이 가라앉는다.

린 할머니는 한 시간 동안 캉을 찾는다. 왠지 소년이 건물에서, 그리고 학교에서도 나갔을지 모른다는 생각이 든다. 그러자 몸이 뻣뻣해지고 온갖 종류의 재난이 연상되어 교문 옆 작은 방에서 포커 게임을 하고 있던 경비원들을 부른다. 경비원 둘 다 소년이 교문을 빠져나갔을 리는 없고 건물 안 어딘가에 숨어 있을 거라고 주장한다. 그들 셋은 더 샅샅이 찾아본다. 그래도 찾지 못하자 각자 다른 이유로 겁을 먹는다.

경찰이 불려온다. 학교 관리인이 불려온다. 기숙사 사감들이 불려온다. 경비원들은 생각나는 사람이라면 누구에게랄 것도 없이 전화를 건다. 린 할머니는 경비원 한 명이 떨리는 손으로 숫자를 누르는 것을 보고 그가 왜 그렇게 초조해하는지 의아하다. 그들은 평화로운 주말을 잃고 있을 뿐이다. 둘 다 이사의 친척이기 때문에 그저 한 달 치 월급을 잃을 것이다. 아이들이란 매일 사라질 수 있다. 그를 결국 찾지 못한다 해도 1년쯤 지나면 캉을 기억이나 할까? 린 할머니는 울기 시작한다.

그러나 캉은 아무 해도 입지 않고 굶주리고 졸린 채로 소란스러운 학교에 스스로 나타난다. 그는 린 할머니가 찾고 있던 동안 술래잡기를 하고 있었음에 틀림없다. 혹은 자기를 실망시킨 린 할머니를 애먹이고 싶었던 걸까? 린 할머니는 알지 못한다. 아는 것이라곤 캉이 피아노 아래에서 잠들었다고 학교장에게 말한 사실뿐이다.

린 할머니는 분명 피아노 아래도 들여다봤지만 아무도 늙은 여자의 기억을 믿지 않는다. 게다가 그 말이 진실이라 한들 무슨 차이가 있는가? 린 할머니는 자신의 무능을 들키고 말았다. 더 많은 일들이 떠오른다. 학생들의 음식을 먹었고 세탁물에 부주의했다…….

아이들이 돌아오는 날 저녁, 린 할머니는 학교에서 떠나라는 말을 듣는다. 그녀는 짐을 꾸려 문간에 놓는다. 늙은 여자에게도 무겁지 않은 가방 하나.

“사랑의 행복은 쏟아지는 유성과 같고, 사랑의 고통은 그 다음에 드리우는 어둠과 같다네.”

한 소녀가 맑은 목소리로 노래하면서 지나친다. 할머니는 그 소녀를 따라잡으려 한다. 소녀는 너무 빨리 움직이고 노래도 그렇다. 린 할머니는 가방을 땅에 놓고 스테인리스 스틸 도시락을 손에 쥔 채로 숨을 고른다. 주변의 모든 사람들은 자신의 목적지를 정확히 아는 모양이다. 린 할머니는 언제부터 그들 사이에 끼지 못하게 되었을까 생각한다.

누군가 린 할머니를 뛰어서 지나치며 등을 세게 밀친다. 그녀는 비틀거리며 쓰러지기 전에 흘끗 상대를 본다. 검은 셔츠를 입은 남자다. 그자가 할머니의 가방을 갖고 사람들 속으로 사라진다.

한 여자가 멈춰 서서 묻는다.

“괜찮으세요, 할머니?”

넘어진 린 할머니는 몸을 다시 추스르려고 애쓰며 고개를 끄덕인다. 여자는 고개를 흔들며 지나가는 사람들에게 큰 소리로 알린다.

“세상에! 방금 소매치기가 할머니 가방을 뺏어갔어요.”

반응을 보이는 사람은 거의 없다. 여자는 다시 고개를 흔들더니 가던 길을 간다.

린 할머니는 거리에 앉아 점심 도시락을 꼭 껴안는다. 배가 고픈데도 아무도 늙은 여인에게서 점심을 도둑질해 갈 생각을 않다니 참 이상한 일이다. 그래서 할머니는 중요한 것은 잃어버리지 않았다. 도시락통 속에 있는 3천 위안의 퇴직금은 안전하다. 짧은 사랑 이야기의 기념품인, 꽃무늬가 화사한 뜯지 않은 양말 몇 켤레도.

쑤 씨의 이중생활

전화가 울릴 때 쑤 부부는 아침을 다 먹어가는 참이었다. 처음에는 둘 다 전화를 받으려 하지 않는다. 그들의 번호를 아는 사람은 많지 않다. 지금 대학교 2학년인 아들 지앤은 한 달에 한 번 잘 있다고 전화한다. 그는 휴일과 휴강일 대부분을 뻔한 변명조차 하지 않고 친구 가족들과 함께 지낸다.

쑤 부부는 지앤에게 불평하거나 더 자주 보고 싶다고 말할 용기가 없다. 작고 갑갑한 침실 두 개짜리 아파트는 베이베이가 자고 있지 않을 때면 비명으로, 베이베이가 시트를 더럽힐 때면 악취로 가득 찬다.

지앤은 현관방 침대에서 잤고 태어날 때부터 심한 정신지체와 뇌성마비를 앓던 누나의 존재를 친구들에게 숨기며 자랐다. 마침내 대학 기숙사로 이사한 아들은 기뻐했고 쑤 부부도 그 사실을 알았다. 그들은 베이베이가 죽은 후(어차피 오래 살 수 없다)엔 잃어버린 아들을 되찾을 수 있으리라는 비밀스러운 소원을 품었다. 그 소원을 생각하기만 해도 부끄러웠기 때문에 상대에겐 아무 말도 하지 않지만.

전화벨이 다시 울리기 시작한다. 쑤 씨는 수화기에 손을 얹는다.

"받아볼래?"

그가 아내에게 묻는다.

"이렇게 이른 시간에 전화한 걸 보면 퐁 씨일 거예요."

"퐁 씨는 예의 바른 사람이야. 다른 사람 아침을 방해하진 않을걸."

쑤 씨는 말한다. 하지만 그는 수화기를 들고 말투를 가다듬는다.

"아, 네, 퐁 부인. 제 아내요, 여기 있습니다."

그는 아내에게 신호를 보낸다.

쑤 부인은 전화를 즉시 받지 않는다. 그녀는 베이베이의 침실에 들어가 아직 깰 시간이 아니지만 딸을 살펴본다. 쑤 부인은 베이베이의 이마로 내려온, 아기처럼 부드러운 밝은 갈색 머리카락을 쓸어준다. 베이베이는 얼마 안 있어 스물아홉이 된다. 몸이 아주 커서 그녀를 뒤집어 씻기려면 부모가 다 달려들어야 한다. 그녀는 깨어 있으면 몇 시간이나 울어대니 고역이지만 쑤 부인은 그저 이렇게 머리를 쓰다듬을 뿐이다. 그러고 나면 딸의 온갖 결점이 모두 사라진다.

쑤 부인이 거실로 돌아와 보니 남편은 아직도 한 손으로 수화기를 막고 있다.

"퐁 부인 기분이 나빠."

그가 속삭인다. 쑤 부인은 한숨을 쉬고 수화기를 받는다.

"네, 퐁 부인. 오늘 어떠세요?"

"끔찍해요. 다리 때문에 죽을 지경이에요. 있잖아요, 내 남편이 막 나갔어요. 당신 남편을 만나 아침을 먹고 주식거래소에 가기로 했다던데, 거짓말이죠?"

쑤 부인은 베이베이의 침실로 들어가는 남편을 바라본다. 그는 자주 베이베이와 함께 앉아 있다. 그녀도 딸과 함께 시간을 보내곤 하지만 남편과 동시에 절대 그 방에 들어가 있지 않는다.

"남편은 윗옷을 입고 있으니 이제 퐁 씨를 만나러 나갈 거예요. 남편한테 확인해볼까요?"

쑤 부인이 말한다.

"물어봐주세요."

퐁 부인이 말한다.

쑤 부인은 베이베이의 방으로 걸어가 문가에서 멈춘다. 남편은 침대 옆 의자에 앉아 있고 짧게나마 휴식을 취하기 위해 눈을 감고 있다. 8시. 아직 이르지만, 나이를 먹어가는 사람에게는 아침이(다른 것과 마찬가지로) 예전 같지 않다. 쑤 부인은 다시 돌아가 전화기에 대고 말한다.

"퐁 부인? 네, 남편이 함께 아침 먹으러 부인 남편을 만난다네요."

"확실해요? 부탁이에요. 그를 따라가서 거짓말이 아닌지 살펴보세요. 남자들이란 믿을 수가 없어요."

쑤 부인은 머뭇거리다가 말한다.

"하지만 전 바쁜데요."

"뭐가 바빠요? 있잖아요, 난 다리가 아파요. 안 그러면 내가 그를 따라갔을 거예요."

"남편이 뒤를 밟히는 꼴이 좋진 않잖아요."

쑤 부인이 말한다.

"당신 남편이 매일 아침 나가 다른 여자 냄새를 풍기면서 들어오면, 꼴이 좋은지 나쁜지 따위가 문제겠어요?"

바람피우는 사람이 내 남편은 아니잖아요, 쑤 부인은 마음 속으로 비꼬았으나, 그 불합리를 지적하고 싶지는 않았다. 사실 남편이 퐁 씨의 바람막이로 자주 이용되었기 때문에 쑤 부인은 죄책감을 느꼈다.

"퐁 부인, 다른 날 도와드릴게요. 오늘은 사정이 안 좋아요."

"말이나 말든지."

"미안해요."

쑤 부인이 말한다.

퐁 부인은 남편이나 친구라는 것들은 당최 못 믿을 작자들이라며 1분쯤 더 불평을 늘어놓더니 전화를 끊는다. 쑤 부인이 베이베이의 방 문을 두드리자 남편은 퍼뜩 깨더니 재빨리 입가를 닦는다.

"당신 퐁 씨를 만나실 거냐고 묻는데요."

그녀가 말한다.

"그렇다고 해."

"그렇게 얘기했어요."

쑤 씨는 고개를 끄덕이고 베이베이의 부드럽고 살집이 오른 턱 아래로 담요를 끌어당겨 꼭꼭 덮어준다. 남편이 어떤 이유로든 베이베이를 건드리면 쑤 부인은 신경이 곤두서지만, 그런 생각 자체가 우스꽝스럽기 짝이 없다. 아무것도 이해하지 못하는 딸과 그래도 딸을 사랑하는 남편을 질투하다니! 정신을 단단히 차리지 않으면 자기는 퐁 부인보다 더 미친 여자가 될 거라고 쑤 부인은 생각한다. 그러나 남편이 베이베이의 머리카락을 쓸거나 뺨을 비비는 것을 보면 여전히 당혹스럽다. 남편이 외출 준비를 하는 동안 그녀는 부엌으로 돌아가 설거지를 한다. 그가 작별을 고할 때 그녀는 돌아보지 않은 채로 예의를 차려 대답한다.

주식거래소로 걸어가는 데 걸리는 시간 30분을 감안해 쑤 씨는 8시 30분에 아파트에서 나간다. 거기서 내내 시장을 연구하기만 한다. 때때로 아주 신중히 주식을 사고판다. 계좌에 있는 자금이 자기 돈이 아니기 때문이다. 퐁 씨가 만 위안을 빌려주면서 당장은 돈이 필요하지 않다고 거듭 확인해주었다. 군수공장에서 퇴직한 고위 관료인 퐁 씨에게는 큰돈이 아니었지만, 쑤 씨는 되로 받으면 말로 갚아야 한다고 믿었다.

시장 경기는 퐁 씨의 관대함을 배로 돌려주려는 그를 도와주지 않았다. 그러나 쑤 씨는 기가 꺾이지 않았다. 예순다섯 살의 퇴직한 수학 선생인 쑤 씨는 마음과 몸을 단련하며(매일 주식거래소까지 걸어서 간다) 지금의 인내가 언젠가는 열매를 맺으리라고 믿었다.

쑤 씨는 1년 전 주식거래소에서 퐁 씨를 만났다. 쑤 씨보다 한 살 많은 퐁 씨가 옆자리에 앉았고, 두 사람은 대화를 시작했다. 자기는 호기심 때문에 왔다고 퐁 씨가 말했다. 정말로 주식 시스템이 나라를 위해 굴러갈 것인가, 만약 그렇다면 마르크스주의 정치경제학은 이러한 자본주의적인 상황에 어떻게 적응할 수 있을 것인가, 그는 쑤 씨에게 물었다. 퐁 씨의 질문은 진부하고 순진했지만 쑤 씨를 감동시켰다. 전 국민이 오로지 돈에 미쳐가고 있는 상황에서, 옛것을 그리워하면서도 새것을 이해하려고 진지하게 노력하는 사람을 만나기란 드문 일이었다.

"그게 알고 싶은 거라면 번지수를 잘못 짚었지요. 시세차익으로 돈 버는 사람들은 위층 브이아이피 라운지에 있답니다."

쑤 씨가 대답했다.

주식거래소는 베이징에 있는 대부분의 중개 회사가 그렇듯이 파산한 국영 공장 자리를 빌렸다. 쑤 씨가 방문한 곳은 컬러 텔레비전을 생산하던 곳인데 가격 경쟁에서 밀려 독점 기업에 패배하기 전까지는 이익을 내던 공장이었다. 얼마 안 되는 돈으로 계좌를 개설하고 행운을 좇아 거래소 1층에 자주 오는 사람들 중에는 일시 해고된 노동자들도 있었다.

다른 사람들은 쑤 씨 연배의 남녀들로, 이자율도 낮은데 은행에 돈을 쟁여두느니 한번 키워보겠다는 꿈을 꾸는 퇴직자들이었다.

"경제에 별로 중요하지 않다면 이 사람들은 여기서 뭘 하고 있는 거요?"

퐁 씨가 물었다

"티끌 모아 태산이라고, 이 사람들의 투자금을 모아 많은 공장을 돌릴 수 있답니다."

쑤 씨가 말했다.

"하지만 그들이 주식시장에서 돈을 벌까요?"

쑤 씨는 고개를 흔들었다. 그는 목소리를 낮추어 말했다.

"대부분의 사람은 못 벌죠. 첫 번째 줄, 저기 저 여자 보세요, 헤어네트(머리카락이 흐트러지지 않도록 머리에 쓰는 그물—옮긴이)를 하고 있는 여자. 그 여자는 신문과 텔레비전이 말하는 대로 사고팔아요. 그런 식으로 해서는 결코 돈을 벌지 못할 겁니다. 그리고 저기 저 노인, 여든둘인데, 아주 유쾌하고 건강한 노인이지만 현명한 투자자는 아니라오."

퐁 씨는 쑤 씨가 가리키는 사람들을 바라보았다. 그들은 모두 어리석은 개미의 본보기였다.

"그럼 당신은 돈을 벌고 있습니까?"

퐁 씨가 물었다. 쑤 씨가 미소 지으며 말했다.

"나는 최악이지요. 주식을 살 돈이 한 푼도 없답니다."

쑤 씨는 얼마간 시장을 관찰하고 있었다. 가상의 투자금으로 거래를 연습했고, 모든 매매 상황을 공책에 꼼꼼히 적었다. 그는 주식거래 참고서들을 사서 연구하여 자신의 이론을 발전시켰다. 1년을 연습한 후에는 시장에서 돈을 벌 가능성이 없진 않다는 결론을 내렸다. 그러나 그의 연금은 적었다. 대학에 다니는 아들과 오로지 자신에게 의존하고 있는 아내와 딸을 생각하면 그런 모험에 한 푼이라도 걸 염치가 없었다.

퐁 씨와 쑤 씨는 금방 친한 친구가 되었다. 그들은 찻집이나 식당에 앉아 선사시대부터 현대에 이르기까지 세계의 변화에 대한 의견을 교환했다. 그들은 서로의 견해에 열렬히 동의했고, 이견이 생길 조짐이 보이는 순간 주제를 바꾸었다. 쑤 씨는 자기 나이에도 친구를 만들 수 있다는 것에 놀랐다. 그는 평생 외로이 살았고, 성인이 되어 사귄 사람들은 대부분 그저 알고 지내는 사이일 따름이었다. 그러나 퐁 씨와의 교제는 노년을 두 번째 유년 시절로 만드는 것 같았다(덜 이기적이고 사회적으로 서로 비교하지 않아서인지 쉽사리 우정이 싹텄다).

한 달쯤 지나 저녁을 먹으면서, 퐁 씨는 자기가 고통스러운 상황에 처해 있다고 고백했다. 쑤 씨는 청주 한 잔을 따르고 다음 말을 기다렸다.

"나는 거리 무도회에서 만난 여자와 사랑에 빠졌네."

쑤 씨는 고개를 끄덕였다. 퐁 씨는 사교댄스를 배운다면서 그 장점을 한바탕 늘어놓았다. 좋은 운동이고 사람들을 기분 좋게 만날 수 있는 기회이자 아름다움을 경험할 수 있는 예술이라는 것이었다. 쑤 씨는 서구풍에 물들었다고 놀리려다 퐁 씨의 진지한 태도에 그런 생각을 접었다.

"문제는, 그 여자가 연하라는 거야."

퐁 씨가 말했다.

"얼마나 어린데?"

쑤 씨가 물었다.

"사십 대 초반이야."

"나이가 행복의 장애물일 순 없지."

쑤 씨가 말했다

"하지만 절대 불가능한 일이야."

"왜, 그 여자가 결혼했나?"

"이혼했어, 하지만 생각 좀 해봐. 그 여자는 내 딸 나이라고."

쑤 씨는 퐁 씨를 위아래로 훑어보았다. 평생 군인이었던 퐁 씨는 체격이 좋았다. 벗어지는 머리만 빼놓으면 원래 나이보다 젊어 보였다.

"가발을 쓰면 사람들은 자네 나이를 쉰이라고 생각할 거야. 아주 멋진 신랑감인데, 안 그래?"

쑤 씨가 말했다.

"쑤 할아범, 놀리지 말게."

퐁 씨가 미소를 감추지 못하며 말했다. 하지만 금세 심각해졌다.

"이건 열매 맺을 수 없는 사랑이야, 나도 알아."

"마오 주석이 말하길, 사람은 상상할 수 있는 한 뭐든 성취할 수 있다고 하셨지."

퐁 씨는 고개를 흔들고 뚱하니 술잔을 홀짝거렸다. 쑤 씨는 사랑 때문에 우울한 친구를 바라보았다. 술잔을 내려놓은 그는 도로 십 대가 된 듯했다. 가장 친한 친구와 여자아이들 문제로 상담하고 상담받던 때.

"당신 이거 알아? 내 아내와 나는 사촌이야. 모두 반대했지만, 우리는 그래도 결혼했어. 당신도 하면 된다고."

그가 말했다.

"아주 용기 있는 일이군. 언제나 당신이 보통 사람이 아니라고 느꼈지. 당신 아내를 꼭 소개해줘. 내일 당신 집에 갈까? 당신 아내에게 존경심을 표하고 싶어."

퐁 씨가 말했다.

한순간 쑤 씨는 두려움에 몸서리쳤다. 수십 년 동안 자기 아파트에 손님을 초대한 적이 없었다. 그는 마침내 말했다.

"자네가 굳이 수고할 필요 없어. 평생 결혼생활에 찌든 아내란 모두 똑같이 늙은 여자지, 안 그래?"

그건 형편없는 농담이었고, 쑤 씨는 즉시 후회했다. 퐁 씨는 한숨을 쉬었다.

"자네 말이 맞아, 쑤 할아범. 하지만 아내는 아내고, 평생을 함께 보낸 후에 닳아빠진 윗도리처럼 던져버릴 수는 없네."

퐁 씨가 아내 이야기를 한 것은 이번이 처음이었다. 쑤 씨는 내내 퐁 씨가 홀아비라고 생각하고 있었다.

"자네 말은, 자네 아내는 잘 있고(쑤 씨는 조심스레 생각을 가다듬어 말을 꺼냈다) 자네와 살고 있다는 건가?"

"아내는 감옥에 있어."

퐁 씨가 말하고 한숨을 쉬더니 아내 이야기를 했다. 아내는 농업국 수출입부서 소속 당 비서였다. 자연히 그녀의 동의를 받아내야 할 하위 부서들과 회사들에서 돈이 들어왔다. 서명과 현금을 바꾸는 흔한 거래였다고 퐁 씨는 설명했다. 하지만 누군가 일러바쳤고 그녀는 징계를 받고 강제로 은퇴해야만 했다.

"그 정도면 공정하잖아, 안 그래? 아내는 평생 누구에게도 해를 끼친 적이 없어."

퐁 씨가 말했다. 불행히도 그녀가 은퇴할 즈음 17만 위안 이상을 받은 부패 공무원에게는 중벌을 내리라는 명령을 정부에서 발표했다.

"17만 위안은 그녀의 상사가 받은 것에 비하면 새발의 피라고!"

퐁 씨는 주먹으로 탁자를 내리쳤다. 그러고는 목소리를 낮추어 말했다.

"내 말 믿게, 쑤 할아범. 정부가 싹 얼굴을 바꾸면 언제나 작은 물고기들만 피를 본다고. 큰 놈들은 더 커지고 뚱뚱해질 뿐이지."

쑤 씨는 고개를 끄덕였다. 17만 위안은 상상할 수 없을 만큼 큰돈이지만, 그렇다고 소름끼치는 범죄라 할 순 없다는 퐁 씨의 말도 일리가 있다.

"그래 자네 아내는 그 기준에 걸렸나?"

"바로 그 경계선 위여서 7년 형을 받았어."

"7년이라! 너무 끔찍하고 불공정하군."

쑤 씨가 말했다. 퐁 씨는 고개를 흔들었다.

"쑤 할아범, 한마디로 내가 어찌 아내를 버릴 수 있겠나."

"안 되지, 그건 옳지 않아."

쑤 씨가 말했다.

그들은 잠시 침묵했고, 그 딜레마를 곰곰이 생각하면서 술을 마셨다. 잠시 후 퐁 씨가 말했다.

"아내가 풀려나 집에 오기 전에, 그 여자와 난 아마 임시 가정을 만들 수 있을 거야. 약혼이나 의무 없이. 사람들이 부르는 원 나잇 어쩌구보단 낫지 않아?"

"원 나잇 스탠드?"

쑤 씨는 불쑥 말을 꺼낸 다음 자신이 그렇게 부도덕한 현대 어휘에 친숙하다는 것을 드러내는 바람에 당황했다. 그는 여자들이 거래소에 가져오는 타블로이드판 신문에서 그 단어를 알게 되었다. 절대로 인정하고 싶지 않지만 그런 이야기에 솔깃하기까지 했다.

"그래, 나는 우리 관계가 원 나잇보다는 나을 거라 생각해. 해가 뜨면 지고 말 이슬 같은 결혼이지만 말이야."

"자네 아내가 돌아오면 어찌 되는데?"

쑤 씨가 물었다.

"7년은 긴 시간이야. 그사이 내가 어찌 될지 누가 알아? 그때쯤이면 마르크스, 엥겔스 동지와 함께 천국에서 쉬고 있을지도 몰라."

퐁 씨가 말했다.

"그런 말 하지 마, 퐁 씨."

쑤 씨는 피할 수 없는 영원한 이별을 예감하고는 슬퍼져서 말했다.

"당신은 좋은 친구야, 쑤 할아범. 내 이야기 들어줘서 고마워. 우리와 친했던 사람들은 아내가 선고받은 직후 자기네들한테 불운이 옮기기라도 할까봐 죄다 우릴 버렸어. 그중 몇 사람은 우리 집에도 자주 왔고 우릴 즐겁게 해주겠다고 자청하던 이들이야!"

퐁 씨가 말했다. 그러더니 느닷없이 쑤 씨에게 투자금을 빌려주겠다고 제안했다.

"안 되지! 난 돈 때문에 자네와 친구 먹은 게 아냐."

쑤 씨가 말했다.

"아, 어떻게 그런 식으로 생각할 수 있어? 이런 식으로 생각하자고. 이건 나 같은 늙은 마르크스주의자에게는 흥미로운 실험이야. 당신이 이익을 내면 멋진 일이지. 못 내더라도 내 신념에는 유익해, 안 그래?"

쑤 씨는 퐁 씨가 취했다고 생각했다. 하지만 며칠 후 퐁 씨는 다시 돈을 빌려주겠다는 말을 꺼냈고, 쑤 씨는 그 제안을 거절하기 어렵다는 것을 깨달았다.

퐁 부인은 두 시간 후에 다시 전화한다. 쑤 부인에게 그녀가 말한다.

"아주 좋은 생각이 있어요. 흥신소 직원을 고용해 남편이 만나고 있는 사람을 찾을 거예요."

"흥신소?"

"왜요? 내가 그 여자를 못 찾을 줄 알고? 당신한테는 털어놓을게요. 난 당신 남편도 안 믿어요. 그는 당신한테도 거짓말을 하면서 내 남편이 있는 곳을 숨기고 있어요."

쑤 부인은 당황한다. 그런 일을 의뢰할 수 있는 흥신소라는 게 있는 줄도 몰랐다. 그 말은 이국적이고 왠지 위험한 느낌을 풍긴다. 그녀는 이 연애 사건의 공범이 된 남편에게 흥신소 사람들이 해코지나 하지 않을까, 하고 걱정한다.

"정말 믿을 만한 사람을 찾을 수 있어요?"

그녀가 말한다.

"돈이 있으면 사람들은 뭐든지 해준다오. 내가 확실한 물증을 잡을 때까지 기다려요."

퐁 부인은 말한다.

"내가 당신한테 전화한 이유는 이것 때문이에요. 당신 남편이 매일 밖에서 지내고 있다면, 의심스럽지 않겠수? 둘 다 바람을 피우고 서로 덮어주고 있을지도 모르지 않겠어요?"

"아뇨, 그럴 리가 없어요."

"어떻게 그렇게 확신할 수 있어요? 당신이 원한다면 우리 둘을 위해 흥신소 직원을 고용할게요."

"아, 제발 하지 마세요."

쑤 부인이 말한다.

"당신에게 돈 달라고는 안 해요."

"난 남편을 믿어요."

쑤 부인이 말한다. 갑작스러운 공포가 엄습해 다리가 풀린다. 세상엔 온갖 사람이 있지만, 흥신소 직원이라면 틀림없이 베이베이에 대해 알아내고 말 것이다.

"좋아요. 그리 말한다면, 당신한테는 진실을 감춰드리죠."

쑤 부인은 1년 수감생활을 한 후에 건강이 나빠져 최근 풀려난 퐁 부인을 만난 적이 전혀 없다. 가석방된 지 며칠 안 돼서 그녀는 쑤 씨 집에 전화를 걸었다. 퐁 씨의 연락처에서 유일하게 낯선 번호였기 때문이다. 그녀는 퐁 씨와의 관계를 의심하며 쑤 부인을 집요하게 추궁했다. 쑤 부인은 자기와 퐁 씨는 아무 관계도 아니고, 자기 집에는 젊은 여자도 없다며 퐁 부인을 안심시키기 위해 최선을 다했다.

쑤 부인은 자식이라곤 아들 하나뿐이라고 거짓말을 했다. 그때부터 퐁 부인은 쑤 부인을 속내를 털어놓는 친구로 삼아 하루에도 몇 번씩 전화를 했다. 지금 퐁 부인은 인생이 고단할 것이다. 호적에 빨간 줄이 그어지자 옛 친구들은 전부 등을 돌렸고 남편은 더 젊은 여자와 사랑에 빠졌으니.

처음 사연을 알았을 때, 쑤 부인은 특별히 퐁 부인을 동정하진 않았다. 17만 위안은 실로 천문학적인 액수였다. 그러나 이제는 퐁 부인의 우정을 거절할 용기가 없었다. 자기 남편은 분명히 불륜을 저지르고 있다고, 퐁 부인은 쑤 부인에게 털어놓았다. 그에게 퐁 부인의 성질을 돋우는 습관이 생겼단다. 식사 후마다 치실질을 하고, 밤에 윗몸일으키기를 하며, 셔츠 주름을 더 세심하게 잡고, 머리에 발모제를 문질렀다.

"40년은 더 살 것처럼 말이에요."

퐁 부인이 말한다. 그는 매일 나가서 쑤 씨를 만난다. 그러나 남자들이 그렇게 자주 볼 이유가 대관절 뭐란 말인가?

객장에 간대요, 설득력은 없지만 쑤 부인은 설명한다. 퐁 부인과 통화하고 나면 쑤 부인은 기진맥진했으나, 때때로 조용한 아침을 보낸 후 전화벨이 울리지 않으면 불안해졌다.

쑤 부인은 아이들을 돌보고, 그들이 이런저런 방식으로 떠나는 날을 기다리며 아파트라는 벽 안에서 결혼생활을 보냈다. 식료품을 사러 나갈 때도 이웃들과 매일 나누는 인사 이상으로 많은 이야기는 하지 않았다. 쑤 부부가 처음 이사했을 때, 이웃들은 아파트에서 웬 소음이 그리 나느냐고 꼬치꼬치 캐물었다. 쑤 부인이 호기심을 만족시켜주지 않자, 그들은 쑤 가족의 비밀을 알 권리를 거절당했다는 이유로 화를 냈다.

한번은 지앤이 네댓 살쯤 되었을 때, 동네 여자들이 아이를 건물 입구에 잡아놓고 이것저것 물은 적이 있었다. 나중에 쑤 부인은 입술을 꼭 다문 채 울먹이며 계단에 앉아 있는 지앤을 발견했다.

쑤 부인은 퐁 부인이 베이베이의 소리를 들을 수 없도록 꼭 닫아놓은 베이베이의 침실 쪽으로 걸어간다. 그녀는 방에 들어가기 전에 잠시 베이베이의 쉿소리를 듣는다. 베이베이는 오늘 매우 흥분해서 행동했고, 평소보다 더 날카롭고 성마르게 소음을 냈다. 쑤 부인은 침대 옆에 앉아 베이베이의 눈썹 위를 쓰다듬는다. 그녀를 달래 평상시처럼 낑낑거리는 수준으로 만들려 했으나 실패했다. 쑤 부인은 베이베이에게 죽이라도 몇 숟갈 먹이려 해보지만, 그녀는 쑤 부인의 얼굴에 죽을 전부 엎지르고 만다.

쑤 부인은 얼굴을 닦아낼 수건을 가져오려고 일어난다. 그때 흥신소 생각이 나 섬뜩하다. 그녀는 퐁 씨에게 바싹 붙어 따라다니며 시시콜콜한 일상을 기록하는 유령 같은 사내를 상상한다. 퐁 부인이 호기심이 생겨 또는 그저 지루해서 다른 사람의 비밀을 알아내고 싶어 돈을 더 쓴다면 흥신소 직원은 그녀의 남편도 조사할 것인가? 쑤 부인은 몸을 떤다. 침실을 둘러보고, 커튼과 창이 밤낮 닫혀 있음에도 벽의 틈새로 베이베이가 보이지나 않을까 생각한다. 쑤 부인은 베이베이를 뜯어보며 그녀가 낯선 사람에게 어떻게 보일지 궁금해한다. 도자기처럼 하얀, 햇빛을 본 적이 없는 산더미 같은 살. 나이는 베이베이의 몸과 얼굴에 아무런 흔적도 남기지 않았다. 특대형 분홍 잠옷에 싸인 그녀는 여전히 부드럽고 몰랑몰랑한 신생아였다.

베이베이가 새된 소리를 지르자 그녀의 볼살이 떨렸다. 쑤 부인은 베이베이의 통통한 손을 꼭 감싸고 속삭이듯 노래한다.

"작은 생쥐가 조리대 위에 올라가네. 작은 생쥐가 식용유를 마시네. 작은 생쥐는 너무 배불러 움직이지 못하지. 야옹, 야옹, 저기 오는 고양이에게 작은 생쥐는 붙잡혔네."

그것은 베이베이가 가장 좋아하는 노래인데, 쑤 부인은 그럴 만한 이유가 있다고 믿는다. 애초에 베이베이는 사촌끼리의 결혼을 반대한 친척들이 낳아선 안 된다고 경고했던 아이였다. 의사들은 아이가 열 살 이전에 죽을 것이고 스무 살까지 산다면 기적일 거라고 말했다. 게다가 신생아를 의과대학 표본으로 기증하라고 제안하기까지 했다. 쑤 부부는 자기들의 아이가 포름알데히드 병에 잠겨 있는 모습을 떠올리고 몸을 떨었고, 베이베이가 퇴원한 후 다시는 병원에 데려가지 않았다. 사랑했기에 부부는 세상의 풍파를 두려워하지 않았다.

그들은 가족과 옛 이웃들에게서 떨어진 다른 구역으로 이사했다. 쑤 씨는 직업을 바꾸었고, 쑤 부인은 베이베이를 돌보기 위해 일을 완전히 포기했다. 집에 손님들을 초대하지 않았고 얼마 후에는 친구와의 교제도 끊었다. 베이베이가 편하게 해달라고, 같이 있어달라고 소리를 내기 시작하자 그들은 박수를 쳤다. 그리고 베이베이가 자라는 모습을 지켜보았다. 힘들었으나 서로에 대한, 그리고 딸에 대한 사랑 때문에 가능한 인생이었다. 한 살 위인 호리호리한 젊은이였던 사촌이 선물로 시집 한 권을 건네던 순간 사랑에 빠졌고 그때부터(열두 살이었다) 쑤 부인이 꿈꾸었던 완벽한 삶이 이루어졌다.

젊은 사촌은 구부정한 남편이 되었다. 완벽한 삶……. 실은 그 정도는 아니었다. 베이베이가 열 살이 되던 해는 모든 면에서 축하할 만한 기적의 해였다. 남편은 두 번째 아기를 갖자고 말했다. 왜요? 그녀의 물음에 그는 더 건강한 결혼, 더 완벽한 가족에 대해 이야기했다. 그녀는 그의 변명을 이해하지 못했고, 지앤이 배 속에서 자라고 있을 때부터 자신들은 홀륭한 아이를 갖겠지만 이미 파괴된 삶을 재건하는 데는 아무 소용도 없으리라는 것을 알았다. 그들은 베이베이 주변에 하나의 세계를 구축했으나, 남편은 다른 사람들의 가족과 비슷한 것을 찾아 그 세계를 외면했다. 쑤 부인은 그것을 이해하기 어려웠다. 남자들은 늘 변화를, 여자들은 현상 유지를 생각한다던가? 여자는 삶에서 무엇이든 받아들여 그것을 최고로 만들었다. 남자는 완벽하지 않지만 더 나은 것을 얻으려고 거래했다.

쑤 부인은 한숨을 쉬고 베이베이의 볼품없는 모습을 바라본다. 옛날, 자기 팔에 안고 이 방에 들어오던 때의 크기로 베이베이를 줄일 수 있기를 바란다. 다른 사람의 눈에는 너무나 거슬릴 게 뻔하기 때문이다. 어느 누구의 주의도 끌지 않고 베이베이를 살짝 내세로 보낼 수 있기를 바란다. 베이베이는 더 크게 소리 지르고 입가에선 흰 거품이 떨어진다. 쑤 부인은 수건으로 그녀를 깨끗이 닦아주고, 입에 손을 얹어 소리를 막는다. 계속 그러고 싶어진다. 3분만 더 있으면 베이베이는 죽음이 모든 생물을 위해 준비해둔 구원을 얻어 투쟁과 굴욕의 삶에서 해방될 수 있을 거야, 하고 쑤 부인은 생각한다. 하지만 베이베이의 창백한 얼굴이 붉어지는 징조가 나타나자마자 손을 치운다. 베이베이는 깊이 숨 쉰다. 베이베이의 생명이 한때 그 생명을 빚었던 사랑보다 더 오래 살아남을 정도로 끈질기다는 것에 쑤 부인은 놀라고 이내 슬퍼진다.

단말기 부스에서 쑤 씨는 한 손가락으로 베이베이와 지앤의 생일을 조합한 암호를 친다. 여전히 컴퓨터 조작에 서툴렀으나, 그 층에 있는 사람들은 대부분 나이 들고 느릿느릿해 서로 인내심을 발휘한다. 소프트웨어는 충실히 그래프와 숫자들을 만들어내지만, 오늘 쑤 씨는 어찌 된 일인지 집중하기 어렵다.

잠시 후, 그는 차례를 기다리고 있는 어느 여자에게 자리를 내주고 물러난다. 그는 좌석으로 돌아가 쉬기 편한 의자를 찾는다. 최근 몇 년간 경기 침체로 거래소는 유지 보수를 게을리했고, 오렌지색 플라스틱 좌판이 없어진 의자가 많아졌다.

쑤 씨는 마침내 집에서 만든 방석을 가져와 적당한 의자를 하나 찾아서 나이 든 주부들 옆에 앉는다. 50대 후반이나 60대 중반쯤 된 여자들은 그 층에서 가장 행복하고 수다스러운 사람들이다. 그들은 대개 주식에 돈을 묻어두었다. 지금으로서는 다른 수가 없어서 그냥 갖고 있어야 하는 돈이다. 어쩌면 영원히 그래야 할지 모른다. 그들이 매일 객장에 오는 이유는 오로지 사교를 위해서다. 그들은 아이들과 손자들, 참을 수 없는 며느리와 사위들, 전날 밤의 연속극, 장황하게 논의하고 분석해야 하는 타블로이드 신문 기사 이야기를 한다.

쑤 씨는 커다란 화면에서 흘러가는 숫자들을 바라본다. 라디오 경제 방송에서는 진행자가 열심히 분석을 해주고 있지만 그 소리는 여자들의 수다에 눌려버린다. 쑤 씨는 평소 그들이 거슬릴 정도로 시끄러운 무리들이라고 생각하지만 오늘은 애정에 가까운 다정함을 느낀다. 조용하고 시름에 젖은 아내는 결코 이 수다스러운 늙은 암탉들 사이에 끼지 못하겠지만, 그는 잠시 아내가 가장 세속적인 일들에 힘을 쏟는, 생각 없이 행복한 저 여인네 중 한 명이길 바란다.

관심종목과 관련된 숫자들을 받아 적은 후 쑤 씨는 한숨을 쉰다. 그토록 연구했지만 자신이 저 나이 든 여자들보다 나아지리라는 전망은 전혀 보이지 않는다. 삶은 사람들이 오산하는 바로 그런 이유로 잘못된다. 남편과 아내는 평생 사랑하겠노라고 맹세하지만 그 사랑은 일생보다 짧다. 사람들은 만족스레 셈을 하며 주식을 사지만, 확률의 법칙에도 불구하고 인생 자체는 있음직하지 않은 쪽을 선호한다는 것을 계산에 넣지 않는다.

쑤 씨와 아내는 열세 살에 사랑에 빠졌다. 첫사랑에서 출발해 가족을 이룰 가능성은 얼마나 될까? 양쪽 집안의 반대를 무릅쓰며 그들은 결혼했고, 모든 사람의 경고를 무시하고 아이를 갖기로 했다. 젊고 오만했던 쑤 씨는 계산을 했고, 문제아가 태어날 확률은 아주 낮으므로 운명은 거의 그들 편일 거라는 결론을 내렸다.

거의, 하지만 전적으로는 아니었다. 퉁명스럽고 야비한 농담같이 두뇌와 척추에 커다란 문제를 안고 베이베이가 태어났다. 아내가 자신과 아기를 세상으로부터 숨기려 들지 않았다면 그리 큰 불행은 아니었을 것이다. 베이베이를 보며 아내는 그들의 결혼이 흔쾌히 용납받지 못했다는 것을 매일 상기했음에 틀림없다.

쑤 씨는 부끄러워할 것 없다고 말하려 했지만 용기가 나지 않았다. 다른 아이를 갖자고 제안한 것은 그였다. 두 번째 기회를 갖기 위해, 불필요한 수치심과 고통에서 아내를 구하기 위해, 비밀스럽게 운명에 다시 도전하고 싶기도 했다. 다른 재앙이 일어날 확률은 낮다, 매우 낮다고 아내를 설득하려 했다. 정상 아이를, 정상 가족을 이룰 수만 있다면! 새 아이의 탄생은 그의 계산이 옳았음을 증명했다. 부모가 첫 번째에 놓쳐버린 것을 두 배로 보상받기라도 하듯 지앤은 건강하게 태어났고, 아주 잘생겼으며, 밝은 소년으로 자라났다.

그러니 그런 성공이 결혼생활을 더 행복하게 하기는커녕 아내와 더욱 멀어지도록 만들 줄 누가 생각이나 했겠는가? 삶보다 더 영리할 수 있다고 생각하며 똑같은 실수를 반복하다니, 그는 얼마나 오만했던가. 세상의 모든 지혜와는 반대로 불행은 아내와 나눌 수 있어도 행복은 그럴 수 없다는 듯, 베이베이의 탄생에서 살아남은 것이 지앤의 탄생에서는 살아남지 못했다. 20년 동안 그들은 주의 깊게 말다툼을 피했다. 그들은 정다운 부모였고 충실한 배우자였지만, 젊은 사촌끼리 열광하게 했던 것들은 공유할 수 없는 고통만을 남겨두고 모두 사라져버렸다.

손가락 하나가 쑤 씨의 어깨를 두드린다. 그는 눈을 뜨고 자기가 잠들어 있었음을 깨닫는다. 쑤 씨는 그 여자에게 말한다.

"미안합니다."

"코를 골고 계시더군요."

그녀는 책망하는 듯한 미소를 띠며 말한다.

쑤 씨는 다시 사과한다. 여자는 고개를 끄덕이고 친구들과의 대화로 돌아간다. 쑤 씨는 전광판의 시계를 본다. 점심시간 치고는 아직 이르지만 인스턴트 국수 봉지 하나와 머그잔을 가방에서 꺼내 식수대로 가서 국수에 끓는 물을 붓는다. 면발이 풀리고 불어난다. 쑤 씨는 국물 한 모금을 마시고 고개를 흔든다.

그는 집에 가서 지금껏 엄두를 낼 수 없었던 질문을 풀어놓고 아내와 이야기해야겠다고 생각하지만, 다음 순간 말할 수 없었던 것들은 그대로 두는 게 낫다고 판단한다. 인생은 주식시장과 그리 다르지 않다. 어떤 주식을 사면 온갖 실수의 개연성에도 불구하고 그 선택에 집착한다.

정오가 되면 주식거래소의 주문을 받은 식당에서는 브이아이피 라운지에 도시락을 배달하고, 1층 거래자들은 점심을 전자레인지에 데우거나 인스턴트 국수를 먹는다. 쑤 씨는 다른 식탁에서 풍기는 음식들이 뒤섞인 냄새를 맡으면 언제나 기분이 좋아진다. 희망찬 기분으로 단말기 부스에 들어간 그는 생각한다. 어느 날 아내가 베이베이를 돌보는 일에서 해방되면 함께 주식거래소에 가자고 부탁할 것이다. 그녀가 의미 없고 평범한 행복으로 가득한 다른 이들의 생활을 보길 바라는 것이다.

쑤 씨는 5시에 재빨리 주식거래소를 떠난다. 그런데 건물 밖에서 퐁 씨를 만난다. 퐁 씨는 모퉁이에 앉아 버려진 아이처럼 슬픈 모습으로 그를 쳐다보고 있다.

"퐁 씨, 괜찮은가? 왜 들어와서 날 찾지 않았어?"

쑤 씨가 말한다.

퐁 씨는 한잔하러 가자더니, 손을 내밀어 쑤 씨에게 일으켜달라고 한다. 그들은 길가의 간이식당을 발견하고는 안으로 들어간다. 퐁 씨는 차가운 요리 몇 가지와 독한 고구마 술을 시킨다.

"당신은 우리 인생보다 결혼이 더 빨리 종치기를 바란 적 없어?"

퐁 씨가 술을 마시며 말한다.

"뭐 힘든 일 있나?"

쑤 씨가 묻는다.

"아내가 풀려난 후로 되는 일이 없어."

"이혼할 건가?"

퐁 씨는 술잔을 기울인다.

"그럴 수 있으면 좋겠어."

그는 이윽고 울기 시작한다.

"아내를 사랑하지 않아, 그냥 짐 싸서 떠나버리고 싶어."

늦은 오후 쑤 부인은 베이베이에게 뭔가 문제가 있다고 확신한다. 보통 때는 맑고 비어 있는 그녀의 눈이 마치 자신의 고통을 자각하는 듯 이상한 빛을 담고 반짝거린다. 쑤 부인은 그녀를 진정시키려 하지만 실패하고, 이도저도 안 되자 수면제가 담긴 병을 꺼낸다. 알약 두 개를 도기 약절구에 넣고, 잠시 망설이다가 두 개를 더 넣는다. 가족이 방해받지 않고 편한 잠을 잘 수 있도록 그녀는 수년 동안 베이베이에게 알약 가루가 들어간 시럽을 먹여왔다.

베이베이는 잠시 고함을 멈추고 조용해지더니 다시 소리를 지르기 시작한다. 부인은 베이베이의 이마를 쓸어주며 약 기운이 퍼질 때까지 기다린다. 전화벨이 울리지만 쑤 부인은 움직이지 않는다. 전화벨이 다섯 번째 울리자 그녀는 졸음으로 반쯤 감긴 베이베이의 눈을 살펴본 후 침실 문을 닫고 수화기를 집어 든다.

"왜 전화를 안 받아요? 당신도 나한테 질렸나요?"

퐁 부인은 말한다. 쑤 부인은 변명거리를 찾으려 하지만,

변명 따위엔 흥미가 없는 퐁 부인은 대뜸 그녀의 말을 자른다.

"이제 그 여자가 누군지 알아요."

"찾는 데 얼마나 들었어요?"

"한 푼도요. 세상에, 남편이, 부끄러움도 모르는 늙은이가 스스로 털어놓았다오."

쑤 부인은 안도감을 느낀다.

"그럼 최악의 상황은 지나갔네요, 퐁 부인."

"지나갔다고요? 전혀 아녜요. 오늘 오후 그 양반이 뭐라고 했는지 아우? 우리 셋이 평화롭게 같이 살 수 없겠느냐고 물었어요. 꼭 내 생각을 해주는 것처럼 말했어요. '우린 방이 많잖소. 그 여자에게 방 하나와 침대 하나 주는 것쯤은 어렵지 않을 거요. 그 여자는 좋은 여자고, 우리에게 잘할 거요.' 물론 그 사람 물건은 확실히 돌봐주겠죠."

쑤 부인은 얼굴이 붉어진다.

"그 여자는 당신과 함께 살고 싶어 해요?"

"알아맞혀봐요. 그년은 해고되었다오. 하하, 놀라운 일은 아니죠, 그렇죠? 그년은 이리 들어오고 싶겠죠. 밥도 공짜, 잠자리도 공짜, 남자도 공짜……. 이보다 더 좋을 수 있겠어요? 아마 우리 유산에도 눈독을 들이고 있을걸요. 남편이 뭘 제안했는지 상상해볼래요? 내가 그년을 딸처럼 생각해야 한답니다. 그년은 다섯 살에 아버지를 잃고 자기를 만날 때까지 친절한 남자를 만난 적이 없대요. 그래서 내가 말했죠. 그년은 남편을 찾는 거요, 양아버지를 찾는 거요? 그년이 그 양반을 구워삶았어요, 안 그래요? 눈먼 남정네 같으니! 나한테 그년의 고통을 동정하라고 간청하기까지 했답니다. 왜 그년에게 날 동정하라고는 안 했을까?"

무엇인가 쿵 하는 소리를 내며 문을 때리더니 문이 활짝 열린다. 쑤 부인은 돌아서서 남편의 부축을 받으며 문에 기대 있는 어느 노인을 본다.

"퐁 씨가 취했어."

남편이 그녀에게 속삭인다.

"여보세요?"

퐁 부인이 말한다.

"아, 네, 퐁 부인. 누가 와서 가봐야 해요."

"아직은 안 돼요. 얘기 안 끝났어요."

쑤 부인은 비틀거리며 화장실로 들어가는 두 남자를 바라본다. 잠시 후 토하는 소리와 수돗물이 흐르는 소리, 남편이 달래는 낮은 말소리, 퐁 씨의 우는 소리가 들린다.

"그래서 내가 말했지, 내 눈에 흙이 들어가기 전엔 안 된다고. 그랬더니 울면서 간청을 하고, 마음을 열어야 되니 어쩌니 하는 웃기는 소리들을 해요. 그 사람 말이, 이제 두 여자와 한 남자가 평화롭게 사는 집이 많대요. 그게 결혼 혁명이래요. 내가 그랬죠. 혁명? 그건 반동이에요. 당신은 자신이 훌륭한 마르크스주의자인 줄 알지. 하지만 마르크스는 중혼하라고 가르치진 않았어요. 마오 주석은 축첩하라고 말하지 않았고."

쑤 씨는 퐁 씨를 부축해 긴 의자에 눕히고, 퐁 씨는 눈을 감는다. 쑤 부인은 고통에 뒤틀리고 눈물로 얼룩진 노인을 본다. 곧 화난 퐁 부인의 말이 퐁 씨의 코고는 소리에 섞인다.

퐁 씨가 잠들자 쑤 씨는 일어서서 베이베이의 방으로 들어간다. 잠시 후, 그는 방에서 나와 가슴을 떨리게 하는 슬프고 차분한 표정으로 쑤 부인을 바라본다. 그녀는 퐁 부인이 조잘거리는 수화기를 놔두고 베이베이의 침실로 걸어간다. 거기서 평온하게 쉬고 있는 베이베이를 발견한다. 고통의 흔적이 얼굴에서 사라졌다. 딸의 얼굴은 푸른기가 도는 도자기처럼 새하얗다.

쑤 부인은 침대 옆에 무릎을 꿇고 여전히 통통하고 부드러운 베이베이의 손을 감싸쥔다. 남편이 가까이 와서 이제 희끗희끗하고 가늘어진 그녀의 머리칼을 쓰다듬는다. 부드럽고 머뭇거리는 듯한 그 손길은 둘이서 한평생을 함께하기 전 어느 날, 할아버지의 정원에서 노는 어린아이였을 때와 똑같다. 종 모양 석류꽃이 불 같은 색조를 뿌리며 벌들을 바쁘고 행복하게 만들던 그 시절 말이다.

독재자를 닮은 아이

우리 이야기가 다들 그렇듯이, 그의 이야기도 우리가 태어나기 훨씬 전부터 시작되었다. 숱한 왕조를 거치며 우리 마을은 황족들에게 가장 믿을 만한 하인들을 공급했다. 그들은 흔히 환관이라 불렸지만, 우리는 경외심에서 태부라고 불렀다. 우리 중 태부들의 직계 자손은 아무도 없지만, 혈통의 강을 거슬러 올라가면 우리 이름이 역사에서 사라지지 않도록 자신의 남성을 포기한 아저씨, 형제들, 사촌들을 발견한다.

세대마다 그들은 일고여덟 살에 선택받아 거세되었고('자궁自宮한다'고 했다) 황제와 황족의 살림을 배우는 도제로 궁전에 보내졌다. 열서너 살이면 급료를 받기 시작했다. 그들이 모아서 고향 부모에게 보낸 은전들은, 잘린 남근이 약초의 효능에 힘입어 보존되어 있는 작은 비단 주머니와 함께 상자에 보관되었다. 태부의 형제가 혼인할 나이가 되면 부모는 상자를 열어 은전을 꺼내 장가를 보냈다. 며느리는 자식들을 낳았다. 자식들은 자라서 더 많은 자식을 낳거나 자궁한 소년들을 궁으로 보내 가문의 이름을 이어갔다.

세월이 흘러갔다. 태부들이 흔들거리는 무릎으로 더 이상 황실 일을 할 수 없게 되면 궁전에서 풀려나 조카들의 집에 머물렀다. 걱정거리라곤 없었기 때문에 하루 종일 양지에 앉아서 자신처럼 뚱뚱하고 느린, 궁전에서 데려온 고양이들을 쓰다듬으며 골목 수캐들이 암캐들을 쫓아다니는 것을 바라보았다.

조만간 그들에게 죽음이 찾아온다. 그들의 장례식은 우리 마을에서 가장 화려한 사건이었다. 금빛과 붉은빛 가사를 입은 예순네 명의 승려가 그들의 영혼을 극락으로 인도하기 위하여 49일 동안 경을 읊었다. 청색과 회색 도복을 입은 예순네 명의 도사들이 감히 그들의 시신에 범접하려는 악귀를 쫓아내기 위해 49일 동안 춤을 추었다. 49일 후 시든 남근을 담은 비단 주머니가 관 속에 놓이는 신성한 순간이 왔다. 이제 잘려나간 신체가 다시 몸과 합류했고, 혼백은 우리 마을보다 더 나은 곳으로 후회 없이 떠날 수 있었다.

이것은 우리 태부의 이야기였다. 여러 왕조가 흘러가는 동안 황실의 가장 믿음직스러운 신하로서 고귀한 혈통을 남지의 비천한 욕망으로 더럽히지 않고 공주와 후궁의 가장 개인적인 일을 돌본 사람들 말이다. 그들은 황제와 황자를 섬세하게 다루었다. 황제와 그의 아들을 싸구려 아름다움으로 유혹하려 애쓰는 젊은 시녀들과는 달리 태부들은 황제의 아내들에게 아무런 위협도 되지 않았다. 그렇지만 황자들이 후궁을 취할 법적인 나이가 되기 전에 그들의 노리개가 된다는 험한 소문이 있었고, 아주 사소한 실수로 물에 빠져 죽고, 불에 타 죽고, 맞아 죽고, 목이 베여 죽은 태부들의 불행한 이야기도 나돌았다.

그러나 우리는 알고 있다. 이런 이야기들은 우리 마을의 명성을 훼손하기 위해 날조된 것이다. 우리는 여태 보아온 것, 우리 묘지에 정교하게 조각되어 세워진 묘비, 우리 족보에 우아하게 장식된 초상화를 믿는다. 태부들로 인해 가슴 깊이 자부심을 느끼고 그들에게 감사한다. 그들이 아니었다면, 이 한촌에 태어난 미미한 족속인 우리는 무엇이었겠는가?

우리 마을의 영광은 지난 세기에 희미해졌다. 그러나 역사 속의 태부들이 전락하기 전 한 소년의 이야기를 들려주고 싶다. 그래도 되겠는가?

전통에 따라 황궁에 보내는 소년들은 더 많은 사내아이를 낳아야 할 신성한 의무를 지닌 외아들이 아니어야 했다. 그러나 우리의 태부들 중 가장 위대한 분은 가문의 외동아들이었다. 독자였던 그의 아버지는 아내의 배 속에 더 많은 씨를 뿌릴 기회를 얻기도 전에 젊은 나이로 죽었다.

궁전에서 돈을 보내줄 아저씨나 형제가 없었던 소년과 홀어머니는 가난하게 살았다. 그가 열 살 때 황제에게 금괴를 하사받은 형제들을 자랑하는 이웃 소년들과 싸운 뒤 소년은 외양간에 가서 낫으로 자궁했다. 전설에 따르면 소년은 핏방울이 뚝뚝 떨어지는 남근을 손에 들고 마을을 가로질러 걸었고 동정심을 품고 바라보는 사람들에게 외쳤다.

"내가 황제 폐하의 으뜸가는 시종이 될 때까지 기다려!"

그의 어머니는 아들과 손자도 없는 지붕 아래 산다는 수치와 절망을 견디지 못하고 우물 속에 몸을 던졌다. 20년 후, 그 아들은 휘하에 2천 8백 명의 환관과 3천 2백 명의 시녀를 거느린 환관장이 되었다. 돈을 보내주어야 할 형제들도 없었던 그는 막대한 재산을 모았고 그 고을 최고의 부호로 은퇴했다.

그는 사람들을 고용해 불쌍한 어머니의 관을 파내 우리 마을 역사상 가장 사치스러운 두 번째 장례식을 치러주었다.

때는 1904년 아홉 번째 달에 일어난 일이고, 오늘날까지 노인네들은 그 장례식에 대해 미주알고주알 이야기를 늘어놓는다. 백단나무로 조각된 거대한 관, 금괴 더미, 비단옷 가방들, 그리고 망자가 내세에서 사용할 옥그릇 상자들. 더욱 인상적이었던 것은 그 아들이 윗마을 가난한 농부들에게 산 네 어린 소녀들이었다. 그들은 모두 열두 살이었다. 소녀들에게 꿈도 꿔보지 못했을 공단 옷을 입히고 각자 한 컵의 수은을 먹였다. 그들은 즉사했는데, 가마 의자에 실려 관 앞으로 행진해왔을 때 보니 복사빛 안색은 그대로였다. 굽은 손가락에 타오르는 향을 쥔 채, 소녀들은 그 어머니의 충실한 하녀가 되어 다른 세계로 떠났다.

이 태부의 이야기는 어둠이 먹물처럼 짙어지기 전에 하늘을 수놓는 눈부신 불꽃놀이처럼 우리 역사에서 가장 빛나는 페이지를 장식했다. 곧 공화주의자들이 마지막 왕조를 전복했고 황제는 자금성 밖으로 쫓겨났다. 우리 태부들의 마지막 세대인 그의 가장 충성스러운 시종들도 그러했다. 1930년대 그들은 대부분 자금성 근처의 사원에서 가난하게 살았다. 가장 영악한 사람들만이 서방 기자들과 관광객들에게 제 몸을 보여주고, 추가 요금을 받아 질문에 대답하고, 그보다 더 큰돈을 받아 사진을 찍는 데 동의해 부유한 생활을 했다.

그후 우리는 공화제 10년과 군벌들이 판치는 세상을 경험했다. 두 번 다 이기는 쪽에 섰지만 아무것도 얻지 못한 두 번의 세계대전과 내전을 겪고, 마침내 공산주의의 여명이 밝아왔다. 독재자가 우리나라에서 공산주의가 승리했다고 주장한 날, 마을의 젊은 목수는 고향으로 돌아와 갓 결혼한 아내와 재회한다.

"지금부터 우리는 새로운 생활을 하게 된대요."

젊은 아내는 지붕 위의 확성기를 가리키면서 남편에게 말한다.

"새롭건 낡건 생활은 다 똑같아."

남편은 대답한다. 그는 아내를 침대로 이끌어 사랑을 나눈다. 남자와 여자들이 앵무새처럼 되풀이하는 처음 듣는 노래를 확성기가 틀어대는 동안 그의 눈은 황홀경 속에서 반쯤 감겨 있다.

"공산주의는 위대하고, 위대하고, 위대하여라."

이런 합창이 울려퍼지는 가운데 아들이 잉태된다. 똑같은 노래가 매일 방송되고, 젊은 어머니는 커지는 배를 어루만지면서 같이 콧노래를 부르고, 독재자의 사진을 조심스레 신문에서 오려낸다. 물론 우리는 결코 그를 독재자라 부르지 않는다. 우리의 아버지, 우리의 구세주, 우리 삶의 북극성, 우리 시대의 결코 지지 않는 태양이라고 부른다. 그 시절 대부분의 여자들과 마찬가지로 그 어머니는 문맹이다.

그러나 다른 여자들과 달리 신문을 즐겨 보고 두꺼운 공책에 독재자의 사진을 끼워두어 간직한다. 그녀는 우리 마을에서 가장 현명한 여자가 아닐까? 다른 여자들은 임신 중에 독재자의 얼굴을 본다는 생각조차 못 했을 것이다. 물론 임신한 여자가 어떤 얼굴을 꼼꼼히 뜯어볼수록 아이가 그 얼굴을 닮아간다는 속담은 언제나 있었다.

수년 전, 도시의 젊은 어머니들은 셜리 템플이라는 외국 이름이 붙은 수입 인형을 즐겨 보곤 했다. 수십 년 후에 임신한 어머니들이 많이 뜯어보는 얼굴은 영화 스타들일 것이다. 그러나 이때는 독재자가 미디어의 유일한 슈퍼스타였고, 그래서 어머니는 아기가 태어나기 전 열 달 동안 독재자의 얼굴을 바라보고 있었다.

아들은 독재자의 얼굴을 하고 태어난다. 처음에 우리는 그 기적을 눈치채지 못한다. 그후 10년 동안 아이의 얼굴에서 죽은 그의 아버지를 볼까봐 그를 바라보지 않으려 한다. 그 아버지는 열심히 일하는 사람이었고 이웃들에게 친절했으며 아내에게 다정했다. 그가 우리의 신생 공산주의 국가의 적이 되리라고는 결코 상상하지도 못했다. 그러나 증인들이 있다. 그것도 한 명이 아니라 한 술집 손님 전원이 증인이다.

그는 영웅들과 암퇘지를 두고 한 말 때문에 죽는다. 당시 우리는 공산주의 모국의 권력을 우리의 대형으로 존경했다. 우리 대형의 나라 소비에트 연방에서는 공산주의적 대의에 입각해 출산을 장려하고, 일정한 수 이상의 아이를 낳은 여자들은 '모성 영웅'이라는 칭호를 받는다고 한다. 우리는 같은 천국으로 가는 같은 고속도로를 달리기 때문에, 독재자는 소련의 정책을 차용하기로 결정한다.

젊은 목수는 약간 취해서 동료 술꾼들에게 큰 소리로 농담을 한다.

"모성 영웅? 내 암퇘지는 한 배에 새끼 열 마리를 낳았는데. 그 암퇘지도 무슨 칭호를 받아야 하지 않아?"

바로 이것이다. 독재자의 인구정책에 대한 악의적인 공

격. 목수는 공개재판에 회부되어 처형된다. 그의 아내를 제외한 모든 사람이 재판에 참석하고, 우리는 주먹을 높이 들어 올리며 인민의 승리를 외친다.

우리가 이구동성으로 외치는 목소리는 목수 아내의 침대에서 흘러나오는 신음 소리를 묻어버린다. 총알이 그 젊은이의 머리를 관통할 때 우리는 구호를 외친다. 그의 시체를 운구하는 군중이 거리에서 행진할 때 우리는 혁명가를 부른다. 마침내 지쳐서 더는 목소리를 낼 수 없을 때 우리는 그 아이의 크고 고통스러운 첫 울음을 듣는다. 그리고 잠시 서로의 눈을 들여다보지 못한다. 우리가 그 어머니와 아이에게 무슨 짓을 했지? 그 죽은 젊은이도 우리 형제가 아닌가!

그때 우리는 베이징의 인구 폭발을 예견한 학자가 독재자에게 정책을 바꾸라고 요청했다는 이유로 감옥에 갇혀 고문당해 죽었다는 사실을 알지 못한다. 독재자가 대형의 나라 지도자와 모스크바에서 회견하면서 우리는 또 한 차례의 세계대전이나 핵무기를 두려워하지 않는다고 말했다는 사실도 알지 못한다.

"미국인들보고 우리 머리 위에 원자폭탄을 떨어뜨리라지. 우리나라에는 5억 인구가 있다. 절반이 죽는다 해도 우리에게는 아직 2억 5천만이 있고, 이 2억 5천만은 즉각 2억 5천만을 더 만들어낼 것이다."

나중에 신문에서 그런 내용을 읽으니 피가 끓는다. 그후 수년 동안, 우리는 미국 폭탄이 우리 머리 위에 쏟아지면 독재자에게 우리의 용기와 충성심을 증명해 보일 수 있기를 바라며 눈을 하늘에 돌리고 산다.

아이는 죽순처럼 빠르게 자라고, 그 어머니는 더 빨리 늙어간다. 목수가 죽은 후 그녀의 청에 따라 마을 혁명위원회는 거리 청소부 일을 준다. 매일 새벽, 우리는 잠자리에 누워 그녀의 대나무 빗자루가 사각거리는 소리를 듣는다.

그녀는 열여덟 살에 과부가 되었고, 젊은 과부인 데다 최고로 아름다웠기에 자연스레 몇몇 총각이 홀로 침대에 누워 그녀를 갈망할 수밖에 없다. 그러나 우리의 젊은이들 중 그녀에게 재혼을 하자고 덤비는 사람은 없다. 누가 반동분자의 과부와 결혼해서 동조자로 손가락질 받을까 걱정하며 여생을 보내고 싶겠는가? 게다가 독재자는 우리나라에서 남녀가 평등하다고 말했지만, 우리는 여전히 마음속으로 다른 남편을 원하는 과부는 창녀라고 믿는다. 신문에서 국가의 적으로 낙인

찍힌 추종자에 대한 독재자의 말을 읽으면서 그런 믿음을 재확인한다.

"과부가 서방을 두고 싶은 욕망을 감출 수 없는 것과 마찬가지로, 사람은 반동적인 성격을 영원히 삼출 수는 없다."

그 젊은 어머니는 우리 눈앞에서 시들어간다. 얼굴은 매일 더 창백해지고 눈은 말라간다. 소년이 열 살쯤 되었을 때, 그 어머니는 예순은 된 여자처럼 보인다. 이제 우리의 총각들은 아무도 그녀의 얼굴에 눈길을 두려 하지 않는다.

기근이 시작되던 해에 소년은 열 살이 된다. 기근 전 3년 동안 우리는 공산주의 천국을 노래하고 전 세계의 고통받는 노동자 계급을 해방시키겠노라고 맹세하는 일밖에 하지 않았다. 농부와 노동자들은 열심히 일하지 않았다. 오로지 가장 생산적인 프롤레타리아 시인이 되려고 경쟁하며 또 다른 노래를 짓기 위해 고통스러우면서도 기쁜 나날을 보냈다.

우리는 독재자의 지도로 세계를 정복하는 전략을 논의하기 위해 매일 마을회관에 간다. 준비되지 않은 채로 기근에 붙들렸을 때, 독재자가 격려하는 말을 듣는다. 그가 우리에게 공산주의적 미래를 위해 허리띠를 한 칸 더 졸라매라고 요구하자 우리는 기꺼이 허리띠에 구멍을 더 뚫는다. 기근 2년차, 독재자는 확성기로 말한다.

"참새와 쥐들을 없애라. 그들은 우리의 식량을 훔쳐가고 굶주림을 가져온 도둑들이다."

참새 잡기는 기근 3년 동안 가장 경축할 만한 사건이었다. 몇 달 동안 묽은 죽을 마시고 풀뿌리를 먹은 후, 참새를 사냥하는 날 아침 우리는 마을회관에서 각자 김이 나는 둥근 빵을 두 개씩 받는다. 아침을 먹은 후 자기 집의 지붕에 기어올라가 혁명위원회의 신호에 따라 징과 북을 치기 시작한다. 지붕에서 지붕으로, 박자가 맞지 않는 우리의 연주는 참새들을 하늘로 몰아낸다. 아침 내내, 오후 내내 우리는 교대로 징을 치고, 참새가 나무 꼭대기에서 쉬려 할 때마다 색색의 깃발을 매단 긴 대나무 장대로 쫓아낸다. 저녁에는 공포에 질리고 기진맥진해 죽어가는 참새들이 작은 폭탄처럼 빗발치듯 떨어지기 시작한다. 허수아비로 분장한 아이들이 뛰어다니며 죽은 참새들을 저녁거리로 모은다.

그 소년이 참새 한 마리를 소매에 숨겨 빼내려는데 더 큰 아이가 그걸 낚아챈다.

"이놈이 인민의 재산을 훔치고 있다!"

큰 소년이 마을에 외친다.

"엄마가 아파요. 엄마가 먹을 게 필요해요."

소년이 말한다.

"어이, 얘야. 네 엄마한테 필요한 건 이런 새가 아닐걸."

한 남자의 말에 우리는 왁자하게 웃는다. 배 속에 빵이, 양동이 속엔 참새들이 있어 우리는 기분이 좋았다.

소년은 잠시 그 남자를 노려보다가 머리로 들이받는다.

"개자식."

남자는 허리를 구부리고 손으로 가랑이를 부여잡은 채 말한다.

"이 반동분자 녀석을 때려줘."

누군가 말하자 우리는 떼로 몰려들어 주먹질과 발길질을 해댄다. 기근 때문에 우리는 매일 더 화가 치밀었고, 이유 없이 타오르는 분노를 터뜨릴 대상을 발견하자 마음이 가벼워진다.

소년의 어머니가 군중들 사이로 달려들어 우리를 밀쳐내려 한다. 그러자 우리는 그 소년을 더 심하게 때린다. 몇 사람은 아예 그를 뻗어버리게 하려고 벽돌과 짱돌을 집어든다. 또 몇몇은 그를 산 채로 집어삼키려는지 허연 이빨을 드러낸다.

"너희 모두 이 아이 얼굴을 봐. 누구든 다시 한번 애를 건드리면, 우리의 위대한 지도자에 대한 불경죄로 고소해버리겠어."

어머니는 미친 여자처럼 우리를 가리키며 소리 지른다.

우리는 그 소년의 얼굴을 본다. 몸이 얼어붙는다. 얼굴은 부풀고 눈은 멍들었지만, 그게 독재자의 얼굴이라는 걸 쉽사리 알아볼 수 있다. 독재자의 영웅적인 어린 시절을 그린 책의 삽화에 나오는 젊고 반항적인 얼굴이다. 소년은 일어나 절뚝거리며 어머니에게 간다. 우리는 겁에 질려 그의 얼굴을 바라보고, 그가 피 섞인 가래를 뱉는데도 감히 손 하나 까딱하지 못한다.

"이 얼굴 기억해둬. 언젠가는 대가를 치러야 할 거야."

소년은 말한다. 그는 참새 두어 마리를 집어 들고 어머니와 함께 걸어간다. 우리는 남편과 아내처럼 서로 부축하며 걸어가는 그들을 바라본다.

수년 동안 우리는 독재자를 꼭 닮은 소년과 더불어 사는 것이 축복인지 재앙인지 알지 못한다. 우리는 그 모자를 가장 귀중하고 깨지기 쉬운 보물처럼 대하고 옆 마을 사람들에게는 단 한마디도 발설하지 않는다.

"좋은 일이 아닐지도 몰라."

노인들은 경고하고, 황제와 같은 별명을 가졌다는 이유로 우물에 던져져 죽은 사람 이야기를 해준다. 노인들은 말한다.

"똑같아서는 안 되는 것들이 있어."

우리 중 누구도 감히 그 소년의 얼굴에 대해 불경스러운 말은 하지 않는다. 때때로 거리에서 그를 마주칠 때면 독재자가 우리와 함께 있는 것만 같아 가슴속에 따뜻한 기운이 몰려온다. 독재자가 우주보다 더 커지는 순간이다. 낡은 신문으로 벽을 바르다가 우연히 독재자의 이름이 들어간 제목을 거꾸로 붙인 까막눈 주부들이 처형당한다. 독재자의 이름을 잘못 쓴 1학년 꼬마 아이들의 부모가 노동수용소로 보내진다. 그 소년과 함께 살아가는 우리는 매일매일 살얼음판을 걷는 기분이다.

우리는 소년의 얼굴에 합당한 존경심을 표하지 못할까봐 걱정스럽기만 하다. 그것은 독재자에 대한 우리의 감추어진 증오를 드러내는 셈일 테니까. 우리는 그 얼굴을 너무 존경할까봐 걱정한다. 진짜와 가짜를 가려내지 못하고 거짓 우상을 숭배하는 무능으로 지탄받을 수 있다. 학교에서 선생들은 그 아이에게 거친 말은 한마디도 하지 않는다. 학생들이 무슨 놀이를 하건 그의 상대편은 기꺼이 지고 만다.

그가 고등학교를 졸업할 때 혁명위원회는 그런 얼굴을 한 젊은이에게 적합한 직업이 무엇일까 논의하기 위해 몇 주 동안 머리를 싸맨다. 우리 마을의 어떤 직업도 그에게 어울리지 않는다. 마침내 우리는 최선의 해답을 찾았다고 생각한다. 그를 혁명위원회 자문위원장으로 선출한다.

그 젊은이는 잘 산다. 아무 할 일이 없고, 연로한 위원들과 차를 마시며 시간을 죽이고 싶지 않았기에 매일 마을을 돌아다니고, 그의 인사를 받으면 우쭐해지는 사람들과 이야기하고, 그의 시선에 얼굴을 붉히는 잡화점 여성 판매 보조원들을 바라본다. 그의 어머니는 이제 훨씬 더 부티가 나고 얼굴에 혈색이 돈다. 불만이라면 어떤 여자도 그 젊은이와 데이트를 하지 않는 것이다. 우리는 딸들에게 그와 결혼하는 것은 최대의 행운이자 최대의 불운일 거라고 경고했다. 도박이 결코 용납받지 못하는 마을에서 태어난 우리들은 누구도 딸을 그런 사내와 결혼시키고 싶지 않다.

독재자가 죽던 날 우리는 마을회관에 모여 고아처럼 운다. 우리 마을에 있는 유일한 텔레비전에서 온 나라가 우리와 함께 울부짖는 것을 본다. 석 달 동안 우리는 일할 때나 잘 때나 검은색 완장을 찬다. 모든 오락은 여섯 달 동안 금지된다. 그가 죽은 지 한두 해가 지났는데 우리는 여전히 배가 불러가는 여자들을 백안시한다. 그들이 예도에 불성실했기 때문이다. 그 아이들의 아버지들은 결코 존경받지 못한다.

그 젊은이에게는 어려운 시절이다. 그의 얼굴을 보면서 어떤 사람들은 걷잡을 수 없이 울음을 터뜨리고, 그 역시 함께 우느라 몇 시간을 허비한다. 그 때문에 지친 모양이다.

1년 동안 자기 방에서 나오질 않는다. 나중에 작은 여행가방을 갖고 마을회관으로 걸어가는 그를 보았는데 스물여덟이란 나이보다 훨씬 늙어 보인다.

"뭐 안 좋은 일 있나? 너무 슬퍼하진 말게."

우리는 걱정하며 그에게 인사한다.

"고맙습니다. 하지만 전 괜찮습니다."

젊은이가 대답한다.

"어디로 가는 건가?"

"여길 떠나려고요."

"어디로?"

우리는 거의 공황에 빠질 지경이다. 이번에 그를 잃으

면 1년 전 독재자를 잃은 것만큼이나 참을 수 없으리라.

"정치적 임무입니다. 기밀입니다."

그 젊은이는 수수께끼 같은 미소를 지으며 말한다.

그가 세심하게 커튼을 친 호화로운 자동차(우리 마을 사람 대부분이 평생 본 유일한 차)를 타고 떠난 후에야 우리는 그가 독재자 역을 따내기 위해 오디션을 보러 수도로 갔다는 소식을 듣는다. 우리는 '오디션'이나 '배우' 같은 말이 무슨 뜻인지 알아내려고 며칠 동안 토론한다. 결국 한 가지 점에 의견이 일치했는데, 그가 위대한 사람이 되리라는 것이었다.

이제 그를 볼 수 없기 때문에 그에 관한 이야기는 그의 어머니에게서나 들을 수 있다. 자부심이 강한 그녀는 그가 어디 있느냐고 물을 때마다, 아들이 배 속에서 자라고 있었을 때부터 '죽은 독재자의 얼굴'을 밤낮으로 들여다봤다는 이야기를 되풀이한다.

"알잖수, 그애는 우리 위대하신 지도자의 아들 같아."

그녀가 말한다.

"예, 우리 모두 위대하신 지도자의 아들이지요. 하지만 틀림없이 그가 최고의 아들입니다."

우리는 고개를 끄덕이며 말한다.

어머니는 만족한 나머지 안도의 한숨을 내쉰다. 아들이 태어난 후 처음 몇 년간, 자기 또래 여자들이 아이를 낳고 또 낳은 것을 기억해낸다. 그들은 모성 영웅 증명서 액자를 벽에 걸어놓고 거만하게 고개를 든 채로 그녀 앞을 걸어갔다. 누가 진짜 영웅인지는 시간이 증명해주겠지, 그녀는 생각하고 혼자 미소 지었던 것이다.

그녀는 아들 이야기를 들려준다. 이야기 하나하나가 새로운 세계로 통하는 문이다. 그는 특별기차 일등칸을 타고 베이징으로 갔다. 그곳에서 다른 후보자들과 함께 호화로운 호텔에 짐을 풀었다. 매일 독재자의 기념관에 가고 오디션 준비를 했다.

"다른 후보자들이 있나요?"

그녀가 임신 중에 독재자의 얼굴을 살펴본 유일한 여자가 아닐 수도 있다는 데 놀라 우리는 숨을 들이쉰다.

"분명히 그들이 원하는 사람은 그애야. 걔는 지도자 얼굴을 보면 분명 자기가 선택될 거라는 자신감이 샘솟는대."

그 어머니가 말한다.

그후 몇 년 안에 우리 중 몇몇은 수도에 갈 기회를 얻어, 독재자의 얼굴을 보기 위해 몇 시간 동안 줄을 서서 기다릴 것이다. 그가 죽은 후 수도 한복판에 기념관이 세워졌고, 독재자의 시신은 그곳 수정관에 안치되었다.

건축가는 기념관 입구에 '우리의 위대한 지도자가 백 세대의 가슴속에서 만 년 동안 사시도록'이라고 새겨 넣었다. 입구 안쪽에서 우리는 흰 꽃의 바다에 둘러싸인 수정관 발치에 놓을 흰 종이꽃 한 송이를 사느라 적지않은 돈을 내놓을 것이다. 우리 중 몇몇은 꽃들이 수거되어 다음 날 다시 팔리는 건 아닌가 하는 의문을 품겠지만, 세계에서 가장 신성한 장소에서 그런 불순한 생각을 한 것에 금방 부끄러워할 것이다.

한 줄로 늘어선 우리는 꽃을 들고 숨을 죽인 채 기념관 심장부로 걸어가, 투명한 관에 누워 금빛 별로 장식된, 거대한 붉은 깃발에 덮인 독재자를 볼 것이다. 그의 눈은 잠든 것처럼 감겨 있고, 입술은 미소 짓고 있다. 우리는 이 위대한 사람의 유해에 너무나 감명받은 나머지 부자연스럽게 붉은 뺨과 머리만큼 두껍게 부풀어 오른 목은 못 본 체할 것이다.

우리 젊은이도 이 길을 밟고 존경하는 마음으로 그의 얼굴을 바라보았을 것이다. 그의 가슴속에는 우리에겐 떠오르지 않은 무엇이 스쳐 지나갔을까? 우리는 그것을 궁금해한다.

우리 젊은이는 그 위대한 사람에게 우리 중 누구보다 가까운 감정을 느꼈으리라. 수십 명의 후보를 제치고 독재자 역에 뽑혔으니 그렇게 느낄 권리가 있다. 그의 어머니는 아들이 그 역할을 맡기 위해 태어났다고만 말할 뿐, 그가 라이벌들을 어떻게 제쳤는지는 결코 자세히 말하지 않는다.

훨씬 뒤에야 우리는 그 이야기를 듣는다. 우리의 젊은이를 비롯한 후보자들은 며칠간 훈련을 받는다. 독재자의 몸집과 비교해 너무 키가 작거나 허약한 자들은(그들의 얼굴은 독재자를 닮았지만) 첫판에서 떨어지고, 독재자의 억양을 자유로이 구사하지 못하는 자들이 그 뒤를 따른다. 그다음엔 모든 것을 갖췄지만 지주의 아들로 태어난 사람들같이 출신성분이 의심스러운 후보들이 도중하차한다.

우리의 젊은이가 처형된 반동분자의 아들이라는 사실을 은폐한 마을 혁명위원회 덕에 그는 다른 세 명의 후보와 함께 최종심까지 간다. 마지막 날 즉흥 연기를 하라는 요청을 받자, 다른 세 후보는 모두 독재자가 공산주의 국가의 탄생을 알리는 말을 인용한다. 이는 당신이 기억하듯이 우리 젊은이가 세상에 나오는 여행의 시작이기도 하다. 반면 그는 알려지지 않은 이유로 이렇게 말한다.

"과부가 서방을 두고 싶은 욕망을 감출 수 없는 것과 마찬가지로, 사람은 반동적인 성격을 영원히 감출 수는 없다."

그는 자신의 큰 실수에 잠시 충격을 받고, 죽은 참새가 손가락 사이에서 차갑게 식을 때 느꼈던 수치심과 분노를 느낀다. 놀랍게도, 그가 선택된다. 다른 세 명은 오직 거친 형상만 파악한 반면 그는 독재자의 본질을 포착했다는 이유로. 세 명은 다른 후보자와 함께 성형수술을 하는 곳으로 보내진다. 노인들 말마따나 똑같은 것이 존재해서는 안 되는 경우가 있기 때문이다.

우리 젊은이는 독재자를 대표하는 단 하나의 얼굴이 되었고, 따라서 인생에서 가장 영광스러운 나날이 시작된다. 우리의 젊은이가 주연한 영화가 국립영화제작소에서 촬영된다. 우리는 마을로 돌아와 단 하나뿐인 극장에 밀려들어 영화를 보면서 저런 위대한 얼굴로 태어나게 해주지 않았다며 남몰래 어머니와 아내들을 탓한다.

그 젊은이의 결혼은 우리의 최대 관심사가 된다. 그는 이제 서른이 넘었으니, 일반적으로 어린 딸들에게는 걸맞지 않다고 간주되는 나이다. 그러나 누가 위대한 사람의 나이를 따지겠는가?

우리들 중에서 구세대 사람들은 중매쟁이들의 손에 값비싼 선물을 들려 그의 어머니에게 보낸다. 더 현대적이고 공격적인 사람들은 얼굴을 붉힌 딸들의 손목을 끌고 가서 그의 어머니 집 문을 두드린다. 누구를 선택해야 할지 놀라 어실어실해진 어머니는 마을회관에 가서 하루 걸러 아들에게 장거리 전화를 걸어 여러 후보자를 보고한다. 하지만 그는 더이상 우리 마을 사람이 아니다.

그는 각종 의식과 영화를 위해 나라 전역을 날아다니고 있었고, 우리 마을이 내놓을 수 있는 신붓감보다 더 매력적인 여자들을 보고 있었다. 미안해하는 어머니를 통해 우리의 제안을 모두 거절했다. 우리 대부분은 진짜 용을 품기에는 우리 마을이 너무 얕은 못이라는 사실을 받아들이고 딸들을 다른 젊은이들에게 시집보냈다.

그러나 어떤 사람들은 부질없는 희망에 매달려 그가 우리 딸들의 비할 바 없는 아름다움과 미덕을 깨달을 날을 기다린다. 몇 년 동안, 우리 마을의 부모들은 수십 명의 딸들을 남이 건드리지 못하게 고이 간직한다. 너무 오래 기다려 매년 목이 더 길어진다. 기린을 닮아가는 부모들의 호위를 받는, 학의 모가지를 한 소녀를 거리에서 쉽게 볼 수 있다.

그 젊은이는 자신의 새로운 역할에 몰두한 나머지 이런 일들을 알지 못한다. 그는 공휴일마다 국가 의식에 등장한다. 가장 충실한 팬인 우리는 밤새 텔레비전 앞에 앉아 그의 출현을 기다린다. 화면에서는 남자와 여자들이 활짝 웃음 지으며 잘 훈련된 유치원생들처럼 노래하고 춤춘다.

네다섯 살 된 어린아이들이 기쁨에 찬 앵무새들처럼 사랑의 노래를 부르며 서로 희롱한다. 그 순간, 생각이 깊은 사람들은 우리 국민이 성장하는 게 아니라 아이로 퇴행하는 게 아닌가 하는 이상한 공포에 사로잡혀 불편해지기 시작한다.

그러나 독재자 역을 맡은 우리의 젊은이가 나타나면 그 걱정은 사라진다. 화면 속 사람들은 갈채를 보내며 자리에서 일어나 악수를 하기 위해 손을 뻗는다. 아주 예쁜 젊은 여자들이 꽃다발을 갖고 그에게 달려든다. 그의 주위에 아이들이 들끓으며 독재자의 이름을 부른다. 향수 어린 눈물이 모든 사람의 눈에 가득하다. 잠시 우리는 시간이 멈추었다고 믿는다. 독재자는 여전히 우리와 함께 살아 있고, 우리는 그의 아들로 행복하게 살아간다.

우리가 그 젊은이의 얼굴에 홀려 있는 동안 시간은 슬금슬금 흘러갔다. 이제 우리에게는 소니와 파나소닉이 있다. 우리에게는 P&G, 존슨 앤드 존슨이 있다. 우리에게는 남녀가 거리에서 자유로이 손을 잡고, 눈에 두려움의 기색조차 띠지 않고 서로 키스하는 수입 영화가 있다. 그리고 우리가 교육받은 것만큼 행복하지 않다는 것을 다들 깨닫는다. 저 자본주의 국가 사람들은 우리가 그들을 해방하기를 기다리고 있지 않다. 자신들에 대한 우리의 사랑을 결코 알지 못한다.

우리 젊은이에게도 힘든 시기임에 틀림없다. 독재자에 대한 전기와 회고록이 하룻밤 새 봄풀처럼 쏟아진다. 정부가 임명한 작가 모임에 의해 집단적으로 쓰인 책들과는 달리 이 책들은 출간되자마자 말썽을 일으킨다. 즉시 불법 출판물 판정을 받아 압수되어 무더기로 소각되고 만다. 그러나 독재자에 대한 나쁜 이야기 중 일부가 유포되었다. 그의 치하에서 5백만 명이 기근과 정치적 학대로 죽었다는 소문이 입에서 입으로 퍼진다. 하지만 곰곰 생각하면 그 수는 한때 독재자가 미국 핵폭탄에 기꺼이 희생시키려 했던 것에 훨씬 못 미친다. 그런데 웬 소동이람?

그러나 우리는 이 오랜 세월 동안 철석같이 믿도록 지도받아온 현실을 생각하기 시작한다. 일단 시작된 의심은 우리네 가슴속에 들불처럼 퍼진다. 우리 젊은이의 얼굴이 정기적으로 텔레비전에 나오지만 이미 예전의 아우라를 잃었다. 그의 청혼을 기다리던 사람들은 아무 데서고 청혼만 들어오면 기꺼이 딸들을 팔아넘기려 한다.

수다스러운 늙은 여인인 젊은이의 어머니를 보라. 거리를 걸으면서 누구든 아들의 이야기를 들려줄 사람을 붙잡지만, 누구도 그 이야기에 더이상 감명을 받지 않는다. 그의 어머니로부터 우리는 젊은이가 현재의 지도자와 함께 전국을 순회하고 있다는 것을 알게 되었다. 공산주의에 대한 국가적 믿음을 고취하기 위해 고안된 여행이다. 그래서 어쨌다고? 우리는 묻고, 그 어머니가 이야기를 늘어놓을 기회를 얻기도 전에 걸어가버린다.

베이징에서 반정부 시위가 일어나자 여행은 서둘러 끝난다. 수천 명의 사람들이 민주주의를 위해 수도 한복판에 모이고, 독재자의 기념관을 방문하는 사람은 점점 줄어든다. 위협받고 분노한 현재의 지도자는 시위대에게 기관총을 발포하라고 군대에 명령한다. 실로 놀라운 사건이었다. 하지만 국가가 감독하는 화장터에서 죽은 자들이 화장되는 순간 이 일은 우리의 기억에서 빠져나가 잊혀진다. 나중에 신문에서 읽은 바에 따르면, 지도자는 20년 동안 공산주의가 안정된다면 기꺼이 20만 명의 생명을 죽이겠다고 말했다. 그런 숫자에 망연자실한 우리는 그 사건으로 죽은 사람들을 공개적으로 비난하라는 요구를 받을 때 지도자의 말을 되풀이하고 그의 지혜에 박수를 보낼 것이다.

이제 대형의 나라는 더이상 존재하지 않는다. 우리의 전우들도 역사 무대에서 차례로 퇴장한다. 혼란스러워진 우리는 그들을 어떻게 생각해야 할지, 부러워해야 할지 경멸해야 할지 동정해야 할지 알지 못한다.

이때 인생은 우리의 젊은이에게 커다란 문제를 제시하고 있다. 우리는 습관대로 여전히 그를 우리의 젊은이라고 부르지만, 그는 더이상 젊지 않은 사십 대다. 게다가 결코 평생 여자를 접해본 적 없는 사십 대 남자다. 믿을 수 있겠는가? 앞으로 일어날 일이 모두 일어난 후 우리는 서로 물어볼 것이다. 믿을 수 없다. 우리는 고개를 흔들 것이다. 하지만 그건 사실이다.

우리의 젊은이는 여자를 그리며 이십 대를 보냈지만, 우리는 딸을 그에게 주려 하지 않았다. 우리가 막상 딸을 주려고 했을 때 그는 너무 위대한 남자가 되어버려 감히 그럴 수 없었다. 시간은 가차 없이 흐른다. 이제 우리의 딸들은 그에게 시집갈 수도 없는데, 그는 이미 오래전에 경험했어야 할 여자들을 그리며 공상에 잠긴다.

일단 욕구가 깨어나자 그는 더이상 평화로이 살 수 없다. 거리를 걷는 여자들을 본다. 여름 치마를 입은 여자들의 향기롭고 매력적으로 드러난 팔과 다리를 바라보며 자기 여자를 가지면 어떤 기분일까 생각한다. 그러나 어떤 여자가 그처럼 위대한 사람에게 어울리겠는가? 때로 어쩌지 못해 누구든 지나가는 여자를 붙잡고 자기 여자로 만들고 싶은 충동을 느낀다. 그러나 일단 자위행위가 끝나고 욕망이 수그러들면 더이상 눈먼 열정에 휩쓸리지 않는다. 그런 순간에는 어느 때보다 선명하게 자신의 인생을 바라보고, 어떤 여자도 그와 어울릴 정도로 위대하지 않다는 것을 안다.

"그래도 네게는 아들을 낳아줄 아내가 필요해. 기억하렴, 남자의 첫째가는 임무는 아들을 남겨 가문의 명성을 이어가는 거란다."

장거리 전화를 건 그에게 손자를 갖고 싶은 어머니가 타이른다. 그는 뭐라고 웅얼거리며 전화를 끊는다. 어떤 여자의 자궁도 자신처럼 위대한 얼굴을 한 아들을 기르지 못하리라는 것을 알고 있다.

독재자의 삶은 철저히 탐구되고 영화화되었기에 우리의 젊은이에겐 이제 시간이 더 많아진다. 참석해야 할 행사가 없으면 그는 두꺼운 외투를 입고 거리를 돌아다닌다. 높은 옷깃과 커다랗고 검은 안경으로 얼굴을 감춘 채로. 때로는 얼굴을 완전히 드러내고 걷고 싶지만, 사인을 부탁하는 수백 명의 사람들에게 둘러싸여 곤욕을 치를 게 뻔한지라 그런 위험을 감수할 수 없다.

어느 날 그는 갖고 싶지만 이름 붙일 수는 없는 무언가를 찾아 수도를 걸어다닌다. 어떤 골목길에 들어섰을 때, 누군가 신문 잡지를 파는 수레 뒤에서 그를 소리쳐 부른다.

"책 필요하슈, 친구?"

그는 멈춰서서 검은 안경 너머로 상인을 바라본다.

"무슨 책?"

"무슨 책 필요하슈?"

"무슨 책 갖고 있소?"

상인은 잡지 몇 권을 옮기더니 잡지 밑에 있던 비닐 시트를 벗긴다.

"노란 것, 빨간 것, 뭐든지 원하는 대로. 책 한 권에 50위안이오."

그는 허리를 구부리고 검은 안경 너머로 책들을 바라본다. 비닐 시트 아래에는 표지가 화려한 책들이 있다. 그는 하나를 집어 들어 벌거벗고 이상한 자세로 성교하고 있는 남자와 여자를 바라본다. 가슴속에서 심장이 다급하게 쿵쾅거리기 시작한다.

"그건 노란 책으로 훌륭합죠. 원하시는 만큼 노랄 겁니다."

상인이 말한다. 그는 손가락으로 책을 움켜쥔다.

"다른 건 뭐 갖고 있소?"

"이 빨간 건 어때요? 모두들 이 책을 아주 좋아하죠."

상인은 표지에 독재자의 얼굴이 실린 다른 책을 그에게 건넨다.

우리 젊은이는 그 책에 대해 들어본 적이 있다. 30년 동안 독재자의 주치의를 했던 의사가 쓴 회고록인데, 해외에서 출판되었을 때 금서로 지정되어 홍콩과 미국에서 밀수입된 책이다.

그는 두 권의 책값을 지불하고 방으로 돌아와 독재자의 초상화를 거울 속 자신의 얼굴과 비교해본다. 여전히 모든 각도에서 완벽하다. 그는 한숨을 쉬고 노란 책으로 덤벼들어 굶주린 사람이 먹을거리를 집어삼키듯 거기에 탐닉한다. 발기가 너무 고통스러워지자 그 책을 팽개치고 붉은 책을 집어 든다.

한 책이 너무 견디기 어려우면 다른 책으로 바꿔가면서 그는 전에 한 번도 느껴본 적이 없는 공허에 휘말린다. 노란 책에서 그는 평생 그리워했던 세계를 본다. 남자는 끝없이 여자를 공급받고 그 여자들은 하나같이 그를 즐겁게 해주려고 열심이다. 그러나 그가 아는 한, 원하는 만큼 많은 여자들을 가질 수 있었던 남자는 독재자밖에 없다.

그는 다시 붉은 책을 훑어본다. 젊고 매력적인 '간호사들'을 동반한 독재자의 사진을 바라보며, 지금껏 자기 역할을 오해하고 있었음을 깨닫는다. 위대한 사람이 된다는 것은 원하는 것을 무엇이든 갖는다는 뜻이다. 이제야 깨달은 자신을 탓하며 그는 일어서서 밤거리로 나간다.

그는 흐릿한 조명의 '가라오케와 댄스' 바에서 어렵지 않게 한 창녀를 찾는다. 창녀와 흥정하는 그는 미리 준비한 검은 안경을 쓰고 무거운 외투를 입고 있다. 그다음엔 가까운 호텔로 가서 여자가 접수계에 있는 동안 옆문을 통해 여자가 예약한 방으로 몰래 들어간다.

다음에 일어난 일은 당황스럽다. 들리는 소문으로는 옷을 벗으라는 말에도 그는 검은 안경이며 무거운 외투를 벗으려 들지 않았다. 위대한 남자란 무엇이든 자기가 원하는 방식으로 여자를 갖는다, 우리의 젊은이는 이렇게 생각하고 있었음에 틀림없다. 그러나 어떻게 그런 남자가 프로의 능란한 손가락에 저항할 수 있겠는가? 당황스러운 순간이다. 그는 여자와 마찬가지로 벌거벗었고 알아보기 쉽게 얼굴이 드러났다.

그가 깨닫기도 전에 경찰 제복을 입은 여자의 기둥서방이 카메라를 들고 달려든다. 불빛이 번쩍이고 사진이 찍힌다. 그의 손에는 수갑이 채워지고 옷은 압수된다. 그제야 여자와 기둥서방은 그의 얼굴을 알아보았고, 우리는 그들이 얼마나 기뻐했을지 능히 상상할 수 있다. 그들은 열 배나 많은 액수를 불렀다. 우리의 젊은이는 유명인이니만큼 사진에도 유명세를 치러야 하기 때문이다.

우리의 젊은이는 어떻게 반응해야 했을까. 지금까지도 의견이 일치하지 않는다. 어떤 사람은 그에게는 돈이 문제가 아니므로 돈을 지불하고 풀려났어야 한다고 생각한다. 다른 사람들은 그가 협상을 거부한 것은 잘못이 아니지만, 그런 일이 알려지지 않고 지나가리라고 생각할 게 아니라 경찰에 그 둘을 신고했어야 한다고 생각한다.

그날 밤 이후 수도 전역에 소문이 퍼지기 시작한다. 우리의 젊은이가 불법 매음굴을 수시로 방문한다는 생생한 이야기들이. 그가 단속하지 못한 사진들이 수도의 모든 사람이 보았다고 주장할 때까지 다양한 경로로 돌아다닌다. 마을 사람들은 아무도 그 사진들을 보지 못했다. 그래도 벌거벗고 무력한 그의 몸을 상상하면 가슴이 찢어지는 것만 같다. 우리는 그 사진들에 찍힌 낯익은 얼굴에서 마음의 눈을 돌리려고 최선을 다한다.

그는 독재자 역을 계속하기에는 부적합한 인물로 간주된다. 문화중앙위원회에서 보낸 편지에 적혀 있듯이, 그가 대표하고 있는 이름을 더럽혔기 때문이다. 그는 자기 같은 사람이 해고될 수 있다고 생각해본 적이 없었다. 세상에는 다른 얼굴이 없는데 누가 그를, 온 나라를 뒤져도 절대로 찾을 수 없는 사람을 대체할 것인가? 그는 한 번 더 기회를 달라고 간청하고 다시는 여자를 건드리지 않겠다고 맹세하며 이 관청 저 관청을 드나든다. 자기 역할이 더이상 필요하지 않다는 것을 이해하지 못하는 것이다. 새로운 지도자는 권력을 장악했고 자기가 우리 공산주의 새천년의 가장 위대한 안내자라고 선언했다. 연예기획사에서는 새로운 얼굴, 완벽한 얼굴을 찾기 위해 중국 천지를 샅샅이 뒤지고 다닌다.

더이상 젊지 않은 우리의 젊은이는 결국 음울한 겨울날 고향에 돌아온다. 수치심에 충격을 받은 그의 어머니는 하룻밤 내내 앓아누웠고, 그가 돌아오기 전에 숨을 거두었다. 우리 젊은이가 도착하던 날, 참새를 손에 쥔 소년으로 그를 기억하는 사람, 남몰래 사위 삼기를 바랐던 사람, 그 어머니의 충실한 청중으로 몇 년간 그의 궤적을 따랐던 사람, 그의 몰락을 고통스레 지켜보며 얼굴을 보는 기쁨으로 살았던 사람, 그렇다, 그를 사랑함으로써 우리의 세속적 삶에서 구원받았던 사람들, 바로 우리는 버스정류장에 모여 그에게 악수하기 위해 손을 내민다.

그는 버스에서 내려 열렬히 환영하는 우리의 미소를 무시한다. 검은 안경과 높은 옷깃으로 얼굴을 가리고 있다. 긴 그림자를 뒤에 달고 느릿느릿 어머니의 무덤으로 걸어가는 그를 바라보며 우리는 그의 무례를 용서하리라 결심한다. 누가 그와 같은 아들을 비난할 수 있겠는가? 그에게 무슨 일이 일어났든 그는 여전히 우리 역사에서 가장 위대한 사람이고, 우리의 소년이고 우리의 영웅이다.

우리를 믿으시라. 그의 어머니의 무덤 옆에서 그가 스스로를 거세하사(사궁하사) 우리 가슴은 찢어졌다. 게다가 우리가 잘못 알지 않았다면 그는 여전히 인생에서 기대할 게 많은 숫총각인데, 어쩌다 그런 생각을 떠올렸는지 우리는 결코 이해하지 못할 것이다.

그 일이 일어난 날 밤, 우리는 잠결에 긴 울부짖음을 듣는다. 우리는, 차가운 밤에 바깥으로 뛰어나가 묘지에 있는 그를 발견한다. 우리는 태부들의 전설을 들으며 자랐지만, 그 광경을 보면 아픔이 뼛속까지 스며든다. 우리는 그런 행동이 어떤 의미가 있느냐며 의아해한다. 우리 마을의 그 누구도, 우리 같은 족속들은 물론이고 태부들도 그런 지위에 이르지 못했다. 독재자의 얼굴을 한 그 젊은이가 한때 황제 자체였던 반면, 우리의 가장 위대한 태부조차도 황제의 최고 시종에 불과했을 뿐이다.

눈물과 피로 얼굴을 더럽힌 채 그가 데굴데굴 구르는 것을 보면서, 우리는 남근을 손에 들고 침착하고 자랑스러운 얼굴을 했던 열 살 소년의 이야기를 기억한다. 이것은 위대한 태부의 후손인 우리가 결코 선조들의 전설에 부끄럽지 않게 살지는 못하리라는 것을 깨닫는 슬픈 순간이다.

그러나 애도는 일단 제쳐두고 우리는 스스로 거세한 사람을 돌보아야 한다. 어떤 사람은 응급처치를 하기 위해 그를 병원으로 보내자고 주장한다. 다른 사람은 일은 이미 벌어졌고 더이상 해는 없으므로 그런 행동은 불필요하다고 생각한다. 당황한 나머지 아무도 그 장면에서 가장 중요한 물건을 집을 생각을 하지 못한다. 나중에 실수를 깨달은 우리는 공동묘지를 며칠씩이나 샅샅이 뒤진다. 그러나 그가 잃어버린 신체 일부는 이미 우리가 상상하고 싶지 않은 누군가의 입으로 사라졌다.

그는 살아남았다. 하지만 그것은 놀랍지 않다. 우리의 태부들은 모두 살아남아 그들의 영웅적인 이야기를 완성하지 않았던가? 그는 이제 우리 중 한 명이고 그 앞에는 긴 불모의 삶이 남아 있다. 검은 안경과 외투의 높은 옷깃으로 얼굴을 숨긴 채로, 그는 양지에 앉아 서로 쫓아다니는 개들을 본다. 황혼녘에는 묘지로 가서 밤이 올 때까지 어머니에게 이야기한다.

우리는 그가 고통스럽게 태어나는 것을 보았고 때가 되면 다시 고통스럽게 죽는 것을 볼 것이다. 유일한 걱정거리는 그의 내세다. 남근을 잃어버렸으니, 그와 함께 묻을 비단 주머니에 무엇을 집어넣을 것인가? 어떻게 그리도 불완전하게 한 영혼을 내세에 보낼 수 있겠는가?

우리 자신의 마음의 평화를 위해, 우리는 매일 그의 건상을 위해 기도한다. 독재자를 위해 기도한 것처럼 그가 영원히 살도록 기도한다. 그의 이야기가 끝나기를 원치 않는다. 우리가 볼 수 있는 한 그의 이야기는 결코 끝나지 않을 것이다.

네브래스카의 연인

사샤는 기다리는 줄에 서 있는 보센을 잠깐 바라보고 눈을 창으로 돌렸다. 그녀는 이 여행 후 다시는 보센을 보지 않기를 바랐다. 맥도날드로 들어간 순간 그에게 자기 몫까지 주문하라고 말한 다음 화장실로 달려갔다. 그가 차이나타운에서 훌륭한 식사를 하자고 제안했지만 그녀는 거절했다.

그녀는 다음 날 아침 가족계획 클리닉에 가기 전에 시카고 도심을 보고 싶었다. 오직 그 때문에 네브래스카 주에서 하루 종일 그레이하운드 버스를 타고 온 것이다. 가깝고 싼 캔자스 시티가 더 나았을 것이다. 하지만 거긴 볼 게 없는 도시였다. 관광을 하려는 것은 아니었지만 사샤는 최소한 여행에서 무언가 얻고 싶었다. 그녀는 어딘지도 모르는 곳 한복판에 있는 삭

막한 모텔에서 약을 먹고 잠을 잔 기억만 남기느라 돈을 몽땅 써버리고 싶지는 않았다. 사샤는 내몽골의 작은 마을에서 자라났기에 거대하고 텅 비어 있는 풍경을 보면 우울해졌다.

"넌 분명히 지친 거야."

보셴은 창가에 자리 잡은 사샤에게 음식이 담긴 트레이를 밀어 주면서 말했다. 넉넉한 사이즈의 스웨터를 입어서 그녀는 작아 보인다. 얼굴은 약간 부어 있다. 가게 손님들을 살펴보는 방식, 사람들의 얼굴에 약간씩 더 오래 머무르는 눈이 보셴의 마음을 움직인다. 그녀는 스물하나, 아직 어린아이이다.

"너 먹으라고 생선 샌드위치 가져왔어."

사샤가 대답하지 않자 보셴이 말했다.

"도착한 후로 행복한 사람의 얼굴을 한 번도 못 봤어요. 다른 건 뭐예요?"

사샤가 말했다.

"닭고기."

사샤는 생선 샌드위치를 테이블 맞은편으로 밀쳐버리고 보셴의 쟁반에서 닭고기 샌드위치를 집었다.

"난 생선이 싫어요."

"지금 너한텐 이게 좋을 텐데."

"이제 상관없을 거예요."

사샤가 말했다. 그녀는 계속 움직이기만을 고대한다. '계속 움직인다'는 그녀가 막 배운 말이고, 그녀에게 잘 어울리는 미국식 개념이다. 사샤가 중국에서 보낸 날들을 스테이플로 박아버리는 모습이 보일 정도로 멋진 말이다. 책장 여백을 스테이플로 박아버려 아무도 읽을 수 없는 딱딱한 뭉치로 만드는 모습, 그런 후에 사샤는 미국 생활의 새로운 장을 열 것이다. 이미 4개월이나 늦었다.

보셴은 아무 말도 하지 않고 생선 샌드위치의 포장을 풀었다. 몇 달 동안 쓰촨 출신 주방장의 조수로 일하며 중국 음식점 부엌에서 밥을 먹다가 오늘은 테이블에 앉아 주문한 식사를 먹는다.

보셴은 중국 중부 지방에 잠재한 에이즈 위험에 대해 서방 기자와 편지를 주고받은 죄로 가택연금을 당했었고, 다섯 달 전에 친구와 위장 결혼을 해서 미국에 왔다. 그는 풀려나기 위해 잘못을 자백한다는 글을 출판해야 했다. 얼마 전에 미국 시민권을 얻은 레즈비언 친구가 그와 결혼해서 해외로 나가게 해주겠다고 제안했다. 그 전에 보셴은 베이징에서 열여덟 살 소년 양과 광적인 사랑에 빠져 공공연히 게이 생활을 했다. 보센은 미국에 도착한 후 양과 연락하려고 갖은 애를 썼지만, 소년은 결코 응답하지 않았다. 보센이 보낸 수표도 현금으로 바꾸지 않았다.

그들은 말 없이 밥을 먹었다. 사샤는 자기 몫을 빠르게 삼키고 보센이 다 먹기를 기다렸다. 창 밖에는 사람들이 점점 더 많이 나타났다. 다들 도심으로 향하고 있었고, 아버지의 어깨에 올라탄 아이들의 머리에는 붉은 순록의 뿔이 달려 있었다. 사샤의 눈에서 궁금한 기색을 본 보센은 그날 저녁에 행진이 있고 추수감사절과 크리스마스 휴일이 다가오기 때문에 미시간 애비뉴의 모든 나무에 불이 밝혀질 거라고 말했다.

"남아서 보고 싶니?"

그는 오랫동안 버스를 탄 그녀가 구경 대신 쉬기를 바라며 썩 내키지 않는 마음으로 물었다.

"좋지요."

사샤는 그렇게 말하고 코트를 입었다. 보센은 갓 다린 냅킨 같이 빳빳한 샌드위치 포장지를 접었다.

"여기서 몇 분만 이야기할 수 있을까?"

사샤는 한숨을 쉬었다. 그녀는 절대로 보센을 좋아하지 않았다. 그를 단 한 번 보고는 늙은 암탉처럼 수선스러운 남자로 낙인찍어버렸다. 하지만 지인들을 통해 그의 전화번호를 알아내 전화를 걸어 주저없이 도와달라고 요청했다. 그녀는 메마르고 사실만을 말하는 방식으로 자신이 임신했고 네브래스카주에서는 낙태하기에 너무 늦었다고 말했다. 그가 아이의 아버지였다. 그녀는 처음부터 보센에게 이 사실을 털어놓았다. 숨기려는 생각은 전혀 없었다. 어떤 식으로든 보센도 자기의 불행에 책임이 있다고 느꼈기 때문이다.

"음, 그 수술 건 말인데, 마음을 완전히 정한 거냐?"

보센이 물었다.

"내가 왜 여기 있다고 생각해요?"

사샤가 말했다. 지난주 보센은 그녀에게 두 번 전화해서 아이를 키울 생각은 전혀 없느냐고 말했다. 그녀는 즉각 전화를 끊어버렸다. 그가 아이에 흥미를 느낀다 해도 그건 어리석고 이기적인 발상이라고 사샤는 생각해버렸다.

'인생에서는 가장 쉬운 해결책이 사실은 최선이 아닐 수도 있어.'

보센은 사샤에게 이렇게 말할까, 생각했다. 그러나 자신의 삶에서 내린 결정이 죄다 타협의 산물인데, 무슨 권리로 선택을 운운할 수 있는가? 서른한 살에 보센은 자기가 이룬 성취보다 실패가 더 크다고 느꼈다. 그는 평범한 의사 노릇을 하다가 자신이 살던 작은 도시에서 최초로 동성애 상담 전화를 만들었다. 병원 측에서는 정중히 떠나달라고 요청했다.

그는 베이징으로 이사해서 개인 병원에 임시직으로 취업하고 게이 인권 운동가로 일했다. 그러나 몇 차례 비밀경찰의 방문을 받았고 톈안먼 사태 후에는 어떤 종류의 인권을 말하든 위험하다는 것을 깨달았다. 그는 에이즈 환자를 옹호하는 덜 극단적이고 좀더 실용적인 운동으로 전환하기로 결정했다. 그러나 비밀경찰과 가족의 압력을 받아 그것조차 포기해야 했다.

그는 스무살 연하의 소년을 사랑했고, 그 소년의 삶을 바꿀 수 있을 거라고 생각했다. 결국 여자와 결혼해 떠난 쪽은 바로 그였다. 보센은 그 아이를 입양하는 문제도 생각해보았다. 어쨌건 아이의 피의 절반은 양에게서 온 것이니까. 그러나 날카롭고 가차 없는 사샤의 눈을 보고는 몸이 오싹했다. 그는 무기력하게 미소 짓고 말했다.

"난 그냥 확실히 해두고 싶어서."

사샤는 숄로 머리를 감싸고 일어섰다. 보센은 움직이지 않았다. 그녀가 나갈 거냐고 묻자 이렇게 말했다.

"양이 다시 매춘을 하고 있다고 친구들에게 들었어."

'놀라운 일은 아니지.'

사샤는 그렇게 생각했다. 그러나 비탄에 잠긴 연인이 되기에는 너무 늙고 신시한 이 남사가 가여워졌나. 솜더 부드러운 목소리로 그녀가 말했다.

"그럼 우리는 우리대로 살아야죠. 안 그래요?"

보센은 양을 사랑한 첫 남자는 아니었지만, 오랫동안 자신이 그 소년의 영혼을 알아본 유일한 사람이라고 믿었다. 양은 일곱 살 때부터 난단(男旦, 경극에서 여성 역할을 하는 남성 배우)으로 훈련받았고 평생 경극 학교에서 살았다. 하지만 열일곱 살에 남자 연인과 외출한 것이 발각되어 쫓겨났다.

보센은 그 사건에 대해 몇 편의 글을 썼지만 양이 '머니 보이'가 될 때까지는 그를 만난 적이 없었다. 양은 기꺼이 높은 값을 지불하고 자기를 붙잡아두려는 남자들을 쉽게 유혹할 수 있었다. 그 소년은 첫 연인에게 버림받은 후 몸을 파는 데만 흥미를 느낀다는 소문이 나 있었다.

양이 매춘부로 전락했다는 말을 들은 보센은 남자들이 그런 서비스에 돈을 지불하는 공원으로 갔다. 황혼 무렵, 온갖 나이 대의 남자들이 물고기처럼 공원으로 미끄러져 들어왔다. 곧 어둠이 드리웠다. 가로등 기둥 아래서 속삭임으로 거래가 시작되었다. 보센에게는 낯익은 장면이었으나, 나무 그늘 아래 연구자가 아닌 고객으로 서 있자 몸이 떨렸다. 양이 매일 공원에 입고 간다고 소문난, 달빛같이 하얀 실크 셔츠와 바지를 입은 그를 알아보기는 어렵지 않았다. 보센은 그 소년을 바라보았다. 때 묻은 배경에 어울리지 않는 아름다움, 진흙이 묻지 않은 하얀 연꽃.

소년을 며칠 본 후 보센은 마침내 양이 부르는 값을 지불하겠다고 말했다. 양과 함께 집에 온 날 밤, 그는 자기 말에 취해 있었다. 자기 일이며, 세상에 만연한 불공평을 일소하고 더 관용적인 세상을 만들겠노라는 꿈을 오랫동안 이야기했다. 양은 소파 위에서 몸을 둥글게 말고 그의 말을 들었다. 보센은 입을 닥쳐야 한다고 생각했지만 말은 계속 흘러나왔고, 그럴수록 양의 아름답고 냉담한 얼굴에 더욱 절망했다. 소년의 눈에는 그 역시 아집으로 똘똘 뭉친 다른 남자들과 마찬가지로 보일 것이다. 마침내 보센은 말했다.

"언젠가 널 무대로 돌려보내 줄게."

"남자의 공허한 약속은 여자의 가슴을 채워주지요."

양은 낮은 목소리로 읊조렸다.

"하지만 이건."

보센은 책상 위의 서류 더미를 가리키며 말했다.

"이 일은 정체성을 문제 삼아 너를 무대 밖으로 끌어내는 짓을 불법으로 만들고 말 거야."

양의 얼굴이 부드러워졌다. 보센은 소년의 눈에서 분명히 희망을 보았다. 몇 년 동안 여성의 가면을 쓰고 무대에서 다른 사람의 비극을 그려냈지만 양은 자기 고통을 숨기기에는 너무 젊었다. 보센은 그를 고통에서 구하고 싶었다. 몇 주 동안 따라다닌 끝에 새 삶을 시도해보라고 양을 설득했다.

보센은 경극 의상이 그려진 비싼 수제 커튼과 경극 가면 그림 등으로 아파트를 장식했다. 공간을 마련하기 위해 가구 몇 점을 팔았고, 양이 연습할 수 있도록 친구에게 카펫을 빌렸다. 양은 무대에서 연기했던 정숙한 여인처럼 조용한 삶에 적응했다.

그는 매일 아침 일찍 일어나 믿어지지 않는 자세로 몸을 뻗고 아주 복잡한 안무로 춤을 추었다. 그는 이웃들이 들을 수 없도록 샤워하면서 목소리도 단련했다. 보센은 언제나 문밖에 서서 귀를 기울였다. 떨어지는 물소리를, 샤워 커튼을, 문을,

그리고 단조로운 세상을 은빛 칼처럼 가르는 양의 목소리를 밖에 서서 들었다. 보셴은 그런 순간들에 마음 깊이 감사했다. 소년의 아름다움에 감동한 사람은 그만이 아니었지만, 보셴은 그것을 지키고 길러주는 단 한 사람이었다. 양을 세속적이고 시시한 인생 위로 고양시킨 것이다.

보셴이 일을 할 때 양은 그림과 서예를 연습했다. 때로 파티에 가기도 했지만 그들은 대개 집에서 저녁을 보냈다. 양은 한 번도 보셴을 위해 연기해준 적이 없었고, 그 역시 그런 부탁을 감히 하지 못했다. 양은 천국에서 떨어진 천사였고, 보셴은 그 소년이 왔던 곳으로 돌려보낼 수 없을까봐 매일 두려워했다.

뒤에 밝혀졌듯이 그건 근거 없는 공포가 아니었다. 관계를 지속하고 두 달이 되자 양은 들뜬 기색을 보이기 시작했다. 전보다 더 자주 외출했고 그림과 서예를 완전히 그만두었다. 보셴은 고요한 생활이 소년을 숨 막히게 만든 것 아닌가 생각했다.

보셴이 베이징에서 추방되어 고향에서 가택연금을 당하기 직전, 양은 일이 어떻게 되어가느냐고 무심하게 물었다.

"잘돼가고 있어."

보셴은 불편한 마음으로 말했다. 양은 그의 일에 대해 아무것도 묻지 않았다. 그건 양을 위해 감추고 싶은 추한 세계의 일부였다.

"무슨 일을 하고 있어요?"

"뭐, 보통 때랑 같은 일이지."

"당신이 에이즈에 관련된 일을 한다고 들었어요. 그게 당신과 무슨 상관이 있죠?"

얼떨떨해진 보센은 설명할 말을 찾으려 했다. 이윽고 그는 말했다.

"넌 이해 못 해, 양."

"난 어린애가 아니에요. 당신은 왜 그런 더러운 병에 관여하고 있어요? 당신이 그 일을 할수록 사람들은 게이들과 그 병을 연관지을 거예요. 그게 나한테 좋을 리 없잖아요?"

"난 더 많은 사람을 도우려 하고 있어."

보센이 말했다.

"하지만 당신은 내가 무대로 돌아가게 해주겠다고 약속했잖아요. 그런 일을 계속 붙들고 있으면 절대로 약속을 지킬 수 없을 걸요."

양이 말했다. 보센은 대답할 말이 없었다. 그후 양은 더 자주 밖에 나가 쏘다녔고, 며칠 후 관계를 맺은 후 처음으로 집에 돌아오지 않았다. 그날 밤 보셴은 어금니와 발톱을 들이대고 양을 뜯어먹으려는 포식자들을 생각하며 잠들지 못했다.

보셴이 나무라자 양은 기묘한 미소를 지으며 말했다.

"걱정하지 마세요. 나는 당신 생각만큼 위험에 처해 있지 않아요."

"최소한 어디 있는지는 알려줬어야지."

보셴이 말했다.

"여자애하고 있었어요."

양은 그렇게 말하고 사샤라는 이름을 언급했는데, 그 이름이 왠지 귀에 익었다. 파티에서 만난 적이 있다고 양이 일깨워주었지만, 보셴은 그녀를 기억하지 못했다. 양이 왜 그녀와 함께 나갔는지도 이해할 수 없었다. 양이 말했다.

"왜냐니요? 그 무슨 어리석은 질문이에요. 하고 싶으니까 하는 거죠, 안 그래요?"

파티에서 양을 처음 만났을 때 사샤는 거울을 들여다보는 느낌이 들었다. 자신의 얼굴이 아니라 자기가 결코 될 수 없는 어떤 사람의 얼굴을 비추는 거울을. 그가 멍하니 테이블 주위에 있는 다른 사람들 이야기를 듣는 동안 그녀는 테이블을 가로지르는 그의 긴 손가락 춤을 바라보았다. 그리고 순진한 소년을 연상케 하는 속손톱을 바라보았다. 그녀의 손가락은 통통하고 뭉툭했다. 반면 그의 크림색 얼굴, 섬세한 코와 입은 정교한 중국 인형을 연상시켰다.

나중에 더 가까이 앉았을 때, 눈에 어린 향수를 보고는 양이 관음상과 더 비슷하다고 생각했다. 여성의 몸속에 있는 남성 부처. 고통받는 여인들과 아이들의 기도를 듣고 응답하는 여신. 그의 옆에 앉자 사샤는 자기가 대량생산된 고무 인형 같다고 느꼈다.

불편한 감정은 한순간뿐이었다. 사샤는 그의 이야기를 들은 적이 있었고, 마침내 그를 만나게 되어 기뻤다. 그에게 몸을 기울인 그녀는 마치 어딘가에 떨어뜨렸던 대화를 끄집어내듯 물었다.

"그럼 여자들에 대해서는 어떻게 생각해요?"

양은 사샤를 쳐다보았고, 그녀는 그 눈에서 이상한 빛을 보았다. 소년의 눈은 추운 겨울 고향에서 길렀던 상처받은 참새를 연상시켰다.

"참새들은 일단 새장에 들어가면 먹지도 마시지도 않는 고집 센 새란다."

어머니가 말했을 때 사샤는 그 말을 믿지 않았다. 그녀는 며칠 동안 새를 가둬두었고, 녀석은 머리가 까질 정도로 계속 새장을 들이받았다. 그래도 사납지만 속수무책으로 부드럽기도 한 새의 눈에 홀린 그녀는 새를 놓아주지 않았다. 사샤는 물에 적신 기장쌀을 담아놓은 그릇을 참새에게 가까이 밀어주었지만, 새는 눈이 멀었는지 그 호의에 무관심했다. 어느 이웃이 그녀에게 말했다.

"싸구려 새라서 그래. 싸구려 새들만 그렇게 고집이 센 거야. 카나리아를 길러보지 그랬니. 카나리아는 지금쯤 매일 아침 노래를 불러주고 있을 텐데."

뚫어지게 바라보는 사샤의 눈길에 소년은 눈을 내리깔았고, 그녀는 이상한 빛을 추적하는 여자 사냥꾼이 되어 그 아름다운 눈을 쫓아가고 싶은 충동을 느꼈다.

"여자애들을 알긴 했을 거 아녜요, 안 그래요? 경극 학교에 갔을 때, 학교에 여자들이 있었나요?"

그녀가 말했다.

"네."

소년이 말했다. 그의 목소리를 듣자 부드러운 공단 드레스가 생각났다.

"그래서요?"

"우린 서로 이야기하지 않았어요. 그애들은 하녀와 유모 같은 보조 배역을 했지요."

"그리고 당신은 공주님이고요, 그렇죠?"

사샤가 웃자 소년이 얼굴을 붉혔다. 아마도 화가 난 탓이겠지만 그녀는 호기심을 느껴 집요하게 파고들었다.

"당신 이름이 뭐죠?"

"어느 이름요?"

"이름이 몇 개나 되는데요?"

"두 개요. 하나는 부모님이 지어주신 이름이에요. 하나는 경극 학교에서 받은 거고요."

"그러니까 이름이 뭔데요?"

양은 오렌지주스 잔에 한 손가락을 담갔다가 검은 대리석 테이블 표면에 이름을 썼다. 그녀는 그의 손가락이 남긴 젖은 흔적을 따라갔다. 양, 자연의 남성적인 원칙, 음의 반대, 태양을 의미하는 글자로 지은 흔한 남자 이름이었다.

"그저 그런 이름이네요. 경극 이름은 뭐예요?"

"수명."

그는 말했다. 조용하고 순수한 몽상자라는 뜻이다.

"더 나쁘네. 로맨스 소설에 나오는 눈물 짜는 이름 같아요. 당신한테는 더 나은 이름이 필요해요. 내가 하나 지어줘야겠는데요."

사샤가 말했다.

결국 그녀는 두 이름 다 쓰지 않았고, 더 나은 이름을 지어주지도 않았다. 그를 '내 꼬마 난단'이라고 불렀고, 그녀에게 양은 그런 존재였다. 여자 역할을 하도록 운명 지어진 소년. 그녀는 자주 전화를 했고, 영화를 보자거나 공원에서 산책하자고 초대했다. 양의 몫까지 도맡아 결정을 내렸고, 그는 그러라고 내버려두었다. 사샤는 꼬치꼬치 물어 그의 정체를 드러내려 했다. 그녀는 아주 호기심이 많았다. 양은 자기가 사랑했던 남자와 자기를 사랑했던 남자들에 대해 천천히 이야기하기 시작했다. 하지만 경극이나 자기의 무대 인생에 대해서는 아무 말도 하지 않았고, 그녀는 상대를 압박하지 않는 법을 배웠다.

'그는 허영심이 아주 많아.'

양이 자기 머리를 손질하면서 오랜 시간을 보내거나 낯선 사람이 관심을 보이는 순간 무심한 표정을 지을 때, 사샤는 그렇게 생각했다. 그를 놀렸는데도 그가 변명하지 않으면 마음이 약해지고 죄책감을 느꼈다. 그녀는 양의 인생에 등장한 다른 사람들도 놀려댔다. 자신이 보기에 쓸모없는 몽상가인 그의 연인 보셴, 대담하게 그의 전화번호를 물었던 남자들을. 사샤는 자기가 어떤 방식으로도 양을 숭배하지 않는 최초의 사람이고, 그는 그 때문에 자신을 따라오고 있음이 틀림없다고 믿었다. 그렇게 믿으니 기분이 좋았다.

"그애와 데이트했니?"

사샤의 같은 반 친구들은 양과 함께 있는 그녀를 몇 번 보고 물었다.

"물론 아니지."

그녀가 말했다. 사샤는 한 달 안에 대학원에 진학해 미국으로 건너갈 예정이었으므로 지금 관계를 시작하는 것은 무의미했다. 게다가 자기 자신밖에 사랑하지 않는 소년과 데이트하는 게 뭐 그리 영리한 일이겠는가?

시카고의 매서운 바람도 따뜻하게 차려입고 미시간 애비뉴 양편에 줄지어 늘어선 몸뚱이들 앞에선 주춤했다. 사샤는 군중을 밀치고 지나갔다. 이 미국인들, 수학여행에 나선 학생들처럼 행복한 그들은 너무나 젊고 태평스러워 보였다. 연인들은 서로 기대고 아이들은 부모에게 매달려 갓 튀긴 팝콘 한 봉지를 사기 위해 가게 앞에 길게 줄을 서서 기다리고 있었다. 사샤는 그들을 질투했다. 그들은 단순하고, 자신의 단순성에 만족하며 살도록 태어났다.

"나는 이 사람들 중 누구하고라도 내 처지를 바꾸고 싶어요."

사샤는 보셴에게 말했다. 그가 목소리를 높여 다시 말해달라고 하자 그녀는 고개를 흔들었다. 아기가 속한 땅에 엄마를 묶어주는 법이 미국에 있기만 하다면, 이 아이는 태어날 만도 한데!

사샤 자신이 한때 그 법으로 어머니를 초원에 가두어놓는데 이용되었다. 베이징에서 내몽골로 사상 교육을 받기 위해 하방된 수천 명의 고등학생 중 한 명이었던 그녀의 어머니는 당에 들어가기 위해 한 몽골 유목민과 결혼했다. 초원 전역에 방송되기도 했던 소수민족끼리의 모범적 결혼이었다.

5년 후 문화대혁명 말기가 되자 학생들은 모두 베이징에 돌아와도 된다는 허락을 받았다. 그러나 사샤의 어머니는 몽골인 남편과 이혼한 후에도 그곳에 남아야 했다. 초원에서 태어난 두 딸은 베이징에 합법적으로 거주할 자격이 없었고, 어머니는 아이들이 속한 곳에 머물러야 했다.

사샤는 가게 창문을 차례로 바라보며 앞으로 나아갔다. 실크 스카프들이 부드럽게 순종하며 마네킹들의 목에서 곡선을 그리고 있었다. 다이아몬드들은 검은 벨벳 위에서 반짝거렸다. 어느 길모퉁이에서는 아이들이 마셜 필즈 백화점의 쇼윈도에 전시된 애니메이션을 보고 있었다. 네브래스카와 내몽골의 기억에 슬퍼진 사샤는 내 아이가 이 부유한 삶 속에 들어가게 해줄 비자라면, 하고 생각했다. 양쪽 다 어두운 밤하늘엔 외롭고 생명 없는 별들이 박혀 있었다.

"저기 빈 곳이 있다. 저기 가서 서 있을까?"

보센이 말했다.

사샤는 고개를 끄덕였고, 보센은 그녀를 따라갔다. 베이징의 파티에서 잠깐 만나고 몇 번 전화통화를 했을 뿐 그는 그녀를 알지 못했다. 사샤에게서 임신했다는 전화를 받은 후 그녀에 대해 자주 생각했다. 어떤 종류의 여자애가 양을 아버지로 만들까? 그는 궁금했다. 아름다울 뿐만 아니라 성숙하고 이해심 깊은 소녀를 상상했다. 그는 양을 위해, 또 자신의 마음의 평화를 위해 완벽한 여자를 만들어냈으나 사샤는 그를 실망시켰다. 보도 가장자리에 자리 잡았을 때 그는 말했다.

"그래, 수술 후에는 어쩔 셈이니?"

사샤는 아이처럼 발돋움하며 행진이 시작할 방향을 바라보았다. 보셴은 이렇게 앙심을 품고 말한 것을 곧 후회했다. 아무것도 보이지 않자 사샤는 그를 바라보고 말했다.

"미국에서 당신 계획은 뭐죠? 어쨌거나 당신의 새 아내는 어디 있어요?"

보셴은 얼굴을 찌푸렸다. 그는 양에게 자신이 결혼한 건 중국을 떠나기 위해 치른 위장 결혼일 뿐이고 자신은 그저 잠시 떠나 있는 거라고 말했다. 사실은 양에게 다른 것들도 약속했다. 돈을 보내고, 양을 무대에 복귀시키기 위해 해외 중국인 공동체에 도움을 청하겠다고. 그는 도착한 후 하루도 약속을 잊은 날이 없지만 사샤의 말에 마음이 아팠다. 사샤와 양이 보기에 그의 결혼은 용서할 수 없는 배신일 것이다. 보셴은 마침내 말했다.

"뭐라 할 말이 없구나."

"물론 그러시겠죠. 그를 거리로 돌려보낸 건 당신이니까."

사샤가 말했다.

"힘든 시기였어. 우리 모두에게 어려운 때였지. 하지만 우리는 반드시 그를 끌어내야 해."

보셴은 힘겹게 단어들을 내뱉었다. 사샤는 고개를 돌려 즐겁다는 듯이 미소 짓고 보셴을 바라보았다.

"당신 꼭 저질 정치인처럼 말하는군요. 해결책을 말해보세요."

"생각하고 있어."

보셴은 머뭇거리다가 말했다.

"생각하고 있었어. 미국에서 공연할 수 있다고 말하면 그도 베이징을 떠나고 싶지 않을까?"

"그다음엔요?"

"여기서 무대를 만드는 거지. 뉴욕에는 난단 명인이 있어. 그에게 연락해서 도움을 청해보자. 하지만 우리가 해야 할 일은 무엇보다 양을 중국에서 나오게 하는 거야."

"그 '우리'에 내가 포함되는 건가요?"

"네가 양과 결혼한다면 그는 곧 여기로 오겠지. 난 그를 알아. 그는 무대로 돌아갈 수 있는 가능성이 1퍼센트라도 있으면 시도할 거야."

"아주 좋은 계획이네요, 보셴. 하지만 왜 내가 그 계획에 찬성해야 하죠? 나한테 좋을 게 뭐 있다고."

사샤가 말했다.

보셴은 사샤에게서 눈을 돌려 거리 맞은편에서 키스하는 커플을 바라보았다. 한참 후, 그는 사샤의 눈을 들여다보려 했다.

"최소한 한 번은 그를 사랑했을 거 아니니, 사샤."

그가 말했다. 목소리가 떨렸다.

사샤는 사랑을, 아니 정사조차도 의도하지 않았다. 그 우정은 변덕에서 나온 것이고 대학 졸업 전 비어 있는 나날들을 편리하게 보낼 방편이었다. 7월 어느 날 밤, 함께 영화를 봤지만 이 역시 계획에 없던 일이었다. 사샤가 표를 산 시간은 10시, 마지막 상영이었다. 양은 매표소에서 시간을 보고 너무 늦은 거 아니냐고 물었고, 사샤는 그에게 아직 어린애라서 연인이 외출 금지령을 내리느냐고 물었다.

그 영화는 〈프리티 우먼〉이었는데, 무슨 뜻인지 거의 이해할 수도 없는 중국어 자막이 붙어 있었다. 영화가 끝나고 거리로 나왔을 때 사샤가 말했다.

"줄리아 로버츠 끝내주지 않았어?"

"뭐가?"

양이 말했다.

사샤는 양을 흘끗 보았다. 그는 영화 보는 동안 내내 침묵을 지켰다. 영어를 이해하지 못하더라도 아름다운 여배우를 즐길 수는 있으리라 생각했다.

"그녀는 예쁘고, 재미있고, 아주…… 미국적이야."

사샤가 말했다.

"미국은 좋은 곳이야. 거기선 모든 일이 일어날 수 있어. 창녀는 공주가 되지. 까마귀는 밤새 백조가 되고."

"창녀는 절대 공주가 될 수 없어."

양이 말했다.

"네가 어떻게 알아? 나와 함께 미국에 가서 직접 볼 수만 있다면……."

사샤가 말했다. 한참 후에 양이 대답했다.

"어디든 다 좋은 곳이야. 단지 때를 잘못 타고나는 거지."

사샤는 아무 말도 하지 않았다. 철학 놀이를 하며 밤을 보내고 싶진 않았다. 작은 호텔을 지나치면서 그녀는 양에게 함께 들어가지 않겠느냐고 물었다.

"그저 하룻밤 밖에서 지내는 재미로 말야."

그녀가 말했다. 하여간 그의 연인에게 보고해야 할 필요는 없다고도 덧붙였다. 양은 망설였지만, 사샤는 그의 손을 끌고 휴게실로 들어갔다. 프런트에 있는 중년 여자가 창문을 열고 말했다.

"무슨 일이죠?"

"동지, 2인용 방 하나 있나요?"

사샤가 말했다.

여자는 숙박부를 던져주고 창문을 닫았다. 사샤는 신청 용지를 채워 넣었다. 여자는 숙박부를 훑어보더니 물었다.

"신분증은?"

사샤는 자기 신분증을 여자에게 건네주었다. 여자는 오랫동안 들여다보더니 양을 턱으로 가리켰다.

"이 사람 것은?"

"얘는 내몽골에서 온 내 사촌이에요. 신분증을 가져오는 걸 잊어버렸어요."

사샤는 밝은 목소리로 말했다.

"그럼 오늘 밤 방은 없어요."

여자는 사샤의 신분증을 내던지고 창문을 닫았다.

"동지."

사샤는 유리창을 똑똑 두드렸다. 여자가 창문을 열었다.

"꺼져. 네 사촌? 정말이지……. 너희 둘 중 하나라도 결혼 증명서가 있으면 방을 주지. 아니면 저 거리에서 뻔뻔한 짓을 하고 경찰 단속에나 걸리라지. 내가 너 같은 여자애들을 모르는 줄 아니?"

사샤는 양을 문 밖으로 끌어냈다. 그의 입술이 떨리고 있었다.

"우리가 쓸 방 하나 못 찾겠어?"

사샤가 마침내 말했다. 양은 당황한 표정으로 사샤를 바라보았다.

"왜 우리가 이래야 하는데?"

"하, 이제 겁을 먹으셨구먼. 싫으면 꺼져주시지."

사샤는 말하고 걷기 시작했다. 양은 좁은 골목길 끝에 있는 더 작은 호텔까지 사샤를 따라왔다. 한 노인이 책상 뒤에 앉아서 혼자 포커를 치고 있었다.

"할아버지. 저와 동생이 쓸 방 하나 있을까요?"

사샤가 신분증을 노인에게 건네주며 말했다.

노인은 사샤를 본 후 양을 보았다.

"아직 열다섯 살이 안 돼서 신분증이 없어요."

사샤가 말했고, 양은 노인에게 수줍게 미소 지었다. 그의 하얀 이가 어둠 속에서 반짝였다.

노인은 고개를 끄덕이고 사샤에게 숙박부를 건네주었다.

5분 후 그들은 열쇠를 받았다. 작은 침대가 둘, 대야와 녹슨 대야 받침대도 둘, 커튼 없는 창이 하나 있는 2층의 작은 방이었다. 사샤가 불을 켜자 바퀴벌레들이 숨을 곳을 찾아 황황히 달아났다. 그들은 문 안쪽에 서 있을 뿐이었고, 더러운 호텔에서 함께 하룻밤을 보내는 게 무슨 흥분할 거리나 되는지 그녀는 알 수가 없었다.

"그냥 집에 갈까?"

뒤에서 양이 말했다.

"네가 집이라고 부르는 곳은 어딘데?"

사샤가 쏘아붙였다. 그녀는 불을 끄고 옷을 벗지 않은 채 침대에 누웠다.

"여기가 너 같은 공주님을 위한 곳이 아니라면 널 키우는 그 남자에게 돌아가렴."

그녀가 말했다.

양은 오랫동안 서 있다가 다른 침대로 기어들어 갔다. 사샤는 그가 말하기를 기다렸지만, 도무지 말이 없자 그에게, 그리고 자기 자신에게 화가 났다.

다음 날 아침 도시가 술렁거리며 깨어날 때 그들도 각자의 침대에서 눈을 떴다. 집으로 돌아가는 비둘기들이 하늘을 가로질러 날아갔고, 조화로운 낮은 음조로 웅웅거리는 작은 금관악기가 꼬리를 남기며 울었다. 멀지 않은 곳에서, 일찍 일어난 사람들에게 태극권 연습에 참여하라고 녹음기에서 도교 음악이 흘러나오고 있었다. 경극 팬인 노인들이 극에서 자기들이 가장 좋아하는 부분을 노래했다. 그들의 목소리는 고음부에서 갈라졌다. 그다음엔 골목길의 문들이 삐걱거리며 열리더니 학교로 향하며 소리치는 아이들과 일터로 향하는 어른들을 풀어놓았다. 자전거 종소리가 짤랑거렸다.

조금 지나자 누군가 녹음기를 틀었고 음악이 쏟아져나와 골목을 울렸다. 사샤는 일어나 앉아 창밖을 바라보았다. 한 젊은이가 노래에 맞춰 과장된 몸짓을 하며 골목 끝에 있는 신문 노점을 열고 있었다. 록 가수는 이렇게 외치고 있었다.

'아, 칭기즈칸, 칭기즈칸, 그는 강력한 늙은이. 그는 부자고, 강하고, 난 그와 결혼하고 싶어.'

사샤는 되풀이되는 노래를 듣고 말했다.

"난 왜 이 사람들이 자기네가 칭기즈칸을 쓰레기 취급할 권리가 있다고 생각하는지 이해할 수가 없어."

"그 사람들 귀는 진짜 음악을 알아듣지도 못해."

양이 말했다.

"내가 어렸을 때 아버지는 칭기즈칸에 대한 노래를 가르쳐 주셨어. 그건 내가 기억하고 있는 유일한 몽골 노래야."

사샤는 그렇게 말하고 노래를 부르려고 입을 열었다. 음악은 마음속에 있었지만, 입으로 노래말이 나오지 않았다. 그녀는 부모가 이혼한 후 몽골 말을 거의 다 잊어버렸다. 그녀는 아버지를 15년 동안 보지 못했다.

"음, 이제는 기억할 수가 없어."

"부서진 기둥, 기울어진 지붕, 그들은 한때 향연의 나날들을 보았다네. 죽어가는 나무들, 시들어가는 작약, 그들은 한때 천상의 음악에 맞춰 춤추었다네. 젊은 처녀들은 훈족과 싸우기 위해 군대에 끌려간 연인들의 꿈을 꾸었지. 사랑하는 사람이 달빛 속에 빛나는 백골이 되었다는 것을 알지 못했다네."

양은 낮은 목소리로 천장을 올려다보며 노래했다.

"선생님들이 진정한 예술은 죽지 않는다고 말했어. 진정한 예술은 기억에 대한 거야."

"하여간, 그 노래를 기억한다는 게 무슨 의미가 있어? 난 아버지 얼굴도 기억 안 나는데."

사샤는 칭기즈칸의 후손인 아버지를 생각했다. 팝송에서 칭기즈칸은 광대로 변했다. 몽골은 한때 세계 최대의 제국이었으나 이제는 중국과 러시아 사이에 낀 고기 조각일 뿐이었다.

"우리는 시대를 잘못 타고났어."

양이 말했다.

사사는 양을 보려고 얼굴을 돌렸다. 그는 손을 뒤통수에 대고 누워 노인처럼 체념한 표정으로 천장을 바라보고 있었다. 그의 공허한 아름다움 아래 있는 세계를 흘끗 본 그녀는 상처 입었고, 겁을 먹었다.

"우리는 장소를 잘못 타고난 거야. 그게 우리의 문제야."

그녀는 그와 자신에게 기운을 불어넣으려 하며 말했다.

"나와 함께 미국에 가지 않을래, 양?"

양은 미소 지었다.

"내가 뭔데 널 따라가니?'

"남편이든, 애인이든, 형제든 상관 안 해. 베이징에서 벗어나 미국에서 새 생활을 하지 않을래?"

그 말은 일단 입 밖으로 나오자 무거운 안개처럼 방을 채웠고, 사샤는 양도 숨쉬기가 어려운지 궁금했다. 창밖에서 행상 하나가 숫돌로 식칼을 갈고 있었다. 그 이상한 소리에 그들의 입에는 불쾌한 침이 고였다. 그 행상은 이제 길게 꼬리를 끄는 목소리로 자기가 파는 맛있는 돼지머리 노래를 부르기 시작했다. 양이 마침내 말했다.

"사샤, 사샤는 몽골 이름이야?"

"아니, 그건 러시아 이름이야. 소련 전쟁 소설에서 엄마가 가장 좋아하는 여주인공 이름이지."

"그래서 중국 이름 같지 않았구나. 몽골 이름이었으면 좋았을걸. 사샤, 몽골의 공주님."

양이 말했다. 사샤는 맨발로 양에게 걸어가 무릎을 구부리고 앉았다. 그는 움직이지 않았고 사샤가 양손으로 얼굴을 감싸도록 놓아두었다.

"나랑 미국으로 가. 우리는 네브래스카의 왕자와 공주가 될 거야."

"난 왕자 역할을 하는 훈련은 안 받았어."

"대본이 바뀔 거야. 오늘부터."

양은 얼굴을 돌려 사샤를 보았다. 그녀가 키스하려 했으나 그는 부드럽게 그녀를 밀어냈다.

"아름다운 몸은 뼈를 담은 자루일 뿐."

그는 낮은 목소리로 노래했다.

사샤는 양의 연기를 본 적이 없었고, 무대 위에 있는 그를 상상할 수도 없었다. 그는 공주와 창녀를 연기했지만 채색 가면이며 비단 의상과 함께 살아갈 필요는 없었다.

"경극은 죽었어. 왜 포기하지 않니?"

"네가 뭔데 경극에 대해 이러쿵저러쿵하는 거야?"

양이 밀쳤다. 그의 얼굴이 갑자기 엄숙해졌다.

사샤는 양의 눈에서 얼음같이 차가운 빛을 보고 입을 다물었다.

그후 두 사람 다 그 호텔에 머무른 밤에 대해서는 입도 벙긋하지 않았다. 일주일 후 보셴이 베이징에서 호송되었을 때 사샤는 마음을 놓았으나 또 한편 겁을 먹었다. 갑자기 그들이 채워야 할 시간이 생긴 것이다. 그들이 가까웠던, 너무나 가까워서 사랑할 뻔한 그 순간을 양이 잊어버린 것 같아서 그녀는 안도했으나 실망스럽기도 했다.

음악과 웃음소리가 울려퍼지더니 행진이 시작되었고, 색색의 뗏목들이 지나갔다. 뗏목 위에서는 행복한 사람들이 행복한 관중들에게 손을 흔들고 있었다. 보셴은 호기심으로 밝아진 사샤의 얼굴을 바라보며 한숨지었다. 사샤는 괴팍하고 적의에 차 있었지만, 그 아이(양의 아이)를 생각하고 보셴은 기꺼이 그녀를 용서했다.

"아직도 양에게 아이 이야기를 하고 싶지 않아?"

"이걸로 백 번은 물었을 거예요. 내가 왜 그래야 해요?"

"아이에 대해 알면 그가 미국으로 오고 싶어 할지도 모르잖아."

"내일이 지나면 아이 같은 건 없을 거예요."

사샤가 말했다. 그녀는 임신했음을 알고는 양에게 전화를 걸어보았다. 음성사서함에 메시지도 남겨놓았다. 처음에는 한 시간과 하루 단위로, 그다음에는 일주일 단위로 시간이 흘러갔다. 그는 전화번호를 바꾸고 다른 아파트에서 살고 있을 것이다. 그가 자신이 보낸 메시지를 받지 않을 온갖 이유가 있음을 알고는 있었으나, 그래도 그의 침묵을 용서할 수 없었다.

그동안 그녀의 몸이 변했다. 몸 안에서 아기가 자라는 것을 느꼈고 그것을 혐오했다. 때때로 아기가 혐오의 힘에 굴복해 어떻게든 사라져버릴 거라는 희망을 품고 아침부터 밤까지 아기를 증오했다. 어떤 때는 아기가 처음부터 존재하지 않았던 것처럼 사라질 것이라고 생각하며 아이 생각을 하지 않으려 애썼다. 그러나 결국 아기는 그녀의 결단을 요구했다. 결국은 피와 살로 된 덩어리일 뿐이야, 그녀는 생각했다.

"그런데 애초에 왜 아이가 생긴 거야?"

보센이 말했다. 왜, 그리고 어떻게 그런 일이 일어났을까. 이건 사샤에게 이야기를 들었을 때부터 떠나지 않는 질문이었다. 소년의 매끄럽고 유연하고 완벽한 몸에 현혹되었느냐고 묻고 싶었다. 그녀도 사기처럼 양을 사랑했는지 알고 싶었다. 그렇다면, 어떻게 자기 몸 안에 남은 것을 버릴 마음을 먹을 수 있단 말인가?

사샤는 보센을 바라보았다. 그녀는 처음으로 호기심을 갖고 그 남자를 뜯어보았다. 그는 잘생기지도 못생기지도 않았다. 사샤가 보기에 그는 사랑에 빠질 수는 없지만 그래도 믿을 수는 있는 순진한 얼굴을 갖고 있었다. 보센 같은 남자는 틀림없이 지루하고 안락하고 평범하게 살겠지만, 양에게 열중했기에 자신의 분수보다 더 흥미로운 사내가 되었다. 하지만 그건 분명 양이 지닌 가치일 것이다.

양은 사람들이 사랑에 빠지게 만들고, 그 사랑 때문에 그들은 자신의 인생 행로에서 기꺼이 빗나간다. 빗나가지 않았으면 지루했을 길에서. 다시 하룻밤을 지내자고 제안한 사람은 양이었고, 비행기로 떠나기 며칠 전 친구에게 방을 빌려달라고 부탁한 사람은 사샤였다. 아주 축축한 여름 저택이었다. 달콤하고 짧은 그리고 평온한 성교를 한 후, 그들은 사샤가 가져온 담요를 깔고 마루에 누워 있었다. 서로 상대를 건드리기에는 너무 몸이 뜨거웠기 때문에 팔 하나 정도 거리를 두었다.

바깥에서는 집주인 여자의 가족과 두 이웃 가족이 안마당에 앉아 텔레비전을 보고 있었다. 그들의 목소리가 모기를 죽이느라 치는 손뼉 소리와 섞였다. 사샤는 등을 돌리고 누운 양을 돌아보았다. 그녀가 가져온 작은 콘돔 팩은 뜯지도 않은 채 담요 아래 쑤셔 박았다. 사샤는 그걸 쓰자고 했으나, 양은 거부했다.

"고무는 서로 사랑하지 않고 건드리는 사람들에게나 필요한 거야."

양이 말했다. 그의 말에 사샤는 다시 희망을 품었다.

"이제 나와 함께 미국에 갈 거야?"

한 손가락으로 그의 등을 훑으며 그녀가 물었다.

"내가 미국에 가서 뭘 할 수 있을까? 너한테 카나리아처럼 키워질까?"

양이 말하면서 그녀의 손가락에서 벗어나 몸을 더 뒤로 뺐다.

"영어를 배우면서 시간을 좀 보내고, 그다음에 쓸모 있는 학위를 딸 수 있어."

"쓸모 있다고? 내가 쓸모없다는 걸 이미 알지 않았어? 게다가 자기 여자한테 기생충처럼 빌붙어 사는 인생이라니, 그것보다 남자를 더 굴욕스럽게 만드는 건 없어."

양은 말하더니 자신이 가져온 얇은 비단 옷에 손을 뻗었고 사샤가 말릴 겨를도 없이 문밖으로 걸어나갔다. 사샤는 발딱 일어나 커튼 뒤에서 양을 바라보았다. 양은 텔레비전에서 눈을 돌려 그를 뚫어지게 바라보는 사람들을 개의치 않고 일부러 나른하다는 듯이 걸었다. 안마당 한가운데 있는 벽돌로 만든 개수대에 다다른 그는 가장자리에 앉아 수도꼭지를 향해 맨발을 들어 올렸다. 물이 오랫동안 쏟아지자 집주인 여자는 충격에서 깨어나 말했다.

"이봐요, 그 물이 다 돈이에요."

양이 미소 지었다.

"너무 덥잖아요."

그가 상쾌한 목소리로 말했다.

"그건 그렇죠."

집주인이 동의했다.

안마당에 모인 사람들이 달빛처럼 하얀 비단옷에 싸인 자신의 낭창낭창한 몸을 바라보고 있음을 의식하면서, 양은 수도꼭지를 잠그고 우아하고 나른하게 도로 방으로 걸어왔다. 사샤는 실망으로 몸이 식은 채 창가에 서 있었다. 그녀는 그의 관중이 되었다. 아마도 가장 붙잡기 힘든 관중의 하나였으리라. 하지만 그는 결국 성공했다.

미키마우스가 장식된 차가 사샤와 보센이 서 있는 모퉁이에 다다랐다. 사샤는 차 앞에서 움직이는 미키마우스의 거대한 장갑을 가리키며 말했다.

“이거 봐요. 손가락이 네 개밖에 없어요.”

“그건 몰랐네.”

보센이 말했다.

“저 장갑한테 우리 칭찬이 필요하지 않은 것처럼, 양에게는 우리가 필요하지 않아요.”

“하지만 우리의 사랑만이 그를 보호하고 구출할 수 있어.”

사샤는 돌아서서 보센의 눈을 들여다보았다.

“우리 같은 사람들이 그를 파괴한 거예요. 안 그래요? 애초에 왜 경극에 난단이 있는 거죠? 남자들은 그가 여자를 연기하고 있기 때문에 그를 사랑해요. 여자들은 그가 연기하는 남자이기 때문에 그를 사랑해요."

"그건 절대 아니야."

"그게 아니라면 왜 당신은 그토록 그를 무대로 돌려보내고 싶어 하는 거죠? 그가 전락하는 걸 보고 내가 기뻐한다고는 생각하지 말아요. 정말이에요. 나는 당신만큼이나 그를 돕고 싶었어요. 그는 여자를 연기하는 남자가 될 필요가 없었어요. 나는 그것을 이해시킬 수 있을 거라고 생각했어요. 하지만 내가 어떻게 됐죠? 몸 안에 애를 가진 사람은 당신이 아니에요. 그는 낙태를 시켜야 하는 당사자가 아니고요."

사샤는 그렇게 말하고 나서 울기 시작했다.

보센은 손을 내밀어 머뭇머뭇 사샤의 어깨를 건드렸다. 만약 사샤가 그 소년을 한 번 더 사랑할 수만 있다면. 양은 그들 중에서 같이 살 사람을 선택할 수 있을 것이다. 양이 그 둘을 전혀 사랑하지 않을 수도 있겠지만, 사샤와 보센은 사랑으로 그를 안전하게 지켜줄 것이다. 그들 셋은 아이를 함께 키울 수 있을 것이다. 양은 공주로 남아 있을 것이다. 그렇다. 추방당했지만 아름다운 진정한 공주로.

'사샤가 다시 한 번 양을 사랑하게 하는 법을 알 수만 있다면 좋겠어.'

보셴은 생각했다.

보셴이 어깨에 팔을 둘렀을 때도 사샤는 가만있었다. 낯선 사람들에게는 한바탕 싸운 뒤 안절부절못하는 남편이 시무룩한 아내를 달래고 있는 모습으로 보일 것이다. 아주 평범한 커플로 여기리라. 사랑하는 마음에서 남편은 배 속의 아이만을 염려하고 있고, 아내는 태어나지 않은 아이를 비롯해 그 무엇에도 미련이 없는 것처럼 보일지도 모른다.

마치 대답이라도 하듯 아이가 움직였다. 가벼운 두드림, 그리고 또 한 번 부드럽고 자신 없는 두드림, 사샤가 결코 대답하지 않아도 되길 바란 첫인사. 그러나 일단 그 일이 일어나자 더이상 바라지 않기란 불가능해 보였다. 꽤 시간이 흐른 후, 거리의 사람들이 함성을 지르고 아이들은 흥분해서 소리를 질렀다. 사샤는 그 광경을 보았다. 나무에 불이 밝혀졌고 수천 개의 별들이 성좌를 이루었다.

그녀는 이제 어머니가 혼자 살고 있는 작은 몽골 마을을, 어머니가 침침한 가로등이 늘어선 고향의 골목길을 따라 걸을 때 드리워지는 긴 그림자를 생각했다. 어머니는 때를 잘못 타고났고 어른이 되어 내내 잘못된 장소에서 살았지만 결코 두 딸의 탄생을 후회한 적이 없었다. 사샤는 숨죽여 아기의 메시지를 기다렸다.

'미국은 좋은 나라야. 아기가 때를 잘못 타고났다 해도 태어나기에 안성맞춤인 곳이야. 미국에서는 모든 것이 가능해.'

그녀는 생각했다. 그리고 아버지의 아름다움을 물려받았으나 아버지보다 더 행복하고 운이 좋은 아이를 상상했다. 사샤는 미소 지었으나 아이가 다시 움직이자 울음을 터뜨렸다. 어머니가 된다는 것은 세상에서 가장 슬프지만 가장 희망찬 일, 한번 시작하면 결코 끝나지 않는 사랑에 빠지는 일임에 틀림없다.

미스 카사블랑카

샨샨은 학생들에게 미스 카사블랑카로 알려져 있다. 그 이름을 들먹이면서 학생들은 잔인하고 악의적이라 할 만한 웃음을 흘렸다. 그런 일에 신경 쓰지 않는다면 아름다운 별명이기에 그녀는 학생들의 조소를 외면하기로 했다. 서른두 살인 샨샨은 남편도 애인도 가까운 친구도 없었다. 대학을 마치고 자신이 자라난 작은 도시의 교원대학에서 영어를 가르쳤고, 애초에는 임시직이었으나 나중에 정규직이 되었다.

그녀는 10년 동안 학생들에게 한 학기에 대여섯 번씩 〈카사블랑카〉를 보여주었다. 학생들의 반응은 이제 낯익어서 견딜 만하다. 처음에는 중국어 더빙이나 자막 없이 보는 최초의 미국 영화이므로 경외심을 갖고 본다. 학생들은 대화를 이해하려 애쓰지만 기껏해야 때때로 한두 구절을 이해할 뿐이다. 그래도 영화를 이해하는 데 별 문제가 없는 듯하고, 몇몇 여자 아이들은 펑펑 울어 수업이 끝날 즈음에는 눈이 빨갛게 충혈되어 있다. 하지만 그들은 곧 흥미를 잃는다.

영화 속의 여자들이 울 때 그들은 웃는다. 남자가 여자에게 키스할 때는 휘파람을 분다. 결국 샨샨은 그 영화를 혼자 본다. 학생들이 재잘되는 소리가 사운드트랙에 섞인다.

아침 수업 시간에 누군가 문을 두드릴 때 샨샨은 바로 그 일을 하고 있었다. 그녀는 문 두드리는 소리가 급박해져서야 테이프를 멈춘다. 샨샨이 문을 열자 수위가 말했다.

"어머님이 밖에서 기다리고 계세요. 선생님을 보고 싶어 하는데요."

"왜요?"

"말씀을 안 하시던데요."

"수업 때문에 바쁜 거 안 보여요?"

"밖에서 기다리는 분은 선생님 어머니지요."

수위가 한 발을 단호히 문 안에 들여놓고 말한다.

샨샨은 수위를 노려보더니 이윽고 한숨을 쉰다.

"알았어요. 제가 간다고 말씀드려요."

학생들은 두 사람을 재미있다는 듯 지켜보고 있다. 그녀는 학생들에게 영화를 보고 있으라고 말하지만, 그들이 딴짓을 하리라는 것을 안다.

교문 밖에서 샨샨은 매일 시장으로 밀고 가는 일륜차에 기대고 있는 어머니를 발견한다. 거기엔 석탄 화로, 커다란 알루미늄 냄비, 계란 꾸러미, 양념 병, 그리고 작은 나무 의자 한 개가 쌓여 있다.

샨샨의 어머니는 40년 동안 기차역 부근 시장에서 주로 여행객들에게 삶은 계란을 팔았다. 철든 후 평생 의자에 앉아 있었던 탓에 어머니는 작고 구부정한 여인이 되었다. 샨샨은 아버지의 장례식 후 1년 동안 어머니를 본 적이 없었다. 어머니의 머리카락은 더 가늘어지고 더 희끗희끗해졌지만, 몇 년 지나지 않아 샨샨 자신의 것도 그렇게 될 것이다. 그녀는 아무런 감상도 느끼지 않았다.

"엄마, 절 찾고 계셨다면서요?"

"안 그러면 네가 살아 있는지 어떻게 알겠니?"

"왜요? 사람들이 내내 제 얘길 했을 텐데."

"사람들이 거짓말을 할 수도 있지."

"물론이죠."

샨샨은 빙긋 웃었다.

"하지만 사람들이 네 이야기를 하도록 만드는 사람은 누구냐?"

"다 그 사람들 때문이죠."

"넌 '수치'라는 말을 아니?"

"내가 나 자신을 수치스러워해야 한다는 말을 하러 오신 거예요? 이제 달달 외울 지경이네요."

"내가 신령님께 무슨 잘못을 했기에 너 같은 딸을 낳았담?"

어머니가 목소리를 높였다. 지나가던 사람들이 걸음을 늦추고 재미있다는 듯 미소를 띠고 그들을 바라보았다.

"엄마, 무슨 말씀을 하시려고요? 전 바빠요."

"샨샨, 네가 고아가 되기까지는 얼마 걸리지 않을 게다. 어느 날 내가 네 뒷말에 빠져 죽고 말 테니까."

"사람들 말 때문에 엄마가 죽지는 않아요."

"그럼 네 아버지는 왜 죽었니?"

"아버지가 상심한 게 나 때문만은 아니잖아요."

샨샨은 말한다. 냉정하게 굴려고 애쓰지만, 갑작스러운 슬픔으로 목이 콱 메이는 것을 느낀다. 그녀의 아버지는 살아생

전에 검침원으로 일했다. 언제나 저녁 때쯤 문을 두드리고 가스와 수도 미터기를 점검하면서 늘 오르는 요금과 사람들의 분노에 왠지 모를 책임감을 느끼고 있었다.

나중에 몇몇 아이들이 도시 바깥의 연못에서 몸이 거꾸로 박힌 아버지를 발견했다. 그 연못은 얕았고, 가장 깊은 곳이라 해도 고작 허리 깊이였다. 아마 뛰어드는 힘으로 진흙에 처박혔을 테지만, 아버지가 왜 그랬는지, 혹은 왜 어머니가 샨샨이 결혼하지 못해서 아버지가 죽었다고 믿는지 아무도 확실히 알 수는 없었다.

"네가 대학에 갔을 때를 생각해보렴, 네 아버지와 나는 우리가 세상에서 가장 자랑스러운 부모라고 생각했지."

어머니가 그때를 회상하고 울먹거리며 말한다.

"엄마, 이런 얘기는 몇 번이나 했잖아요. 그 얘긴 하지 마요."

"왜? 내 입을 막는 딸을 기르려고 내가 지금까지 고생했다고 생각하니?"

"미안해요. 하지만 가봐야 해요."

"아직 안 돼. 나랑 조금 더 있어."

어머니가 간청하다시피 말한다. 샨샨은 목소리를 부드럽게 하려고 애쓴다.

"엄마, 나 수업 중이에요."

"그럼 오늘 밤 집에 오렴. 중요한 얘기가 있다."

"지금 말씀하시지 그러세요? 5분 정도는 시간 낼 수 있어요."

"5분으로는 안 돼. 투 이야기야."

샨샨의 어머니가 더 가까이 다가와 속삭인다.

"투가 이혼했어."

샨샨은 오랫동안 어머니를 노려본다. 어머니는 고개를 끄덕인다.

"그래, 걘 지금 임자가 없는 거야."

"무슨 말씀을 하시는지 모르겠어요."

"투 부모는 네가 걔한테 돌아오길 바라고 있어."

"엄마, 이해를 못 하겠다니까요."

"그래서 네가 집에 와서 나랑 얘기해야 하는 거다. 이제 가서 애들 가르치렴."

샨샨의 어머니가 말하고는 대답을 듣기도 전에 일륜차를 밀고 간다.

미국에서 날아온, 투의 변심을 확실히 보여주는 짧은 사과

편지를 받은 해에 샨샨은 〈카사블랑카〉를 발견했다. 편지가 도착하기 전에, 학생들에게 〈사운드 오브 뮤직〉을 보여주며 모든 노래를 허밍했고, 미국에 가기 위해서라면 언제라도 학생들을 포기할 수 있었다. 그러다 투의 편지를 받은 후 그녀는 다시는 노래하지 않았다. 〈카사블랑카〉에는 학생들에게 인생에 대해 가르치고 싶은 것이 모두 들어 있다.

교실로 돌아온 샨샨은 창가에 앉아 자신의 기억으로는 대학에서 미국인 선생이 그랬듯이 다리를 덜렁거린다. 파리에서 릭이 쏟아지는 비에 흠뻑 젖어 플랫폼에 서 있다가 기차에 올라탄다. 그 장면에서 한 남학생이 말한다.

"정말 웃겨. 저 사람 외투는 지금 낙타털처럼 말라 있어."

샨샨은 내내 그 사소한 것을 놓쳐왔다는 것에 놀란다. 그녀는 관찰력이 날카롭다고 그를 칭찬할까 생각하다 마음을 바꾼다. 그녀는 목소리를 높여 말한다.

"인생의 불가해성은 인생의 수수께끼 중 하나지요."

학생들이 왁자하게 웃는다. 분명 그 대사는 별명과 함께 다음 반으로 전해질 테지만 샨샨은 신경 쓰지 않는다. 이번에 중학교를 졸업한 학생들은 교원대학에서 2년 동안 공부한 후 초등학생들을 가르치게 될 것이다. 그들은 대부분 시골 마을 출신이고, 그 학교는 고된 농장 노동에서 벗어날 수 있는 유일한 기회를 줄 것이다. 영어는 단지 교육부 규정을 따르기 위해서나 가르치는 것이었다. 그저 시시한 욕망으로만 살아가는 이 아이들은 그녀가 무슨 말을 하는지 결코 이해하지 못할 것이다.

두 반 수업을 마친 후 샨샨은 동료들에게 두통이 있다고 투덜거리며 조퇴한다. 아무도 그녀의 변명을 믿지 않지만, 그렇다고 반박하지도 않을 것이다. 괴팍한 동료들은 지루한 생활에 색다른 재미를 더해주는, 온건하고 해로울 게 없는 괴짜를 보듯이 그녀에게 친절을 베푼다.

그 도시에서 학사학위를 취득한 몇 안 되는 사람 중에서도 샨샨은 학벌이 제일 좋은 사람이었다. 베이징의 최고 일류 대학에 진학한 두 아이 중 하나였고, 홀로 돌아왔다. 다른 하나인 투, 어린 시절의 친구이자 반 친구, 남자 친구이자 약혼자였던 그는 샨샨보다 더 아름다운 여자와 결혼해서 미국에 있다.

그리고 이제, 10년이 지나 이혼한단다. 세 들어 사는 방에 돌아온 샨샨은 침대에 앉아 해바라기 씨를 깐다. 껍질이 시트와 마루에 우수수 내려앉아 쌓여간다. 그녀는 두개골 속을 울리는 아작아작 소리와 입속의 특이한 향을 열망한다. 달콤하고 짭짤하고, 궁 씨의 견과류 가게에서 해바라기 씨를 처리하는 데 쓰는 싸구려 향료에서 나는, 약간 씁쓸한 맛의 해바라기 씨와 대학 시절 산 영어 소설들(한 권 한 권이 한 사람이 일생을 바쳐 연구할 가치가 있는, 책장 하나 가득 들어찬 소설들)만이 인생을 견딜 수 있게 해준다. 그러나 해바라기 씨는 오늘 다른 맛이 난다. 투의 이혼은 목에 걸린 생선뼈처럼 정신을 혼란스럽게 한다.

투는 해바라기 씨 껍질 더미에 앉아 그의 실패한 결혼을 생각하는 샨샨을 상상하지 못하겠지만, 그녀는 여전히 매일같이 그를 상상한다. 그녀가 약혼식에서 투에게 이렇게 약속했던 것을 생각하면 놀라운 일이 아니다.

"저는 세상의 모든 바다가 말라버리는 그날까지 당신을 생각하겠습니다" 하고 그녀는 말했다. 투도 틀림없이 비슷한 말을 했고, 그 의식의 유일한 목격자였고 훗날 서류를 갖추어 법적 아내가 된 민이 그들 두 사람을 껴안았다. 생각해보면 민이 맹세하지 않은 것도 이상한 일이다. 결국 샨샨과 투의 약혼은 민과 투의 결혼과 마찬가지로 그들 셋 모두의 계약이었던 것이다.

민은 샨샨이 대학에서 만난 가장 아름다운 소녀였고, 10년 후 그녀의 기억에 남은 가장 아름다운 사람이다. 대학에서 그들은 네 소녀와 함께 같은 기숙사에 살았지만, 1학년이 한참 지나도록 그들은 친해지지 않았다. 민은 매력적이고 외향적인 도시 여자아이였고, 눈독을 들인 것이면 무엇이든 가지고야 말았다. 물론 가장 좋은 것에만 눈독을 들인다. 평범한 얼굴에 강한 사투리를 쓰는 지방 도시 출신의 샨샨은 속내를 털어놓는 친구로건 그냥 친구로건 민과 죽고 못사는 사이는 아니었다.

1학년이 다 지날 무렵, 톈안먼 광장 시위 때문에 그들은 공부를 망쳤다. 민은 시위에 적극 나섰다. 남자아이들은 투표를 통해 민을 미스 톈안먼으로 뽑았다. 그녀는 자유의 여신 복장으로 차려입고 서방 기자들의 카메라 앞에서 승리의 포즈를 취했다. 시위가 진압된 후, 그녀는 여러 차례 조사받으면서 어려운 시기를 겪어야 했다. 민은 투옥할 필요는 없으나 졸업 후 어떤 합법적인 직업도 가질 권리가 없는 범주에 들었다.

샨샨은 기숙사에서 처음이자 유일하게 감히 민에게 동정과 친밀함을 표한 학생이었다. 샨샨은 어떤 시위에도 참석하지 않은 소수의 그룹에 속했다. 그녀와 투는 학우들이 시위에 나갈 때 수업에 참석한 유일한 학생들이었다. 나중에 교수들이 더이상 수업에 들어오지 않았을 때 그들은 가까워졌고, 부모와 고향 사람들이 다들 예상했던 것처럼 사랑에 빠졌다.

샨샨은 민에 대한 친밀함의 표시가 고결하거나 용감한 행위라고는 결코 생각하지 않았다. 단지 인생에서 더 좋은 대우를 받을 자격이 있는 사람을 친절히 대하려는 단순한 소망에서 나온 것이었다. 그래서 민이 그 호의에 보답하고 그녀의 가장 좋은 친구가 되기로 했을 때 샨샨은 말할 수 없이 기뻤고 감사했다. 마치 자기가 민의 불운을 이용한 것 같아 약간 마음이 불편하기도 했다. 정상적인 환경에서라면 그들은 결코 친구가 되지 못했을 것이다. 하지만 인생이 준 기회라면 비범한 사람과 함께 지내는 것이 무슨 잘못인가?

2학년 말쯤에, 중국 고등교육국은 미국에 친척이 있는 학생들에게만 해외 유학을 갈 때 여권을 발급한다는 새 정책을 발표했다. 전혀 이치에 닿지 않는 일이지만, 막무가내인 아이처럼 인생을 바꾸어버리는 우스꽝스러운 규칙들과 살아가는 것이 당시 그들의 삶이었다. 미래에 대한 민의 유일한 희망인 졸업 후 미국행은 거품처럼 터져버렸고, 샨샨은 가슴이 미어질 듯 아름다운 민의 얼굴을 보다 못 해 해결책을 생각하고 행동하기 시작했다.

투가 미국 대학원에 응시하고 가짜 결혼을 해서 민을 출국시켜주면 어떨까? 그녀가 말하자 투가 반박했다.

"너 제정신이니? 나한테는 미국에 친척이 없어."

"너희 할아버지 동생. 그분이 해방전쟁 후 대만으로 가지 않았어? 그분이 나중에 미국에 갈 수도 있잖아? 들어봐, 아무도 너희 가족사를 조사하러 미국에 가지는 않을 거야. 그분이 미국에 산다는 증명서만 얻을 수 있으면……."

"하지만 누가 우리한테 그런 증명서를 줘?"

"그건 내가 걱정할게. 넌 응시 원서나 생각해."

샨샨이 말했다. 그녀는 투의 눈에서 주저하는 기미를 보았다. 그러나 희망의 불꽃이 일었고, 샨샨은 그 불꽃이 흐려지기 전에 알아챘다.

"너도 미국에 가고 싶지 않니? 졸업 후 고향에 돌아갈 필요가 없고, 도시 거주증을 갖지 않았다는 이유로 지루한 일을 해야 할 필요도 없어. 미국에 가면 네가 지방 도시 출신인지 아닌지 따위는 아무도 신경 쓰지 않을 거야."

"하지만 민과 결혼하는 건?"

"왜 안 되는데? 우리에겐 서로가 있지만, 민은 아무도 없잖아. 도시 남자애들…… 걔네들은 민이 곤경에 빠지자 껍질 속의 거북이처럼 목을 쑥 집어넣어버렸어."

투는 시도해보자는 데 동의했다. 샨샨이 그를 사랑한 이유 중 하나가 그것이었다. 그는 의심을 품었을 때에도 샨샨을 믿고 그녀의 결단을 따랐다. 민도 그 계획에 의문을 제기하기는 했지만, 그녀를 설득하기는 어렵지 않은 듯했다. 모두 아메리칸 드림을 향해 나아가자고 투와 민을 쿡쿡 찌른 사람은 샨샨이었다. 그녀는 고향으로 돌아가 뇌물을 쓰고 간청해서 투의 미국인 작은할아버지에 대한 가짜 증명서를 얻었다. 그 계획은 잘못될 수도 있었지만 고비를 잘 넘겨 성사되었다.

투는 펜실베이니아 주의 한 학교에 입학했다. 민은 결혼 증명서를 만들고, 투의 부양가족 자격으로 중국을 떠나는 데 필요한 서류 작업을 끝냈다. 그들 셋만이 알고 있는 비밀을 바깥 사람에게 설명하기에는 너무 복잡했지만, 그때는 셋 중 누구도 의심을 품지 않았다. 1년만 더 있으면 그 계획은 완성될 터였다. 민은 자신을 보증할 수 있는 방법을 찾을 것이고, 투는 결혼과 이혼을 경험한 다음 고향에 돌아와 샨샨과 결혼할 것이다.

투가 떠나기 전 투와 섹스해야 한다는 생각은 샨샨에게 떠오르지 않았다. 사실은 그녀가 거절했다. 그녀는 대학 수업시간에 『사랑하는 여인들』을 읽었고, 그때부터 세부 장면 하나가 그녀에게 달라붙었다. 자매 중 한 명은 애인이 전쟁에 나가기 전 그와 섹스하기를 거절한다. 죽음만이 기다리는 전장에서 그가 여자들을 갈망하게 될까봐 두려웠기 때문이다. 그러나 투는 전쟁에 나가는 것이 아니고 다른 여자와 결혼생활을 하기 위해 떠나는 것이었다. 같은 아파트에서 얇은 문 하나를 두고 아름다운 여자가 먹고 자고 오줌을 누고 생리를 하는데, 어떻게 그녀와 사랑에 빠지지 않고 버틸 수 있단 말인가?

샨샨에게 결혼을 지속하겠다는 의도를 알리는 짧은 편지를 받은 후 둘 중 아무도 편지를 쓰지 않자, 샨샨은 투와 민의 성교를 상상하기 시작했다.

그들의 옷을 벗겨 침대에 집어던지고, 마치 답을 얻기라도 할 듯이 그들의 섹스를 연구했다. 민의 비단 같은 긴 머리가 셀러리 줄기 같은 투의 몸을 쓸어가고, 그를 약올리고 소리쳐 불렀다. 투는 먹을 것을 찾는 추한 돼지처럼 커다란 꽃양배추 모양의 머리를 민의 큼지막한 가슴에 댔다. 상상하면 상상할수록 우스꽝스러웠다. 투를 희극적인 이미지로 떠올리는 건 부당하다는 것을 샨샨은 인정했지만, 그는 다이아몬드 같은 아름다움을 빛내는 민에게는 어울리지 않는 짝이었다.

산샨은 그들이 사랑에 빠질 가능성은 생각지도 않았고 그런 걱정은 조금도 하지 않았다. 민은, 커다란 머리에 가냘픈 몸으로 소박하게 미소 짓는 남자 투에게는 너무나 매혹적인 여자였다. 산샨은 투와 자신의 사랑을 믿었고, 그들이 친구를 구하기 위해 치러야 하는 희생의 정당성을 믿었다. 그러나 삶은 불가해한 것이기에 민과 투는 사랑에 빠졌고, 산샨의 마음속에서 어울리지 않는 섹스를 했다.

때때로 그녀는 민을 자신으로 바꿔놓고 자위를 했다. 투와 그녀가 더 잘 맞는 것 같았다. 산샨이 어머니의 난로 옆에 앉아 아장거리던 아기이고 투는 옆 과일 가게의 작은 남자아이일 때부터 그들은 놀이 친구였다. 가슴이 터지도록 아름다운 상상의 섹스를 한 후 그녀는 울었다.

더이상 상상을 견딜 수 없게 되자 산샨에겐 해바라기 씨를 먹는 습관이 생겼다. 매일 밤 그녀는 몇 시간씩 해바라기 씨를 까며 앉아 있다. 일어나서 침대 밖으로 나오기 전에 제일 먼저 해바라기 씨 봉지로 손을 뻗는다. 껍질이 머릿속에서 아작아작 터지는 소리가 들리면 침착해지면서 옷을 입은 투와 민을 상상할 수 있다. 그들 둘 다 약속을 어겼다는 사실은 고통스럽고 언제까지나 그렇겠지만, 이제는 문제가 되지 않는다. 투와 민의 결혼 서약만이 의미 있을 따름이다. 자신은 그들을 남편과 아내로 만든 사람이다. 또 두 사람이 그 사실을 인정할 수 없을 정도로 수치스러워한다 해도 용서하고 축복하며 저주하는 수호천사가 되어 언제나 그들의 침대 위에서 떠돌 것이다.

무엇 때문에 그들은 10년이나 지나 결혼을 끝냈을까? 그들은 약속을 한 번 깼다. 아니, 두 번 깼다. 이제 이혼을 함으로써 둘 다 그녀의 고귀함을 생각하지 않아도 된다니, 샨샨의 존재는 대체 뭐란 말인가?

해바라기 씨가 다 떨어지자, 샨샨은 어머니에게 투의 이혼에 대해 묻기로 한다. 이 도시에 하나밖에 없는 시장은 기차역 옆에 있다. 베이징과 중국 남부를 연결하는 기차들은 10분 동안 역에 멈추는데, 많은 상인들이 이런 기차에 생계를 의지하고 있다.

샨샨이 도착했을 때는 1시 15분 기차가 막 들어온 참이었다. 팔다리를 펴며 기차에서 내리는 몇몇 여행객들이 보이고, 곧 더 큰 사람의 물결이 시장으로 쏟아져 들어온다. 샨샨은 쇠국자로 냄비 옆을 두드리며 노래하듯 말하는 어머니를 몇 발짝 떨어진 곳에 서서 지켜본다.

"어서 와서 먹어봐요. 와서 사봐요, 팔보 계란. 진짜 맛있어요."

한 여자가 멈춰 서서 뚜껑을 들자, 그녀의 아이가 냄비에서 가장 큰 계란을 가리킨다. 찻잎, 양념, 간장이 풍기는 먹음직스러운 냄새에 더 많은 사람들이 걷는 속도를 늦춘다. 몇몇 사람은 돈을 내기 위해 지갑을 꺼낸다. 다른 사람들은 계란 장수들을 흘낏 보고, 세계 최고의 삶은 계란을 놓쳤다는 것도 모르고 그냥 지나쳐 간다.

어렸을 때 샨샨은 어머니의 계란을 고르지 않는 사람들에게 마구 화가 났다. 다른 장사꾼들은 인색해서, 그녀의 어머니만큼 많은 양념과 찻잎을 냄비에 넣지 않았다. 그러나 나이를 먹자 반대로 어머니의 고집에 화가 났다. 그 계란을 사는 사람들, 계란 맛은 기억한다 해도 이곳이나 어머니 얼굴을 기억하지 않을 이방인들은 어머니가 최고의 양념과 찻잎에 많은 돈을 쓴다는 것을 결코 모를 것이다.

기차가 떠날 때 샨샨은 벽돌을 하나 발견하고 어머니 의자 옆에 놓는다. 거기 앉아서 어머니가 냄비에 계란과 양념을 더 넣는 것을 본다.

"비싼 양념을 그렇게 많이 넣는 건 돈 낭비 아니에요?"

산산이 말한다.

"나한테 계란 삶는 법을 가르치려는 거냐. 난 이걸 40년 동안 해왔고, 내 식으로 계란을 삶아서 널 키워왔다."

"하지만 사람들이 그 차이를 맛볼 수 있다 해도 엄마 달걀을 찾으러 돌아오진 않을 거잖아요."

"그렇다면, 그 사람들에게 세계 최고의 달걀을 먹어볼 기회를 안 줄 이유는 무어냐?"

그녀의 어머니는 목소리를 높인다. 몇몇 장사꾼들이 서로 눈짓을 하며 그들을 바라본다. 시장은 눈과 귀로 가득 차 있다. 저녁 때쯤에는 이 도시 전체가 샨샨이 나타나 가련한 어머니를 비난했다는 것을 알 것이고, 아이들은 저녁 식탁에서 샨샨을 본받지 말라는 경고를 받을 것이다. 어머니가 그녀를 위해 방을 계속 비워두고 있는데 다른 방을 빌리느라 돈을 쓰면서 자식의 의무를 다하지 않는 딸.

"엄마, 은퇴 생각은 왜 안 해요?"

샨샨이 더 낮은 목소리로 말한다.

"그럼 이 가련한 늙은 과부를 누가 먹여 살리니?"

"제가 하죠."

"넌 자신을 돌보는 법도 모르잖니. 너한테 필요한 건 투

같은 남자야."

샨샨은 땅에 드리운 자신의 그림자와 가죽 샌들 옆에 흩어진 계란 껍질 조각을 바라본다. 옆 가게 과일장수의 아들 투와 친구가 되기 전에는 계란 껍질이 그녀의 유일한 장난감이었다. 투의 부모는 은퇴해서 투가 사준 침실 두 개짜리 아파트에 산다. 옆 가게에서는 이제 담배와 라이터 그리고 불 가까이에 대면 옷이 사라져버리는 금발 여자들의 손바닥만 한 사진들을 판다. 잠시 후 샨샨이 묻는다.

"투한테 무슨 일이 일어났대요?"

"그 아이 부모가 어제 와서 네가 돌아올 생각이 있느냐고 묻더라."

"왜요?"

"남자는 여자가 필요하잖니. 너도 남편이 필요하고."

"그럼 난 뭐예요? 창녀예요?"

"고집 부리지 마라. 너도 이제 젊은 여자가 아니잖니."

"걔는 왜 이혼했대요?"

"사람들은 마음을 바꾸는 법이야. 샨샨, 만약 내 의견을 묻는다면, 나는 그냥 아무 소리 말고 투에게 돌아가라고 말할 거야."

"그게 투가 바라는 거예요? 아니면 그 집 부모님 생각이에요?"

"그게 뭐가 다른데? 네가 투한테 돌아가고 싶어 하면 갠 너와 결혼할 거야, 걔네 부모가 그렇게 말하더라."

"그건 중매결혼이잖아요."

"말도 안 돼. 우리는 너희 둘이 함께 자라는 걸 봐왔는걸. 중매결혼이라도 사람들은 사랑하게 된단다."

샨샨은 가슴이 쿡 찔리는 것을 느낀다.

"맞아요. 사람들은 중매결혼을 해도 사랑을 하게 되지만, 난 그걸 원치 않아요."

"그럼 넌 뭘 원하니, 이 로맨스 아가씨야?"

샨샨은 대답하지 않는다. 로맨스는 한 남자와의 러브 스토리 이상이다. 약속은 약속이고, 서약은 서약으로 남는다. 〈카사블랑카〉의 숭고함이 그러하고, 그녀 삶의 하루하루를 의미 있게 지켜주는 진정한 로맨스가 그러하다.

둘 다 말이 없다. 샨샨은 어머니가 싱싱한 달걀을 국자로 떠서 양념이 계란에 잘 배어들도록 숟가락으로 달걀 껍질을 조심스럽게 깨는 것을 본다. 어머니는 계란을 떠내서 샨샨의 손에 말 없이 쥐여준다. 그 계란은 뜨겁지만 샨샨은 떨어뜨리지 않는다.

그녀는 예언자의 갈라진 거북 껍질같이 양념과 간장으로 검어진, 달걀 껍질에 생긴 금을 바라본다. 어렸을 때는 달걀 하나를 받으려고 어머니에게 오랫동안 졸라야 했다. 그러나 투가 근처에 있으면 어머니는 언제나 주저 않고 그들에게 계란을 하나씩 주었다. 샨샨은 어머니가 아직도 그런 일들을, 그녀와 투가 연인이 되기 훨씬 전부터 그들의 관계에 자양분을 준 일들을 기억할까 궁금했다.

몇 분이 지나 끼긱거리는 소리를 내며 거리 맞은편에 두 대의 지프가 선다. 샨샨은 형사들이 뛰어내려 궁 씨네 견과류 가게를 둘러싸는 것을 본다. 곧 손님들이 문밖으로 몰려나온다.

"무슨 일이야?"

장사꾼들은 서로 묻는다. 샨샨의 어머니가 일어나서 1분 정도 거리를 훑어보더니 샨샨에게 국자를 건네준다.

"내 대신 화로 좀 봐다오."

그녀의 어머니는 호기심 많은 장사꾼들과 함께 거리를 가로질러 간다.

샨샨은 형사들이 붉은 경고 테이프를 붙이고 있는 가게 문

쪽으로 밀고 들어가는 어머니를 본다. 그녀는 시장에서 40년을 지낸 어머니가 여전히 다른 사람들의 일에 관심을 갖는 이유가 뭔지 궁금해한다.

10분 후, 어머니가 돌아와서 장사꾼들에게 말한다.

"이건 상상도 못 할 거야. 그 집 물건에서 아편을 찾았대."

"뭐라고?"

"장사가 언제나 잘되는 게 하나도 놀랍지 않지. 사람들이 또 사러 오고 싶도록, 견과류를 만들 때 아편을 넣었대. 정말 속이 검은 놈들이야!"

"경찰은 어떻게 알아냈대요?"

복도 맞은편 장사꾼이 묻는다.

"가게에서 일하는 사람이 고자질한 게 틀림없어."

더 많은 장사꾼들이 돌아온다. 궁 씨의 아편 장사에 대한 장사꾼들의 이야기를 듣는 샨샨의 손바닥이 젖어서 끈끈해진다. 그녀는 날이 저물기 전에 해바라기 씨를 사러 그 가게에 가려던 참이었다. 그녀는 해바라기 씨 생각만 해도 집에 가서 깨진 껍질 속에 숨고 싶었고, 혀끝에 느껴지는 맛에 몸을 맡겨 투와 민을 침착하게 볼 수 있는 안전한 곳으로 가고 싶었다. 여지껏 그런 것을 먹고 살았나? 독이 든 음식, 약으로 중독된 꿈?

샨샨의 어머니가 그녀를 보았다.

"다른 사람의 곤경에 대해서는 이러쿵저러쿵하지 말자. 이 구혼에 대해서는 어떻게 생각하니, 샨샨?"

"투랑 결혼요? 아뇨, 난 그와 결혼하고 싶지 않아요."

"넌 몇 년 동안이나 그애를 기다리고 있었잖아. 어리석게 굴지 마."

"난 절대 그를 기다리지 않았어요."

"거짓말! 모두 네가 그애를 기다리고 있는 걸 알아."

"모두?"

"아니면 왜 네가 결혼을 안 했겠니? 투가 너한테 끔찍한 짓을 한 건 모든 사람이 알아. 하지만 남자들은 실수하게 마련이야. 그애 부모도 어제 사과했다. 용서를 생각해볼 때야."

"뭘 용서해요?"

"그애가 널 가진 후에 다른 여자 때문에 널 떠났잖니. 들어보렴, 네가 그애에게 돌아간다면 그렇게 나쁜 일이 아닐 거야. 옛말대로 사필귀정인 셈이지."

"잠깐만요, 엄마. 그가 날 가졌다니 무슨 말이에요?"

샨샨의 어머니는 얼굴을 붉힌다.

"무슨 말인지 알잖니."

"아뇨, 몰라요. 섹스 얘기라면 아니에요. 그는 결코 날 가진 적이 없어요."

"부끄러워할 것 없어. 그건 이해할 수 있는 일이고 누구의 잘못도 아니야."

샨샨은 고향 사람들이 자신에게 보인 관용을 이제야 처음으로 이해한다. 연인에게 이용당한 다음 버려진 불쌍한 여자, 결혼 첫날밤 침대 위에 펼쳐진, 눈처럼 흰 시트 위에 처녀성을 증명할 수 없을 것이기에 결혼할 수 없는 여자.

"엄마, 난 투와 아무 관계도 없어요. 우린 절대 섹스를 하지 않았어요."

"정말이니?"

샨샨의 어머니는 희망 어린 불신을 눈에 담고 말한다.

"난 정신 나간 노처녀예요. 믿어지지 않으면 내 처녀성을 걸고 동네 투표라도 해보지 그래요?"

샨샨의 어머니는 오랫동안 그녀를 뚫어지게 바라보다가 손뼉을 친다.

"그럼 더 좋지 않니. 난 네가 그애를 그렇게 사랑한 줄 몰랐다. 오늘 밤 투의 부모한테 가서 네가 그애를 위해 내내 순결을 지켜왔다고 말할 거다."

"난 그를 위해 아무것도 하지 않았어요."

"투가 널 가진 적이 없다면 왜 결혼하지 않았니?"

샨샤은 대답하지 않는다. 자신이 처녀성을 잃어버렸다는 소문이 아버지를 얼마나 짓눌렀을까 생각한다. 그녀는 왜 어머니가 지금까지 내내 맞대놓고 이야기하지 않았을까 생각한다. 하지만 식구끼리도 섹스 얘기는 한 번도 해본 적이 없는데, 자부심 높지만 소박하고 전통적인 여인인 어머니가 어떻게 딸에게 그런 걸 물을 수 있겠는가?

"네가 그 질문에 대답할 수 없다면 마음을 결정할 때다."

샨샤의 어머니가 말한다.

"내 마음은 이미 결정되어 있었어요. 난 투와 결혼하지 않을 거예요."

"너 미쳤니?"

"엄마, 왜 엄마는 세계 최고의 계란 장수가 되고 싶은 거예요?"

샨샤의 어머니는 고개를 흔들었다.

"난 네가 무슨 말 하는지 모르겠다."

"엄마, 왜 양념을 더 넣어요?"

"사람들한테 세계 최고의 계란을 판다고 말했으면 그 약속을 지켜야 하니까."

"하지만 아무도 신경 안 써요. 엄마는 엄마한테만 문제가 되는 약속을 지키고 있는 거예요."

"나한테 그런 말 하지 마라. 난 글 같은 거 몰라. 게다가 그게 네 결혼과 무슨 상관이 있니?"

"나도 지켜야 할 약속이 있어요."

"넌 왜 그렇게 고집불통이냐? 네가 결혼하지 않는다면 결국 우리 둘 다 미친년이 된다는 거 모르니?"

샨샨의 어머니가 울기 시작한다.

긴 기적 소리와 함께 또 한 대의 기차가 역에 들어온다. 샨샨은 어머니가 떨리는 목소리로 노래하듯 외치는 말을 들으며 눈물 방울을 닦는다. 자식이 어떻든 상관하지 않고 사랑을 주기만 하는 유일한 사람인 어머니를 그렇게 아프게 하다니, 정말로 그녀는 미쳐가고 있다. 그러나 달리 선택의 여지가 없다. 세상 사람들은 다 쓴 냅킨처럼 약속을 팽개칠 수 있지만 자신은 다르게 살고 싶었다.

더러운 셔츠와 청바지를 입고 볼품없는 가방을 든 한 남자가 시장에 들어온다. 그 가방을 여자인 양 꼭 껴안고 있다. 샨샨은 어머니의 좌판 건너편 두 가게 사이에 있는 그 남자를 본다. 그는 납작해진 골판지 상자와 날이 길고 예리한, 과일 장수들이 수박을 자를 때 쓰는 칼 하나를 가방에서 꺼낸다. 그러더니 셔츠를 벗고, 왼쪽 팔에 칼을 겨누고 한 번 밀어 조심스레 팔꿈치부터 어깨까지 자기 살을 가른다. 그의 움직임은 아주 침착하고 계산된 것으로 보여 샨샨을 비롯한 목격자들은 조용히 놀라며 그를 바라본다. 그 남자는 검지를 피에 적시고, 서예가처럼 손가락을 살펴보더니 골판지에 글을 쓴다.

'10위안만 주면 어디든 저를 베게 해드립니다. 한 칼에 제 생명을 끝장낸다 해도 전혀 책임을 묻지 않겠습니다.'

그 사람이 같은 말을 두 번 더 외치자 더 많은 사람들이 모여든다.

"웬 미친놈이래."

한 늙은 여자가 말한다.

"하지만 독창적인 구걸 방법인걸."

다른 여자가 말한다.

"왜 그냥 구걸하잖고?"

"누가 돈을 주겠어? 힘센 남자잖아. 무슨 일이든 찾을 수도 있을 텐데."

"요즘 젊은 사람들은 일하는 걸 좋아하지 않아. 쉽게 돈 벌기를 좋아하지."

늙은 남자가 말한다.

"자해하는 게 뭐가 쉬워?"

"이봐요, 당신한테는 무슨 사연이 있소? 구걸을 하려면 아주 멋진 비극을 꾸며내야 하는 거 몰라요?"

한 젊은이가 묻는다.

사람들이 웃는다. 남자는 원 가운데 조용히 앉아 있다. 피가 그의 팔꿈치에서 청바지로 떨어지지만 알아차리지 못하는 것 같다. 잠시 후 그는 아까 한 말을 다시 외친다.

샨샨의 어머니는 한숨을 쉰다. 그러더니 돈 상자를 뒤져 그 남자에게 걸어간다.

"여기 10위안 있수. 가져가요, 젊은이. 그리고 일자리를 찾아요. 그런 말도 안 되는 소리로 인생을 낭비하지 마시우."

"하지만 아무리 찾아도 일이 없습니다."

"그래도 그 돈 받아요."

그 남자는 양 손바닥 사이로 칼날을 잡고, 칼 손잡이를 샨샨의 어머니에게 내민다.

"어서 하세요, 아주머니."

"왜? 난 당신을 베고 싶지 않아요."

"하지만 하셔야 합니다. 아주머니가 날 베지도 않는데 아주머니 돈을 받을 수는 없어요. 여기 적혀 있잖아요."

그 남자가 말한다.

"그냥 받아요."

"난 거지가 아닙니다."

"그럼 뭐요?"

군중 속에서 누가 묻는다.

"바보 천치지."

누군가의 말에 사람들은 웃음을 터뜨린다. 그 남자는 여전히 칼 자루를 샨샨의 어머니에게 내민 채 움직이지 않는다. 그녀는 고개를 흔들고 지폐를 골판지 위에 떨어뜨린다. 그 남자는 지폐를 샨샨의 어머니 발치에 놓아두고 자기 자리에 도로 앉는다.

샨샨은 지폐를 들고 그 남자에게 걸어간다. 남자는 그녀를 쳐다보고, 그녀는 그의 눈을 들여다본다. 한마디 말도 없이 그는 샨샨의 손에 칼을 쥐여준다. 그녀는 사내의 몸을 뜯어본다. 매끈하고 그을은 벗은 피부를, 조용히 피 흘리는 상처를. 그녀는 그의 팔꿈치 위쪽을 한 손가락으로 만지며 시험하고 가늠한 후, 손가락 끝을 그의 어깨로 움직인다. 그녀의 손가락이 살을 훑자 남자는 살짝 떤다.

"샨샨, 너 미쳤니?"

어머니가 말한다.

그녀가 어루만지는 손가락 아래에서 남자의 근육이 느슨해진다. 10년 세월이 흘러 그녀는 마침내 약속이 무엇인가를 이해하는 사람을 만난다. 세상은 그들을 미쳤다고 하겠지만 그들은 혼자가 아니고 언제나 서로를 발견할 것이다. 이것이 인생의 약속이다. 이것이 숭고함이다.

"걱정 마세요, 엄마."

샨샨은 어머니를 돌아보고 미소 지은 다음, 남자의 어깨에 칼을 겨누고 사랑과 부드러움이 깃든 손길로 천천히 그의 살을 가른다.

어머니와 아들

서른셋에 독신인 소프트웨어 엔지니어 한은 최근에 미국 시민권을 얻었다. 그는 갓 만든 여권과 오래된 걱정거리를 안고 베이징 국제공항에 도착한다. 그는 어머니에게 고향에 있으라고 계속 부탁했다. 하지만 어머니가 그러지 않으리라는 것을 알기에 샌프란시스코에서 베이징으로 오는 내내 어머니가 터미널에서 앨범을 갖고 기다리지나 않을까 두려워했다. 그의 눈을 즐겁게 하고 마음을 얻으려고 경쟁하면서 비닐 사진첩에서 미소 짓고 있는 소녀들이 담긴 앨범.

한은 미국 달러를 벌고 미국 시민권을 가진 '다이아몬드 총각', 즉 일등 신랑감이다. 그러나 그전에도 은이건 금이건 뭐가 됐건 어머니는 지치지 않고 그에게 선을 보이려 했다. 처음에 한은 학위를 따기 전까지는 결혼을 생각하지 않겠다고 말했다. 그다음에는 직업, 그다음에는 미국 영주권인 그린 카드 핑계를 댔다. 이제 미국 시민권을 얻었으므로 변명거리가 다 떨어졌다. 그는 어머니가 모아둔 여자들, 모두 커다란 물고기 격인 그를 잡으려고 단단한 그물을 짜느라 바쁜 여자들을 상상했다.

한은 게이다. 그들 중 누구와도 결혼할 생각이 없고, 어머니에게 이를 설명할 마음도 없다. 한은 어머니를 사랑하지만 그 자신을 더 사랑한다. 어머니의 삶에 불필요한 고통을 주고 싶지 않다. 그렇지만 자식된 도리라는 미명하에 자신을 희생하고 싶지도 않다.

그러나 놀랍게도 어머니가 준 것은 앨범이 아니라 십자가가 달린 금 목걸이다. 예수가 십자가에 못 박혀 있다.

"널 위해 특별히 주문했단다. 만져보렴."

한은 십자가에 못 박힌 형상을 피하면서 손가락으로 그 십자가를 만진다. 손안에 든 십자가는 단단하고 무겁다.

"24캐럿 금이야. 우리의 믿음처럼 순수하단다."

그의 어머니가 말한다.

"그건 우리가 공산당청년동맹에 가입할 때 한 선서 같은

데요. 공산주의에 대한 우리의 믿음은 금처럼 순수하고 단단하다."

한이 말한다.

"한, 어울리지 않는 농담은 하지 마."

"농담이 아니에요. 많은 것들이 반복되고 재활용된다는 얘길 하는 거죠. 언어도 마찬가지예요. 믿음도 그렇고요. 그런 것들은 지갑 속의 돈 같아요. 그걸로 무엇이든 살 수 있지만, 그 자체로는 아무 의미도 없잖아요."

한이 말한다. 어머니는 미소 지으려 하지만 실망하는 기색을 감추지 못한다.

"미안해요, 엄마. 물론 지갑 속의 지폐 없이 지낼 수는 없죠."

"이제 말을 많이 하는구나, 한."

"그럼 입 다물게요."

"아냐, 네가 전보다 말을 많이 하는 건 좋은 일이야. 넌 언제나 조용한 아이였지. 네가 이야기를 잘하는 걸 알면 아버지가 좋아하실 거다."

"미국에서는 입을 다물고 있기가 쉽지 않아요. 그들은 사람이 안에 무엇을 품고 있느냐로 가치를 매기는 게 아니라, 입에서 무엇이 쏟아져 나오느냐로 가치를 매기거든요."

"그래, 물론이지."

한의 어머니는 재빨리 동의하며 말한다.

"하지만 네 아버지는 입을 열기 전에 듣는 법을 배워야 한다고 말씀하셨어. 말을 많이 할수록 얻는 건 적다면서."

"엄마, 아버지는 죽었어요."

한은 말한다. 그의 어머니는 눈을 깜박이고 그들 사이의 진공을 메우기 위해 적당한 말을 찾으려 애쓴다. 한은 그것을 알지만 어머니가 애쓰건 말건 개의치 않는다. 한이 기억하는 한 어머니는 언제나 아버지의 앵무새였다. 아버지가 죽은 지 몇 달 후의 지난번 휴가 때 그는 어머니와 이웃들이 하는 말을 엿듣고 소름이 끼쳤다. 어머니는 자신과 친구들, 이웃들을 위해 무더기로 산 붉은색과 오렌지색 티셔츠에 대해 말하고 있었다.

"한은 노인들이 밝은색 옷을 입어도 전혀 나쁘지 않대요. 다른 사람 말에 휘둘릴 게 아니라 우리 낙을 위해 살아야 한대요."

당시에는 어머니가 남편의 말을 되풀이하며 일생을 보내야 했고, 그다음에는 아들의 말을 되풀이해야 한다는 것이 슬프게 느껴졌다. 그러나 만원 제트기 속에서 17시간을 보내자 그의 동정심은 다 닳아 없어져버린 모양이다.

"엄마, 여기서 나가요. 늦겠어요."

한이 말한다. 그는 가방을 집어 들고 회전 유리문을 향해 움직이기 시작한다.

뒤따라온 한의 어머니는 가장 큰 가방을 들겠다고 고집을 부린다.

"엄마, 내가 할 수 있어요."

"하지만 너랑 가면서 빈손으로 갈 순 없잖니. 난 네 엄만데."

한은 가방을 놓는다. 모자는 말없이 걷는다. 양복 입은 남자와 드레스 입은 여자들이 다가와 최고의 호텔에서 묵어가라고 권유하지만 한은 손을 저어 그들을 보낸다. 반 발짝 뒤에 선 어머니는 집에 가는 중이라고 설명하며 호객꾼들에게 미안해한다. 그래도 호객꾼들이 달라붙자 아니, 너무 멀지도 않고 밤을 지낼 곳이 필요하지도 않아요, 하고 말하며 또 사과를 거듭한다.

어머니가 아무 이유도 없이 겸손히 구는 바람에 한은 당황한다. 택시 정류장에 늘어선 줄 끝에 닿자 한이 말한다.

"엄마, 저런 사람들한테 사과하지 않아도 돼요."

"하지만 우리를 도우려 하잖니."

"우리 주머니 속의 돈에만 관심이 있는 거죠."

"한."

어머니는 입을 열었다가 한숨을 쉰다.

"나도 알아요. 사람들을 이런 식으로 생각해서는 안 되겠죠. 돈이 전부가 아니라고요. 그게 전부라는 것만 제외하면."

한은 말한다. 그는 주머니 속에 흘려 넣었던 금 십자가를 꺼낸다.

"보세요, 엄마 교회도 엄마한테 24캐럿 금 십자가를 사라고 하잖아요. 왜 그랬겠어요? 거기에 돈을 쓸수록 믿음이 더 순수하다는 거죠."

한의 어머니는 도리질한다.

"한, 내일 나랑 교회에 가서 목사님 말씀을 들어봐. 문화대혁명 때 목사님이 어떤 경험을 하셨는지 물어보렴. 그러면 그분이 얼마나 위대한 사람인지 알게 될 거야."

"그분 말씀 중에 내가 모르는 게 뭐 있겠어요?"

"그렇게 자만하지 마라."

어머니가 빌다시피 말한다.

한은 과장되게 어깨를 으쓱한다. 그들은 줄을 서서 천천히 움직인다. 침묵의 순간이 지난 후 한이 묻는다.

"엄마, 아직도 공산당원이세요?"

"아니. 세례받기 전에 당원증을 반납했다."

"그 사람들이 그렇게 하도록 내버려뒀다고요? 엄마는 그 사람들이 돌아와서 공산주의에 대한 믿음을 포기했다고 처형할까봐 두렵진 않아요? 기억해두세요. 엄마의 옛날 하나님인 마르크스는 종교가 영혼의 아편이라고 말했어요."

한의 어머니는 말이 없다. 바람이 얼굴 쪽으로 백발을 날리고, 그녀는 의기소침해 보인다. 노란 택시가 들어오자 한은 어머니가 뒷자리에 타도록 부축한다. 좋은 아드님 두셨어요, 택시 운전사는 어머니에게 축하를 보내고, 그녀는 앤 정말 아주 좋은 아들이라오, 하고 동의한다.

시차 때문에 잘 수가 없었던 한은 그날 밤 늦게 집에서 빠져나와 근처 인터넷 카페에 간다. 미국에서 저녁을 보내던, 다른 남자들과 시시덕거리고 아이디에 적합한 다른 인격체로 행세하는 채팅방 몇 군데에 접속하려 한다. 하지만 거듭 실패하자 중국의 사이버 수사대가 이런 사이트를 막아놓았다는 것을 깨닫는다. 미국은 지금 낮 시간이고, 어쨌건 사람들은 일하느라 바쁠 것이다.

한은 그곳에 앉아 아무 사이트나 열어본다. 어머니는 불쾌한 일은 전혀 일어나지 않은 듯 행동했고 아들이 왔다고 상다리가 부러지도록 식탁을 차렸지만, 그는 좀 전에 어머니를 당혹스럽게 해 송구스럽다. 어머니는 내일 할 일을 언급하지 않았고, 아들은 잊어버리려고 여행 가방에 넣어버린 금 십자가를 입에 올리지 않았다.

한은 어머니가 이렇게 독실한 신자가 된 것에 놀라지 않았다. 아버지가 죽은 후 어머니는 편지에 주로 새로 발견한 믿음에 대해 썼으니까. 아버지가 아직 살아 있다면 어머니는 교회에 갈 생각도 안 했으리라고 생각하니 화가 났다. 그의 아버지는 남자건 신이건 누구건 어머니가 조금이라도 다른 곳에 주의를 돌리는 걸 용납하지 않았을 것이다. 아버지는 언제나 어머니가 줄 수 있는 것보다 더 많이 요구했다.

아버지의 죽음은 어머니에겐 해방이었다. 이제는 스스로 다른 차꼬를 찰 게 아니라 인생을 즐겨야 했다. 게다가 이 나라에서 백주대낮에 문을 열어놓은 교회와 하나님이라…….
어머니는 어떤 종류의 교회에 나가고 어떤 하나님을 숭배하는 것일까?

한은 『뉴욕 타임스』에서 중국의 지하교회에 대한 기사를 읽은 기억이 난다. 그 기사를 찾아서 어머니에게 번역해주기로 한다. 어머니가 기독교인이 되고 싶다면 제대로 된 하나님을 믿는 편이 나을 것이다. 어머니는 자유와 생명을 걸고 믿음을 위해 판잣집과 동굴로 가는 사람들을 알 필요가 있다. 한은 그 기사의 사진을, 기자의 카메라를 곁눈으로 보고 있는 냉정하고 두려움 없는 신자들의 눈을 기억한다. 한은 지하 생활을 영위하는 사람은 누구라도 존경한다. 게이인 자신도 그들 중 하나다.

그러나 『뉴욕 타임스』의 웹사이트가 막혀 있다는 것을 금세 깨닫는다. 그 기사에 언급된 신학교와 조직들을 찾다가 국가에서 허가한 모든 교회의 공식 지도부인 중국기독애국연맹에 대한 기사를 찾아내고 큰 소리로 웃을 뻔한다. 그 연맹은 새 천년의 공산주의 발전이라는 최신 이론에 대한 기독교인의 가르침에 초점을 맞추는 몇몇 세미나를 전국 규모의 학회로 통합하고 있었다. 마르크스주의 부활을 도와야 하는 임무를 하나님이 맡다니, 하고 한은 생각한다.

한두 시간 자고 일어난 후 한은 주머니 속에서 인쇄된 기사를 찾아내 기뻤다. 흰 종이 위의 검은 단어들. 그는 아버지의 서재로 들어간다. 책상에 앉아 있던 어머니가 쌍초점 렌즈 뒤에서 쳐다본다.

"잘 잤니?"

"네."

"아침 준비해놨다."

그의 어머니가 읽고 있던 소책자를 내려놓는다. 한은 그것을 집어 들어 몇 페이지 읽고 책상에 도로 던져놓는다. 지난 세기 중국 신자들이 쓴 시 모음이다.

"미국에서 바쁜 걸 알지만, 남는 시간에 읽을 만한 좋은 책들이 좀 있단다."

어머니가 말한다.

한은 아무 말도 하지 않고 부엌으로 간다. 지난 10년 동안 거리에서 전도하는 사람들에게서 유인물과 소책자, 주머니에 쏙 들어갈 만한 크기의 성경들을 받아왔다. 그는 몰몬교회의 젊은이들을 부엌에 들여 그들에게서 한두 시간씩 이야기를 듣곤 한다. 쇼핑센터 주차장에서 서툰 영어로 설교하는 한국 아주머니들의 이야기를 들어준다. 초대를 받으면 지역의 중국인

교회 야유회에 가고, 교인들이 그를 전도하려고 오랫동안 전화통을 붙들고 있어도 끊지 않는다. 이런 사람들이 주는 불편에 화를 낸 적이 없다.

한번은 신시내티의 패스트푸드 식당 밖에서 한의 양손을 잡고 당신 영혼을 위해 기도하겠다고 고집하는 중년 여인을 만난 적이 있었다. 그가 여인의 말을 듣다가 주차 미터기 시간을 넘기자 교통경찰이 딱지를 끊었다. 그런 때조차 항의하지 않았다. 한은 이런 사람들을 쫓아버리기가 쉽지 않다는 것을 알았고, 그들이 자신의 영혼에 보이는 진정하고 긴급한 관심에 감동한다. 하고많은 죄인들 중에서도 특히 동성애를 비난하는, 손으로 쓴 표지판을 들고 거리에 서 있는 사람들을 볼 때도 있다. 한은 그들의 면전에서 웃지 않을 수 없다.

오직 자기들에게만 타당한 이유로 그를 사랑하거나 비난하는 사람들을 보면 한은 재미를 느꼈다. 자신과는 무관한 사람이고, 그들의 열정이 어떤 방식으로도 해를 끼치지 않기 때문이다. 어머니가 그들 중 하나라고 상상해본다. 생각만 해도 신경이 날카로워진다.

어머니가 부엌으로 그를 따라온다.

"성경은 언제든 읽을 수 있단다."

그녀가 한 앞에 김이 폴폴 나는 죽 그릇을 놓는다.

"네가 제일 좋아하는 흑미죽이야."

"고마워요, 엄마."

"너한테 좋은 거야."

한의 어머니는 말한다. 한은 음식 이야기인지 종교 이야기인지 알지 못한다. 어머니는 식탁 맞은편에 앉아서 그가 먹는 것을 본다.

"나는 많은 사람들과 이야기해보았어. 처음엔 사람들이 날 믿지 않았지만, 나랑 같이 교회에 가서 성경을 읽은 후에는 그 사람들 인생이 바뀌었단다."

"내 인생에 충분히 만족해요. 바꿀 필요 없어요."

한이 중얼거린다.

"도를 아는 데는 결코 늦지 않았어. 공자께서 말씀하셨지. 아침에 도를 들으면 저녁에 죽어도 좋다고."

"공자께서는 나이 쉰에 이르면 세상에 속지 않는다고도 하셨지요. 엄마, 엄마는 이미 예순이신데 아직 속고 계신 거예요. 공산주의에 대한 엄마의 믿음이 충분한 예가 되지 않나요? 이거 보세요, 엄마. 엄마를 위해서 이 멋진 메시지를 프린트했어요. 직접 읽어보세요. 엄마가 가는 교회, 엄마가 말하는 신,

그건 모두 엄마 같은 사람들을 속이려고 만든 거예요. 국가가 허가한 교회들이 전부 공산당을 유일한 지도자로 인정하고 있다는 것 모르세요? 언젠가 엄마는 신과 마르크스가 동일하다는 케케묵은 결론에 다다르게 될걸요."

한의 어머니는 그 종잇장을 집어 든다. 놀라거나 실망한 것 같지 않다. 다 읽고 나서 그 프린트물을 조심스레 책상 옆 쓰레기통에 넣고 말한다.

"구름이 태양을 영원히 가리지는 않을 거야."

"엄마, 난 엄마 설교를 들으러 집에 온 게 아니에요. 미국 생활 10년 동안 충분히 많은 사람들이 나에게 전도하려고 했어요. 하지만 난 10년 전과 똑같은 사람으로 여기 앉아 있어요. 엄마, 이래도 모르겠어요?"

"하지만 넌 내 아들이잖니. 그들이 실패했어도 난 너를 도와야 해."

"엄마는 전에 날 도울 수 있었어요. 생각해봐요. 엄마가 내 성경을 불태웠어요."

한은 그렇게 말하고, 어머니의 몸이 얼어붙는 것을 본다. 어머니는 그 사건을 잊어버렸겠지만, 그는 마음속에 품고 있었다. 그 성경은 열세 살 때 가장 친한 친구가 준 선물이었다.

그들은 그것이 무엇을 뜻하는지 알지 못한 채로 사랑하고 있었다. 순결한 소년들이었고, 서로 손도 잡지 않았다.

한은 엄격하게 통제된 출판물인 데다 서점이나 그가 알던 어떤 곳에서도 볼 수 없었던 성경을 왜 그 친구가 생일 선물로 주었는지 알지 못했다. 그가 성경을 얻느라 얼마나 고생했는지 알지 못했지만, 자신이 가장 귀중한 선물을 받았음을 알았다. 어머니가 그 성경을 불태우고 재를 화장실 변기에 버리지 않았다면, 한은 그것을 잘 간직하고 어딜 가든 챙겨가며 첫사랑의 기념물로 남겨놓았을 것이다.

급우들이 공산당청년동맹에 가입하려고 경쟁하는 동안 그는 가장 친한 친구와 방과 후에 함께 성경을 읽고 책 속에서 피난처를 찾으며 시간을 보냈다. 물론 어머니는 알지 못했다. 그들은 그 이야기들을, 자신들의 걱정을 사소하고 덧없어 보이게 만드는 그 책의 위대함을 사랑했다. 반 학생들이 정치활동에 무관심하다며 비판했을 때, 그 성경으로 인해 다른 세상, 더 큰 세계에서 살 수 있다는 것을 깨달았기에 그들은 남몰래 웃어넘겼다.

한의 아버지가 성경을 발견했고 어머니는 그것을 불태웠다. 그후 한은 친구를 떳떳이 마주볼 수 없었고 서로 떨어져 있어야 할 변명을 꾸며댔다. 그는 사소한 이유로도 트집을 잡아 친구와 말다툼을 했다. 그들의 우정(그들의 사랑)은 오래가지 못했다. 어떤 곳으로도 향할 수 없는 첫사랑은 어쨌거나 암울하게 끝났을 것이다. 그렇다 해도 사랑이 끝난 방식에 대해서는 자신이 아닌 다른 누군가 비난받아야 했다.

"기억해두세요. 성경을 불태운 사람은 엄마였다고요."

그의 어머니가 할 말을 찾으려 애쓰며 말한다.

"그래, 하지만 네 아버지가 그대로 두는 건 현명하지 않다고 말씀하셨어. 그때는 다른 시대였잖니."

"그래요. 그때는 다른 시대였고 명령을 내린 건 아버지였죠. 그리고 두 분 다 공산주의라는 하나님을 숭배하고 계셨고요. 이제 아버지는 돌아가셨고 어머니는 새 하나님을 찾으셨죠. 엄마, 엄마는 왜 자기 머리로 생각하지 않으세요?"

"난 배우고 있단다, 한. 이건 내가 스스로 내린 최초의 결정이야."

그건 잘못된 결정이지만 한은 오로지 동정과 관용에서 우러나온 미소를 지을 뿐이다.

나중에 어머니가 교회에 가자고 조심스레 제안하자 한은

버스 타는 데까지만 함께 가겠다고 말한다. 안에 들어가서 말씀을 들어도 나쁠 건 없잖니, 어머니가 말하지만, 한은 애매하게 고개를 끄덕일 뿐이다.

한이 수년 전 고등학교에 가는 길에 자전거를 타고 지나가던 교회 건물은 여전히 녹슨 쇠 울타리가 있는 밋밋한 회색 건물이다. 그러나 부근 골목길은 없어졌고, 한때 그 지역 명소였던 교회는 이제 주위의 쇼핑센터들 때문에 왜소해져버렸다. 한은 서로 예의 바르게 고개를 끄덕이며 교회에 들어가는 온갖 연령대의 사람들을 바라본다. 한은 그들이 자신들을 잘못된 곳으로 이끄는 손에 믿음을 맡겼다는 사실을 그중 몇 사람이나 이해할까, 그리고 그것을 얼마나 신경 쓸까 생각한다.

정문에서 몇 발짝 떨어진 곳에서 한의 어머니가 멈춰 서서 묻는다.

"나랑 같이 들어가련?"

"아뇨. 전 스타벅스에 앉아서 기다릴게요."

"스타벅스?"

"저기 있는 커피숍이오."

한의 어머니는 몸을 펴고 그곳을 바라보는데, 처음으로 그런 게 있다는 것을 알아차린 듯하다. 그녀는 떠나지 않고 고개를 끄덕인다.

"엄마, 이제 들어가세요."

한이 말한다.

"아, 그래, 잠깐만."

어머니는 무언가를 찾는 듯 주변을 둘러본다. 곧 작은 거지 남자아이 하나와 여자아이 하나가 거리를 가로질러 어머니를 향해 달려온다. 남매 같은데, 둘 다 누더기 차림에 손과 얼굴은 흙과 검댕으로 얼룩져 있다. 일고여덟 살쯤 돼 보이는 소년이 한을 보자 손을 내민다.

"아저씨, 한 푼만 주세요. 우리 아빠는 큰 빚을 져서 죽을 지경이에요. 엄마는 아프시고요. 한 푼만 주세요, 제발. 엄마를 병원에 보내려면 돈이 필요해요."

몇 살 더 어려 보이는 소녀가 소년을 따라와 똑같은 대사를 읊는다. 한은 남자아이를 본다. 소년의 눈에는 한을 불편하게 만드는 교활한 빛이 어려 있다. 그들은 부모 아니면 친척이나 이웃들에게 내몰린 앵벌이 아이들일 것이다. 더 나이를 먹은, 연민으로 사람을 움직일 힘이 떨어진 어른들이 멀지 않은 곳에서 그 아이들을 주시하고 있을 것이다.

한은 고개를 흔들었다. 그런 아이들에게는 한 푼도 줄 수 없다. 귀중한 휴가 기간에, 그는 자신의 다리를 꽉 잡고 돈을 줄 때까지 놓아주지 않겠다고 버티는 아이들과도 싸운 적이 있다. 한은 인색한 사람이 아니다. 미국에서 거리 음악가들에게 몇 달러씩 지폐를 주었고, 하루 종일 같은 곳에 앉아 있는 노숙자들에게는 25센트와 자잘한 동전들을 주었다. 한의 기준에 따르면 그들은 정직한 노동자들이고 돈을 받을 자격이 있다. 그러나 이런 앵벌이들은 용납할 수 없고, 아이들을 이용하는 사람들은 아무것도 받을 자격이 없다. 한은 소년의 손을 밀어내고 말한다.

"날 그냥 내버려 둬."

"아저씨를 괴롭히지 마라."

한의 어머니가 아이들에게 말하자 그들은 곧장 대사를 멈춘다. 한의 어머니는 지갑에서 지폐 두 장을 꺼내 아이들에게 한 장씩 준다.

"이제 할머니랑 가자."

그녀가 말한다. 아이들은 조심스레 돈을 집어넣고 한의 어머니를 따라 교회 문으로 간다.

"잠깐만요, 엄마, 매주 일요일마다 엄마와 함께 교회에 가자고 돈을 주시는 거예요?"

“그애들에게 이익이 될 뿐이잖니.”

“하지만 이건 옳지 않아요.”

“이건 아무한테도 해를 끼치지 않아. 안 그러면 이 애들은 거리에서 구걸을 해야 해.”

“그건 내 원칙을 어기는 거예요.”

한은 지갑에서 몇 장의 지폐를 꺼내 소년에게 말한다.

“잘 들어. 너희 둘 다 할머니께 돈을 돌려드려라. 그리고 오늘 교회에 가지 않으면 두 배로 주마.”

“한!”

“잠깐만요, 엄마. 한마디도 하지 마세요.”

한이 말한다. 그는 쭈그리고 앉아 아이들의 눈앞에서 지폐를 펄럭거린다. 소녀는 소년을 바라보고, 소년은 한의 어머니를 잠시 바라본 후 돈을 내려다본다. 소년의 눈에 어린 교활함과 계산속에 한은 화가 난다. 어머니가 이런 작은 아이들에게까지 속다니…….

“어서.”

그는 여전히 미소 지으며 소년에게 말한다. 몇 초 후, 소년은 한의 돈을 받고 누이동생의 손에서 지폐를 빼앗아 한의 어머니에게 돌려준다.

"좋아. 이제 가도 된다."

한이 말한다.

아이들은 인도의 사람들을 멈춰 세우고 구걸용 대사를 되풀이하며 걸어간다. 한은 미소 지으며 어머니를 바라본다.

"이게 무슨 뜻일까요, 엄마? 그애들에게 문제가 되는 건 돈뿐이에요."

"왜 그랬니?"

"엄마를 보호해야 하니까요."

"난 네 보호 필요 없다."

"엄마는 그렇게 말씀하실 수 있겠죠. 하지만 나는 엄마를 보호하고 있고, 그게 내 의무라는 게 진실이에요."

"네가 도대체 무슨 권리가 있다고 진실에 대해서 말한단 말이냐?"

어머니는 돌아서서 교회로 간다.

한은 어머니 말 때문에 기분 상하지 않았다고 스스로를 설득하려 애쓰지만, 사실은 상처받는다. 그는 어머니의 아들이다. 그에게 돈을 받은 소년도 아들이다. 하지만 어느 날 소년은 남편이 되고 아버지가 되어 아들딸을 구걸하라고 거리로 내보

낼지도 모른다. 아니면 그들에게 더 좋은 삶을 선사할 수도 있겠다. 한은 결코 아버지가 되지 않을 것이다.

그는 자신이 누군가의 아들로만 알려지는 세상을 상상한다. 일생 동안 아들로만 남아 있는 남자들은 그리 많지 않겠지만, 예수도 그중 하나다. 도리를 다하는 아들이 된다는 것은 쉬운 일이 아니야, 한은 이런 생각이 들어 혼자 씁쓸하게 미소 짓는다. 그에게 무슨 권리가 있느냐고? 자신의 원칙을 갖고 산다는 것이 바로 권리다.

그는 일을 한다. 해고되었고, 몇 달 동안 악전고투를 했지만 다시 일을 찾았다. 그는 집세를 낸다. 이웃들에게 인사한다. 체육관에 간다. 뉴스 채널을 보지만 리얼리티 쇼는 보지 않는다. 그는 중국의 오지에 사는 어린 소녀의 교육을 위해 후원을 하고, 아이의 수업료와 생활비로 정기적으로 수표를 보낸다.

그는 자위를 하지만 너무 자주 하지는 않는다. 오래가는 관계를 믿지 않지만, 이따금 지방의 술집에서 남자들을 만나 쾌락을 즐기고 콘돔을 사용한다. 인터넷에서 익명으로 다른 남자들과 시시덕거리기도 하지만 반드시 예술에 대해 이야기한다. 어머니를 사랑하고 어머니에게 매년 2천 달러를 보낸다. 어머니는 그 돈이 필요 없다고 몇 번씩이나 말했지만 그는 여전히 돈을 보낸다. 한은 어머니의 아들이고, 어린 시절 자신이 보호받았듯이 그녀를 보호하고 부양하는 것이 도리이기 때문이다. 그는 휴가를 내서 어머니와 함께 시간을 보내러 고향에 온다. 하지만 함께 있으면 무슨 일이 일어나는가? 휴가는 고작 하루 지났는데, 그들은 이미 서로를 상처 입혔다.

한은 길을 건너 스타벅스로 걸어간다. 지치고 슬프지만, 둘 다 비참해진 것은 어머니 탓이지 자기 실수가 아니라고 느끼지만 그녀를 용서하기로 한다. 커피숍에서 몇 발짝 떨어진 곳에서 시멘트 길 위로 요란하게 끼긱거리는 타이어 소리가 난다. 한은 돌아서서 바라본다.

남자와 여자들이 차 있는 곳으로 달려가고, 거기엔 사람들이 모여 있다. 교통사고야, 어린애가 치였어. 사람들이 외치고 있다. 더 많은 사람들이 사고 현장을 향해 떼 지어 몰려간다. 어떤 사람들은 핸드폰의 긴급번호를 누르고, 다른 사람들은 친구와 가족들에게 자기들이 목격한 교통사고를 전화로 알리느라 바쁘다. 그들은 몸짓을 섞어 말하고, 흥분으로 몸이 달았다. 낡은 옷을 입은 남자 하나가 군중을 향해 달려간다. 내

아이야, 하고 그가 소리를 지른다.

한은 얼어붙었다가 사고 현장에서 떨어진 곳으로 다시 걷기 시작한다. 한두 블록 떨어진 그늘진 모퉁이에서 담배를 피우다가 돌연 자식을 저세상으로 보낸 부모처럼 울부짖는 그 남자 꼴을 보고 싶지 않다. 그는 치인 쪽이 단조로운 말투의 여자아이였는지, 눈에 야비한 미소를 띠고 있던 오빠 쪽이었는지도 알고 싶지 않았다. 이 도시에서 교통사고는 매일 일어난다. 사람들은 운전면허 시험을 대신 쳐달라고 다른 사람들에게 돈을 주거나 암시장에서 운전면허증을 산다. 차들은 보행인에게 양보하지 않고, 행인들은 움직이는 차들을 두려워하지 않는다. 만약 충격적인 현장을 목격하지 않았다면 차에 치인 아이는 어떤 아이로도 생각할 수 있다. 아들, 딸, 나와는 아무 관계없고 잊어버릴 수 있는 어떤 아이.

그러나 이유는 몰라도 한은 차에 치인 아이가 남자아이라는 것을 안다. 누구든 어리석은 사람을 기꺼이 속여 넘길 준비가 되어 있는 남자아이여야 한다. 그 소년은 아들로 남아 있을 것이고 결코 아버지가 되지 못할 것이다. 일단 바닥에서 피를 닦고 나면 사람들은 아이를 잊어버릴 것이다. 누이동생은 그를 생각하겠지만 곧 그 아이도 오빠를 잊어버릴 것이다. 소년은 오직 한의 기억 속에만 살아 있을 것이다. 자기의 위선 때문이 아니라 다른 사람의 불신 때문에 벌을 받은 아이로.

한은 스타벅스 창가에 앉아 어머니를 기다린다. 마침내 어머니가 교회 밖으로 걸어 나올 때, 길은 사고 흔적을 찾아볼 수 없을 정도로 깨끗이 청소되어 있다. 한은 어머니를 만나러 걸어 나온다. 손이 떨린다. 길 건너에서 어머니는 눈에 희망과 사랑을 담아 미소 짓고, 한은 그녀가 이미 두 시간 전의 그 불쾌한 사건을 잊어버렸음을 안다. 아들이기에 어머니는 언제나 그를 용서할 것이다. 자신의 아들이기에 그의 영혼을 구하려는 노력을 멈추지 않을 것이다. 하지만 그는 용서받거나 구원받고 싶지 않다. 그는 어머니가 안전하게 자기가 있는 곳에 도착할 때까지 기다렸다가 어머니를 보지도 않고 말한다.

"엄마, 엄마가 꼭 아셔야 할 게 있어요. 전 절대 결혼하지 않을 거예요. 전 남자만 좋아해요."

한의 어머니는 아무 말도 하지 않는다. 그는 미소 짓고 말한다.

"충격이죠, 그렇죠? 아버지가 아시면 뭐라고 말하실까요? 혐오스럽다, 그랬겠죠?"

오랜 시간이 흐른 후, 한의 어머니가 말한다.

"짐작은 했다. 그래서 이번에는 너한테 맞선을 보라고 하지 않은 거야."

"그럼 아시겠네요, 이게 제 운명이에요."

한이 말한다.

"전 그런 사람들 중 하나예요. 우리가 당시에 그런 반동분자들을 뭐라고 했죠? 변소구덩이 속의 돌멩이처럼 냄새나고 딱딱하고 전향시킬 수 없는 존재라고 했죠."

"난 그렇게 말하지 않았다."

어머니가 말한다.

"인정하세요, 엄마. 이게 제 운명이에요. 엄마의 하나님이 누구든, 그분은 저 같은 사람들을 좋아하지 않을 거예요."

"틀렸어."

한의 어머니가 말한다. 그녀는 발돋움을 하여 한이 어렸을 때 그렇게 했듯이 아들의 머리를 쓰다듬는다. 그가 잘못을 저질렀을 때도 여전히 착한 소년임을 확인하던 방식으로. 어머니가 말한다.

"하나님은 다른 사람들이 네게 기대하는 모습이 아니라 네 모습 그대로 널 사랑하셔. 하나님은 모든 것을 보고 모든 것을 이해하신다."

물론이죠, 엄마의 하나님은 중국의 부모 같아서 절대로 자식을 사랑할 핑계가 떨어지는 일이 없죠. 한은 그렇게 농담을 하고 싶었다. 그러나 어머니의 눈에 너무나 열렬한 희망이 담겨 있었기에 눈을 돌리고 조용히 있을 수밖에 없었다.

계약

아버지가 사업차 출장을 가 있는 동안 빙 삼촌이 루올란과 어머니를 만나러 왔다. 루올란의 아버지는 차茶 공장의 영업 사원으로 일했기 때문에 매년 늦은 봄이면 새로 출시된 차 견본을 갖고 상하이, 난징, 베이징 등 루올란이 크면 방문하리라 꿈꾸던 도시들을 전부 돌아다녔다. 예전에는 여름이 오기 전에 집으로 돌아왔으나 출장은 매년 더 길어졌다.

루올란이 열 살 때쯤부터 아버지는 12월 말까지 나타나지 않았고, 섣달그믐과 신년 연휴 때에 꼭 맞춰 집에 왔다. 아버지는 간혹 엽서를 보내고, 머물던 도시에서 루올란에게 선물도 보냈다. 금발 곱슬머리와 푸르고 깊은 눈을 가진 인형, 작은 토끼 모양의 향기 나는 고무지우개, 그 마을에서 입기에는 너무 화려한 레이스와 반짝거리는 장식이 달린 드레스. 어머니는 그 드레스를 트렁크에 집어넣고 만지지도 못하게 했다. 머지않아 그녀는 궁금한 게 있어도 묻지 않는 법을 배웠다. 루올란은 어머니가 물려준 헐렁헐렁하고 빛바랜 회색 블라우스와 푸른색 바지를 입고 학교에 갔다. 남자아이들은 루올란에게 '회색 쥐'라는 별명을 붙였지만 더이상 그녀를 괴롭히지 않았다.

빙 삼촌은 근처 산골 마을에 살았고, 그곳의 작은 학교에 있는 유일한 교사였다. 그는 독신이었다. 친척은 아니었지만 루올란이 기억하는 한 그는 빙 삼촌이었다. 매년 봄이면 아버지는 출장 가기 전에 루올란에게 봉투를 주었다. 그 안에는 빙 삼촌의 주소가 적힌 종이 쪽지와 왕복 버스비가 넉넉히 들어 있었다.

"급할 때는 빙 삼촌을 찾으렴."

루올란의 아버지는 말했다. 루올란은 한 번도 그런 여행을 하지 않았다. 사실 그럴 필요가 없었다. 아버지가 없을 때면 빙 삼촌이 주말마다 루올란과 어머니를 만나러 왔으니까. 루올란은 밀짚 매트리스 아래 숨겨둔 옛날 교과서에 그 돈을 끼워두었다.

빙 삼촌은 토요일 저녁에 월계수 열매나 살구, 아니면 갓 딴 고사리가 담긴 바구니, 학생들과 학부모들이 준 선물을 갖고 도착했다. 루올란의 어머니는 언제나 빙 삼촌이 그런 것들을 가져오느라 엄청나게 고생한 것처럼 감사를 표했다. 실제로는 그렇지도 않지만 말이다.

"정말 고맙습니다, 빙 삼촌. 이렇게 마음을 써주시니 어떻게 갚을 수 있을지 모르겠어요."

어머니는 말했다.

루올란은 얼굴을 찌푸렸다. 어머니는 가장 좋은 의도로 하는 말에도 경멸과 냉소를 담는 능력이 있었다. 그러나 빙 삼촌은 화내지 않았다. 그는 뜰에 가서 장작을 쪼갰고, 몸이 따뜻해지면 셔츠를 벗어 빨랫줄에 널었다. 루올란은 부엌에서 요리를 하면서 삼촌의 속옷에 난 크고 작은 구멍들을 보았다. 어렸을 때는 손가락을 그 구멍에 찔러 넣고 고기 잡는 그물이라고 불렀다. 이젠 그러지 않는다. 그녀는 열세 살이었고, 이미 빙 삼촌을 스스럼없이 대해서 더 행복했던 어린 시절을 그리워하기 시작했다.

빙 삼촌은 철 이른 폭풍우로 조금씩 내려앉은 포도 덩굴을 손본다. 루올란은 그가 일하는 것을 보면서 멍하니 채소를 썰었다. 어머니가 침실에서 소리쳤다.

"칼이 천 근이나 된다더냐?"

루올란은 대답하지 않고 씩씩거리며 칼을 놀렸다.

점심때, 루올란의 어머니는 빙 삼촌에게 독한 고구마 술을 따라주었다. 두 사람은 수확철을 걱정할 필요가 없으면서도 날씨 이야기를 했다. 비가 너무 많다거나 적다거나, 그게 농부들의 생활에 어떤 영향을 미칠지 등등. 루올란은 그들의 무의미한 대화를 들으면서 손가락 사이에서 젓가락을 돌렸다. 어머니는 빙 삼촌이 계시면 나쁜 버릇이 드는 놀이는 그만하라고 쏘아붙이지 않았다.

이야깃거리가 다 떨어지면 빙 삼촌은 루올란의 어머니에게 고구마 술을 한 잔 따랐고, 그들은 잔을 살짝 부딪쳤다. 그녀는 몇 모금 마시면 기침을 하고 얼굴이 붉어졌으나, 빙 삼촌에게 술을 참 잘하신다고 말하곤 했다. 그러고는 실례하겠다는 말을 남기고 침실로 물러갔다.

어머니가 간 다음 빙 삼촌은 루올란에게 물었다.

"어머니 건강은 어떠시니?"

루올란은 어깨를 움츠리고 대답하지 않았다. 루올란의 기억으로, 어머니는 늘 아프거나 아프다고 생각했다. 매일 아침 어머니는 그녀를 흔들어 깨워 약탕기에서 찌꺼기를 비우라고 말했다. 환자의 회복을 위해서는 사람들이 밟고 가도록 찌꺼기를 네거리에 뿌려야 한다는 것이었다. 어머니는 자신이 건강하지 않다는 것을 세상에 알리려고 그럴 뿐이라고 루올란은 믿었다. 다섯 살 때부터 루올란은 약초 찌꺼기의 쓴 냄새와 어머니의 질질 끄는 꾀병, 그리고 사람들의 시선을 역겨워하며 네거리로 약탕기를 가져가야 했다.

빙 삼촌은 조용히 몇 잔을 더 마셨다. 루올란은 튀긴 땅콩 접시를 밀어놓으며 말했다.

"빙 삼촌, 천천히 드세요."

그는 한 잔을 더 기울였다.

"이야기 하나 들으련, 루올란? 옛날에 용을 아주 좋아해서 집 안 곳곳에 용을 그려놓은 사람이 있었단다."

"그리고 진짜 용이 그 사람을 만나러 오자 혼비백산했지요. 전에 많이 얘기하셨어요."

루올란이 말했다.

"옛날에 진주를 사려고 전 재산을 탕진해버린 사람이 있었지……."

"그리고 진주 상자를 사랑하게 되어 그 자체만으로도 돈을 낼 가치가 있다고 생각해서 상인에게 진주를 돌려주었죠. 왜 삼촌은 언제나 바보들 이야기만 해요?"

조금 취한 빙 삼촌은 슬프게 미소 지었다.

"바보가 다른 이야기를 할 수 있겠니?"

루올란은 성마르게 행동한 걸 바로 후회했다. 둘만 남았을 때 빙 삼촌이 이야기를 들려주고 민요를 불러주었는데 이는 그들끼리 하는 놀이였다. 이제 그녀는 그런 이야기와 노래를 들려주는 진짜 이유에 의구심을 품기 시작할 정도로 충분히 세상 물정을 알고 있었다. 이웃 할머니와 아주머니들은 아버지의 오랜 부재와 빙 삼촌의 잦은 방문에 대해 한마디씩 했다.

"너희 어머니랑 삼촌이 너한테 빨리 자라고 안 하디?"

그들의 미소엔 비열한 호기심이 담겨 있었다.

"너희 어머니는 삼촌이 옆에 있어도 아프니?"

루올란은 암오리 떼처럼 말 많고 부끄러움을 모르는 그 여자들을 무시하려 했다. 그러나 루올란의 내면에는 독이 남았다. 그녀는 거울 속에 비친 자신을 들여다보고 아버지나 빙 삼촌의 얼굴과 닮은 구석이 있는지 찾아내려 했다. 사실 어느 쪽도 닮지 않았다.

"새로운 이야기를 해주마."

빙 삼촌이 말하고 혼자 한 잔을 더 따랐다.

"옛날에 어떤 사람이 요술 잎사귀 이야기를 들었단다. 눈앞에 요술 잎사귀를 놓으면 모습이 사라져서 아무도 볼 수 없게 된다는 거였어. 남자는 그 이야기를 믿고 매일 나가서 이파리를 한 자루씩 모았단다. 그는 이파리를 하나하나 눈앞에 놓고 아내에게 물었어. '지금 내가 보여?' 아내는 네, 네 하다가 마침내 참을성을 잃어버렸어. '아이고 세상에, 여보, 어디 계세요? 이제 안 보여요.' 그 남자는 행복했어. '마침내 요술 잎사귀를 찾았구나!' 그렇게 생각하고 그 잎을 눈앞에 둔 채 시장에 갔어. 그리고 물건을 훔치려 하자 사람들은 그를 붙잡아 흠씬 패주었지."

루올란은 빙 삼촌을 위해 웃어주었다. 그도 웃었다.

"가련한 여자네요. 어쩌다 그렇게 멍청한 남자와 결혼했대요?"

루올란이 말했다.

"아마 그녀의 아버지가 중매쟁이에게 돈을 충분히 주지 않았던 게지."

빙 삼촌이 말했다.

"아주 못생겨서 바보랑 결혼할 수밖에 없었는지도 모르

지요."

"아니면 게으른 여자라서 누구도 그녀와 결혼하려 들지 않았을 수도 있고."

"아니면 처녀였을 때 남자들을 도둑질했기 때문에, 오쟁이지는 것 따윈 신경 쓰지 않는 백치 같은 남자가 필요했을 수도 있죠."

루올란은 사악한 기쁨을 느끼며 말했다.

"알지도 못하는 소릴랑 하지도 마라."

빙 삼촌이 말했다.

"난 이제 어린아이가 아니에요. 착한 여자라면 남편을 다른 데로 보내고 다른 남정네를 매주 부르진 않는다고요."

"루올란!"

빙 삼촌이 말하자, 루올란은 그가 눈을 돌릴 때까지 마주 보았다.

"넌 이제 다 큰 처녀고, 빙 삼촌은 늙었지."

그는 말하고, 취한 채로 일어났다.

삼촌이 그만두라고 하기도 전에 루올란은 방을 가로질러 뛰어가 자신의 간이침대에 잠자리를 봐주었다. 빙 삼촌이 와서 밤을 지낼 때면 거실 모퉁이에 있는 루올란의 간이침대에서 잤고, 그녀는 어머니와 함께 큰 침대에서 잤다.

"빙 삼촌, 안녕히 주무세요."

그의 슬픔에 갑작스럽게 동정을 느껴 반항의 날이 무뎌진 그녀가 말했다.

나중에 루올란은 될 수 있는 한 어머니에게서 멀리 떨어지려고 침대가에 몸을 웅크렸다. 어머니는 얕고 빠르게 숨을 내쉬어 죽어가는 물고기를 연상시켰다. 루올란은 머리끝까지 담요를 뒤집어썼지만, 어머니의 침대에서 나는 약초의 쓴 향과 섞인 따뜻하고 낯익은 자신의 체취가 역겨워졌다. 루올란은 어머니 가까이에서 자지 않기를 바랐다. 하지만 빙 삼촌의 버스가 늦으면, 어머니가 세상 모든 남자들에게 자기를 보여주려는 염치없는 계집처럼 문에 기대지 말라고 주의를 줄 때까지 3분마다 문간을 살펴보러 나갔다.

빙 삼촌이 떠날 때마다, 루올란은 베개에 머리를 묻고 그의 머릿결에서 풍기던 낯선 냄새를 맡았다. 그것은 학교의 냄새 또는 사내애들이나 그녀의 집에서 나는 냄새와는 다르게 묘하게 위안을 주었다.

매달 첫날, 루올란은 어머니의 병가 허가증을 받으러 5킬

로미터가량 떨어진 시멘트 공장으로 걸어갔다. 루올란의 어머니는 2년 전 완전히 일을 그만두었다. 그녀는 이제 마흔하나였고, 조기퇴직 연금을 받으려 해도 4년은 더 있어야 했다.

루올란은 서류에 서명하고 나이 든 회계원에게서 부드럽게 닳은 지폐 몇 장을 받았다.

"어머니는 어떠시냐?"

그가 물었다.

"잘 지내세요."

노인은 안경 뒤에서 루올란을 바라보더니 고개를 흔들었다.

"미인박명이라. 네 어머니가 처음 왔을 때 넌 아기였고 어머닌 열여섯 살밖에 안 돼 보일 정도로 젊었지. 네 어머니가 그렇게 일찍 병들 거라고 누가 상상이나 했겠니?"

루올란은 그 노인이 감상에 빠져 있도록 놓아두었다. 그녀는 어머니의 아름다운 모습을 상상할 수가 없었다. 하루 종일 침대에 누워 있었기 때문에 그녀의 피부는 병자처럼 창백해서 반투명할 정도였다. 아무렇게나 자른 머리는 새집 같았다. 그녀는 옆길의 공중변소에 갈 때도 잠옷을 입고 갔다.

그러나 토요일 오후 빙 삼촌이 도착할 때가 되면 몸을 깨끗이 하고 제일 좋은 옷으로 갈아입었다. 그녀는 오래되어 떡진 루주로 화장도 했다. 덕분에 공허한 뺨에는 마치 폐결핵으로 죽어가는 환자같이 부자연스러운 분홍빛이 돌았다.

그해 여름 루올란은 초경을 했다. 그녀는 놀라지 않았다. 공중변소에서 검게 얼룩진 휴지들을 본 적도 있고, 또래 여자아이들이 하는 이야기도 들었다. 그녀는 트렁크에서 낡은 면셔츠를 찾아 잘게 찢었다.

"시끄럽게 뭐하는 거니? 난 지금 머리가 아프단 말이야."

어머니가 침대에서 말했다.

루올란은 머뭇거리다가 대답했다.

"나한테 불운이 찾아왔어요."

그녀의 어머니는 길게 한숨을 내쉬고 거실로 나왔다.

"불운? 그게 뭐가 나쁘기에?"

"그럼 그걸 뭐라고 불러요, 엄마?"

루올란이 말했다. 그녀의 어머니는 그 이야길 해준 적이 없었다. 게다가 어머니는 단정치 못했는데도, 루올란은 얼룩진 속옷이나 불운이 달마다 방문한다는 표시도 본 적이 없었다.

"그건 이름이 필요 없어. 돌아다니면서 모든 사람한테 얘기할 필요도 없으니까."

루올란의 어머니가 쏘아붙였다.

"하여간요."

루올란은 작은 목소리로 말했다.

루올란의 어머니는 경멸의 눈초리로 딸을 바라보았다.

"왜 환자가 너 같은 애랑 이야기하느라 힘을 써야 하지?"

어머니가 말하더니 작은 비단 지갑에서 지폐와 동전을 조금 세어 주었다.

"가서 너한테 필요한 걸 사."

루올란은 돈을 받았다. 그녀는 무엇이 필요한지 몰랐으나 어머니에게 묻느니 길 가는 낯선 사람에게 물을 터였다.

"그리고 한약방에 들러. 네가 먹을 약을 일주일 치 지어 달래라."

어머니가 먹지 한 장과 지폐 두 장을 더 꺼냈다.

루올란은 종이에 쓰인 어머니의 글씨를 바라보았다. 그것은 어머니가 매달 받아오라는 것과 똑같은 처방이었다. 어머니가 아침마다 제일 먼저 끓이는 풀뿌리, 나무뿌리, 말린 꽃의 혼합물.

"난 아프지 않아요."

루올란이 말했다.

"좋은 의사도 오래 병을 앓는 환자한테는 못 당한다지. 난 너한테 뭐가 필요한지 알아."

"난 모든 약은 독약이라고 들었어요."

"네 엄마가 너에게 독을 먹이려 한다는 거냐?"

"난 매일 약을 먹으면 엄마한테든 누구한테든 안 좋을 수 있다고 말하는 거예요."

"난 아프다."

어머니가 말했다. 그녀는 루올란의 간이침대 위에 지폐와 먹지를 떨어뜨렸다.

"넌 이제 여자니까 내 말을 듣는 게 좋을 거야. 여자로 산다는 건 그 자체로 병이야."

루올란이 대답하기도 전에 어머니는 침실로 돌아갔다. 루올란은 해진 하늘색 슬리퍼에 감싸인 어머니의 마른 잿빛 발을 보았다. 어머니의 몸에 대한 동정과 혐오 때문에 숨이 막힐 것 같았다. 지난 두 달 동안 자신의 몸도 바뀌었다. 가슴은 이상하고도 고통스럽게 근질거리며 부풀어 올랐다. 그녀는 자신이 어머니처럼 여자로 자라는 중이라고 생각했다. 인생에서 가장 바라지 않는 일이었다. 그녀는 먹지를 작은 공처럼 뭉쳐서 열린 문틈으로 앞마당에 던져버렸다. 나머지 지폐는 손바닥으로 눌러 교과서에 끼워넣었다.

다음 주에 루올란의 아버지가 집에 왔다. 보통 때보다 한참 일렀다. 처음으로 루올란은 아버지를 보게 되어 매우 기뻤다. 그들은 결코 가깝지 않았다. 그녀는 아버지의 부재에 익숙해져 있었고, 이제 그 이유를 이해했다. 그들은 사랑할 수도 떠날 수도 없는 여자의 삶에 붙들려 있는 동지였다.

그날 저녁 식사가 끝날 무렵, 루올란의 아버지는 이혼 문제를 꺼냈다. 그는 자기와 어머니가 일하는 공장에 신청서를 접수했다고 말했다. 며칠 안에 양쪽 공장의 복지 담당 공무원이 찾아와 이혼하지 말라고 설득하겠지만, 합의한다면 공무원들은 신청서에 서명해줄 것이고 재판소에 가서 결혼증명서를 이혼증명서로 바꿀 수 있을 것이다.

루올란의 어머니는 대답하지 않았다. 그녀는 국에 젓가락을 담갔다가 탁자 위에 끝없이 이어지는 원들을 그렸다. 아버지의 눈은 젓가락 흔적을 따라갔다. 그는 루올란이 기억하는 것보다 더 늙어 보였다. 마흔다섯 살인데 머리칼이 검은색이 아니라 회색이었다.

"내가 동의하지 않으면요?"

마침내 어머니가 물었다.

"법정에 가야겠지. 하지만 일을 더 어렵게 만들 이유가 있나?"

아버지가 손바닥을 쳐다보며 말했다.

"그거야 당신 사정이겠죠. 내가 왜 당신이 법정에 가는 수치를 덜어주느라 합의를 해요? 첩을 둔 사람은 당신이잖아요."

어머니가 말했다. 아버지는 루올란을 보고 말했다.

"나가 놀아라, 루올란."

"있으라고 해요. 걔도 이제 여자라고요. 남자를 어떻게 다루어야 하는지 나를 보고 배워야 해요."

그것은 남자를 다루는 법이 아니라 어떻게 하면 추한 여자가 되지 않느냐를 배울 기회였다. 루올란은 아버지가 어머니를 떠나는 것을 보면서 복수의 기쁨을 느꼈다. 자신도 어머니를 기꺼이 버릴 준비가 되어 있었다.

아버지는 입을 열었지만, 무슨 말을 하기도 전에 어머니가 그의 말을 자르고 들어왔다.

"아무 말도 하지 마요. 난 서명하지 않을 거예요."

그녀는 말하고 일어섰다.

"난 당신이 그리 쉽게 그 창녀와 떠나도록 해주지는 않을 거예요."

그녀는 침실 문을 쾅 닫았다. 어머니의 말에 서린 독기 때문에 루올란은 몸을 떨었다. 그녀는 지치고 풀죽은 아버지를 바라보았다. 그의 입술은 떨리고 있었다. 그녀가 낮은 목소리로 말했다.

"아빠, 이혼하면 날 데려가실 건가요?"

"미안하다. 하지만 넌 나보다 엄마에게 더 필요하단다. 엄마는 아프시잖니."

아버지는 여전히 자기 손바닥만 들여다보며 말했다.

"난 엄마의 약이 아니에요."

루올란은 아버지에게 실망한 나머지 숨이 막힌 채 말했다.

아버지는 딸을 쳐다보았다. 하지만 눈은 공허하고 마음은 이미 딴 데서 떠돌고 있었다.

"아빠, 난 아빠 딸인가요?"

루올란이 물었다. 아버지는 그녀를 오랫동안 바라보다가 말했다.

"아니."

"빙 삼촌의 딸인가요?"

"아니."

아버지는 풀지 않은 여행 가방을 집어 들었다.

"넌 네 엄마의 딸이란다."

그는 말했고, 그녀가 더이상 질문을 할 새도 없이 밤거리로 달려나갔다.

다음 날 아침 루올란의 어머니는 약탕 때문에 그녀를 깨우지 않았고, 루올란은 늦게 일어나는 바람에 등교 시간을 맞추지 못했다. 어머니의 침실 문은 닫혀 있었다. 잠시 루올란은 목이 부러지고 혀를 길게 빼문 채로 천장에 매달린 어머니를 상상했다. 그녀는 몸을 떨고 문을 밀었다. 문은 안에서 빗장이 잠겨 있었다.

"엄마."

그녀가 말했다. 대답이 없자 그녀는 주먹으로 문을 두드리며 울기 시작했다.

잠시 후 어머니가 문을 열었다.

"아침부터 왜 울고 난리야?"

그녀는 루올란의 손에 약탕기를 쥐어주었다.

"내가 자살이라도 해서 네 아버지를 그리도 쉽게 가도록 내버려둘 줄 알았니?"

루올란은 눈물을 닦아냈다. 네거리로 가는 길을 절반쯤 왔을 때 마음을 바꾸어 되돌아갔다. 어머니의 침실 문은 잠겨 있었고, 루올란은 문 옆에 찌꺼기를 버렸다. 그리고 책을 모두 침대에 내려놓고 가방에 옷을 몇 벌 넣었다. 그녀는 매트리스 아래서 옛날 교과서를 꺼내 지폐를 세었다. 주간 버스와 야간 버스를 갈아타고 상하이까지 갈 돈으로 충분해, 하고 생각했다. 그러나 버스정류장의 매표소에 닿자 용기를 잃고 빙 삼촌의 마을까지 가는 표 한 장만 샀다.

두 시간 후 루올란은 버스에서 내렸고, 몇 번이나 길을 잃은 후 마을 학교 건물 노릇을 하는 진흙 오두막을 찾아냈다. 전 학년을 통틀어 스무 명 정도의 소년소녀들이 나무로 된 긴 의자에 앉아 엄마를 찾는 올챙이 이야기를 함께 읽고 있었다. 빙 삼촌은 더 어린 소년들과 함께 큰 소리로 읽고 그 아이들의 머리를 쓰다듬어주며 돌아다녔다.

빙 삼촌이 보기 전에 루올란은 물러났다. 마당 건너편에는 더 작은 오두막이 있었다. 그녀는 그 문을 살짝 열고 들어갔다. 안이 컴컴했기 때문에 잠시 후에야 간이침대와 학습장과 종이들로 뒤덮인 책상이 보였다. 오두막 한 귀퉁이에는 난로가 있었고, 그 위에서 커다란 기장쌀로 끓이는 죽 냄비가 보글거리고 있었다.

루올란은 난로 앞 의자에 앉아 습관적으로 국자를 집어 들고 죽을 휘저었다. 손잡이가 부러졌기 때문에 젓가락 한 쌍을 옆에 묶어 겨우 국자 구실을 하도록 해두었다. 그녀는 한 손가락으로 젓가락을 톡톡 두드리면서 빙 삼촌을 위해 요리하고, 그가 일을 끝내기를 기다리고, 착한 여자답게 그를 사랑하며 이 오두막에서 사는 생활을 상상했다.

문이 열리고 빙 삼촌이 들어왔다. 루올란은 그의 표정이 순식간에 놀람에서 근심으로 바뀌는 것을 보았다.

“무슨 일 있니? 엄마는 안녕하시냐?”

그는 루올란의 어깨를 움켜쥐며 물었다.

“잘 지내세요.”

루올란이 말했다.

“아, 루올란. 너 때문에 놀라서 넋이 나갈 뻔했다.”

빙 삼촌은 그녀를 놓아주었다.

“왜 오늘은 학교에 안 가고?”

“빙 삼촌, 죽이 다 되었어요.”

“아, 그래. 일단 학생들 먼저 주고. 그애들도 지금 배고플 거야.”

“학생들을 먹이려고 요리를 하세요?”

"그럴 게 아니라면 내겐 너무 많지."

빙 삼촌은 말했다. 그리고 학생들에게 그 죽은 하루 중 유일한 식사고, 아이들은 그 때문에 학교에 온다고 설명해주었다.

"아빠가 어제 집에 와서 엄마한테 이혼해달라고 했어요."

루올란이 빙 삼촌의 말에 끼어들었다.

"나한테도 그렇게 말하더라. 어젯밤 나한테 들렀지."

빙 삼촌이 말하더니 죽 냄비를 들고 오두막 밖으로 나갔다. 루올란은 간이침대에 앉아 베갯잇을 보았다. 베갯잇은 귀퉁이가 찢어져 있었고 박박 빨아야 할 정도로 더러웠다. 그녀는 자기 베개에 남아 있던 빙 삼촌의 냄새를 떠올렸다.

빙 삼촌이 빈 냄비를 들고 들어왔을 때, 루올란은 침대 아래 바구니에 든 반짇고리를 찾아내 베갯잇을 수선하고 있었다. 바늘이 녹슬어 있었기 때문에 가끔 바늘을 머리에 대고 문질렀다. 빙 삼촌은 그녀가 일하는 모습을 잠시 바라보더니 오후 수업을 취소했다고 말했다. 루올란은 창문을 내다보고 서로를 뒤쫓아가는 아이들을 보았다.

"집으로 가는 다음 버스표를 사자. 네 엄마한테는 지금 위로가 필요해."

빙 삼촌이 문으로 걸어가며 말했다.

루올란은 대답하지 않고 바늘땀을 살펴보았다. 빙 삼촌은 마음속에 단 한 사람만을 품고 있었고, 루올란은 그 사람이 자기가 아니어서 실망했다. 그녀는 마침내 말했다.

"걱정 마세요. 엄마는 자기가 아는 사람들 모두 먼저 보내기 전에는 안 죽을 거예요."

"루올란, 그분은 네 어머니시잖니."

빙 삼촌이 비난하듯이 말했다.

"정말요? 아빠는 내가 자기 딸이 아니랬어요. 그럼 어떻게 내가 엄마 딸일 수가 있겠어요?"

루올란이 빙 삼촌을 쳐다보며 말했다.

"널 길러주셨잖니."

"괴롭힐 사람이 필요했으니까 그랬죠."

"루올란!"

빙 삼촌은 목소리를 높였고, 그녀는 마주 보았다.

"네 엄마는 아프기 때문에 기분이 안 좋으셔. 네가 보살펴드려야지."

그가 말했다.

루올란은 대답하지 않은 채 다시 바느질을 시작했다. 바느질을 끝내자 이로 실을 끊고 손가락으로 훑어 바늘땀을 고르게 했다. 그녀는 베개를 두들겨 모양을 잡고 다시 침대에 올려놓았다.

"왜 사람들은 모두 나더러 엄마 약이 되라고 하죠?"

그녀가 물었다.

빙 삼촌은 난로 옆에 앉았다.

"너는 지금 엄마한테 남아 있는 단 한 사람이잖니."

루올란은 코웃음을 쳤다. 빙 삼촌이 잠시 머뭇거리더니 말했다.

"아마 네가 엄마를 이해할 수 있도록 너희 부모님 이야기를 해줄 때가 왔나보다."

"이해하고 말고 할 게 없어요."

루올란이 말했다. 빙 삼촌은 그녀의 말을 무시했다. 그는 난로에 물 한 사발을 부어 잔불을 끄고 말했다.

"나는 어린아이일 때부터 네 어머니를 알아왔다. 어머니는 아름다운 소녀였어. 내 또래의 많은 소년들에게 사랑받았고, 그걸 자랑스러워하고 행복해했지. 그러나 우리가 열여덟 살이 되자 뭔가 변했단다. 많은 사람들이 중매쟁이를 보내 그녀의 부모에게 구혼했지만 거절당했고, 그녀는 전보다 행복하지 않았지. 그 부모는 분명히 우리 형편보다 더 좋은 조건을 챙기려고 저애를 꼭 잡고 있는 거라고 마을 사람들이 수군거렸어. 저 욕심쟁이 부모가 아이의 젊음을 돈 때문에 낭비하고 있는 꼴 좀 보라며 말이야. 청년들이 하나둘씩 다른 소녀들을 아내로 맞았지만, 몇 해가 가도 그녀는 결혼할 조짐을 보이지 않았어. 걔네 가족에게는 형언할 수 없이 더러운 비밀이 있는 게 틀림없어, 마을 사람들은 그렇게 멋대로 추측들을 했지. 너희 어머니는 매우 슬퍼했고 창백해졌단다.

우리가 스물일곱 살이 되던 해, 네 어머니의 부모는 갑자기 어머니를 두 마을 너머에 살던 네 아버지에게 출가시켰다. 결혼한 후 부부는 더 멀리 떨어진 새로운 마을로 이사했단다. 그때 나는 우리 마을에서 아직 결혼하지 않은 단 한 사람의 총각이었지. 사람들은 내가 사랑에 매인 바보라고 말했고, 아마 그 말이 맞을 거야. 나도 그녀가 남편과 함께 사는 마을로 이사를 했거든. 때로 그녀를 거리에서 볼 수만 있다면 좋다고 생각했어.

하지만 그들이 결혼하고 며칠 후, 매일 밤 신랑이 안마당에서 우는 소리가 들린다는 소문이 나기 시작했어. 사람들은 신랑 가족이 결혼 전에 신랑의 정신 장애를 신부에게 숨긴 거라는 소문을 냈고, 너희 어머니의 가족이 그 속임수를 비난하지 않자 사람들은 네 어머니도 경멸했어.

결혼 첫해 내내 나는 너희 어머니의 하나뿐인 친구였고, 우리가 바람을 피운다는 소문이 날 때까지 어머니는 매일 나와 이야기하러 왔어. 나는 그런 소문이 나면 그녀가 더 비참해질 뿐이라고 생각했기에 그녀를 영원히 떠나려 했어. 너희 아버지는 내가 떠난다는 것을 알고 나를 만나러 왔어. 그가 싸움을 걸어오리라 생각해서 너희 어머니와 나는 결백하다고 말했지.

그는 그저 미소를 짓고 술 한 병을 꺼냈어. 우리는 오랜 친구처럼 그날 밤 내내 술을 마셨고, 네 아버지는 자기 이야기를 해주었어. 그는 열다섯 살 때부터 열두 살 연상의 과부와 사랑을 하고 있다는 거야. 그의 가족은 아내를 맞으면 연상의 여인에게 홀린 병이 나을 거라고 생각했어. 그래서 그를 마을 바깥 처녀와 결혼시키고 그의 옛 사연을 아무도 모르도록 이사를 시켰어. 그러나 결혼식 날 밤에 너희 어머니는 자신은 진짜 아내가 될 수 없다고 말했어."

"왜요?"

루올란은 빙 삼촌이 그 이야기를 시작한 후 처음으로 입을 열었다. 빙 삼촌은 잠시 머뭇거리다가 말했다.

"네 어머니…… 네 어머니는 석녀야."

"석녀요?"

"더 나이가 들면 너도 알게 될 거야."

빙 삼촌이 말했다.

"어머니가 석녀인지 어떻게 알았어요?"

루올란이 물었다. 그녀는 어머니가 여러 해 동안 아침에 마셔댄 약 때문에 단단한 바위가 된 게 아닌가 생각했다. 루올란은 자신도 그 약초 찌꺼기에서 나는 쓴 냄새를 내내 맡았기 때문에 어머니처럼 추하고 차가운 여자가 되는 게 아닐까 생각했다.

빙 삼촌은 대답하지 않았다. 그의 눈은 루올란을 지나 먼 과거를 들여다보고 있었다.

"네 어머니는 너희 아버지에게 그 사실을 견디고 함께 살든지 아니면 이혼하라고 말했어. 자기 목표는 사람들이 더이상 자기에 대해 이야기하지 않도록 결혼해서 고향 마을을 떠나는 것뿐이었으니 그래도 개의치 않겠다고 했어. 네 아버지는 그녀의 가족이 자신을 속였다는 것 때문에 충격을 받았지만 누구에게도 이런 이야기를 할 수가 없었어. 그에게 이유를 묻자 이렇게 말했어. 결혼에서 무엇이 모자라건 간에 남편은 남편이고, 진실을 들먹인다 해도 아내의 명예를 훼손하는 것은 용서할 수 없는 일이라고. 게다가 우리 가족도 속인 셈이니 그런 취급을 받을 만하다고 말했어. 네 아버지는 세상에 보기 드문 착한 사람 중 하나지. 그의 마음가짐에는 잘못이 없었어. 그는 연상의 여인과 사랑했고, 그게 전부야. 그러나 네 어머니의 명예를 지키기 위해 기꺼이 미친 사람 취급을 받으며 결혼생활을 계속하기로 했어.

그날 밤 이후 네 아버지와 나는 가까운 친구가 되었단다. 나는 그들이 너를 입양하도록 도왔지. 우리, 네 아버지와 나는 네 부모가 함께 아이를 키울 수 있다면 결혼생활이 더 나아질 거라고 생각했어. 너를 자신들의 아이로 만들기 위해서 그들은 더 멀리 이사를 갔지. 누구도 자신들의 과거를 모르는 다른 지방, 지금 우리가 사는 곳으로.

나는 처음에는 이사하지 않았어. 그들끼리 결혼생활을 꾸려야 한다고 생각했고, 잠시 동안은 일이 잘되어나가는 것 같았지. 하지만 3년 후 너희 아버지가 다시 나를 만나러 왔어. 우리는 또 밤새 술을 마셨고, 네 아버지는 가끔 그 과부를 찾아갈 수밖에 없다고 고백했어.

너희 어머니는 그것을 알고는 매우 화를 냈고 침대에 누워 살기 시작했어. 나는 너희 어머니와 가까이 있기 위해 다시 이사를 했단다. 너희 아버지가 다른 여자와 살기 위해 나가 있을 때면 나는 네 어머니와 너를 돌보려고 갔어. 네 아버지는 자기가 한 말에 집착했기 때문에 매년 섣달그믐과 새해에는 남편 노릇을 하러 집에 왔지. 나머지는 너도 아는 이야기란다. 내 말 들으렴, 루올란. 너희 부모님은 좋은 사람들이다. 네 부모님은 오랫동안 노력했어. 아주 열심히 노력했단다."

"아버지는 왜 지금 와서 이혼하려는 거예요?"

"다른 여자? 그녀는 유모로 일했지? 그 여자가 지금 아프기 때문에 그녀를 돌보고 의료비를 내줄 수 있도록 결혼하고 싶어 한단다."

루올란은 그녀의 아버지와 다른 여자에 대해 생각했고 그들을 동정했다.

"삼촌은 왜 결혼하지 않았어요, 빙 삼촌?"

빙 삼촌은 미소를 지었다.

"나는 눈 사이에 요술 잎사귀를 놓고 산과 바다를 더이상 보지 못하는 바보거든."

"아빠가 이혼하면 엄마랑 결혼할 건가요?"

"지금 결혼한다고 뭐가 달라지겠니?"

그가 말했다. 루올란은 안심했으나 만족하지 못했다.

"엄마와 결혼하지 마요. 엄마는 독이 있는 여자예요. 엄마가 이미 아버지의 인생 절반을 파괴한 꼴을 보세요. 엄마가 삼촌 인생을 몽땅 파괴해버리길 바라진 않을 거 아니에요."

"루올란!"

빙 삼촌이 목소리를 높였다.

루올란은 그의 이마에 솟은 거무튀튀한 핏줄을 바라보았다. 그는 낯설고 사나워 보이기까지 했지만 그녀는 물러나지 않았다. 어머니 때문에 슬프고 소심한 존재로 남겨진 두 남자를 봐왔고, 그 실수를 바로잡고 싶었다.

"엄마에게 좋은 게 뭐 있어요? 게으르고, 추하고, 심술궂잖아요. 무엇을 하든 내가 엄마보다 백배는 더 잘할 수 있어요."

"루올란?"

"생각해보세요, 빙 삼촌. 우리는 엄마와 아무 관계도 없어요. 엄마를 떠나 새 가정을 만들 수 있어요. 난 요리할 수 있어요. 바느질도 할 수 있어요. 집안일도 모두 할게요. 중학교를 마치면 일자리를 찾을게요. 삼촌이 너무 늙어 일하지 못하면 내가 돈을 벌고 삼촌을 부양할게요. 삼촌에게 내가 있는데 왜 엄마가 필요해요?"

빙 삼촌은 슬프고 부드러운 표정으로 그녀를 바라보았다.

"너는 너무 어려서 네가 무슨 말을 하고 있는지도 몰라."

"삼촌에게 뭐가 좋은지 말해줄 수 있는 나이는 됐어요."

루올란은 말하면서 몸 안에서 무엇인가 부드러워지는 것을 느꼈다. 어쨌든 자기는 석녀가 아니다. 그녀는 의자에 앉아 있는 빙 삼촌에게 가서 몸을 구부리고 손바닥으로 그의 무릎을 감쌌다.

"빙 삼촌. 어머니가 빚진 걸 딸이 갚는다는 속담 들어보셨어요?"

그녀는 제딴에 유혹적인 여자가 할 만한 방식으로 그의 눈을 들여다보며 속삭였다.

빙 삼촌의 입술이 떨렸다.

"아니, 전혀 들어본 적이 없어."

"이제 알게 될 거예요."

루올란은 빙 삼촌의 얼굴을 쓰다듬었다. 그녀의 손바닥으로 느껴지는 구레나룻은 짧고 뻣뻣했다. 빙 삼촌은 깊이 숨을 들이쉬더니 그녀의 손을 조용히 떼어냈다. 그리고 손으로 머리를 감싼 채 그녀를 바라보지 않고 말했다.

"네 어머니는 나한테 빚진 게 없어."

루올란은 무릎을 꿇고 앉아 빙 삼촌을 쳐다보았다. 그녀는 간절히 말했다.

"삼촌은 엄마로 인한 중독을 풀어줄 해독제가 필요해요. 아빠에게는 다른 여자가 있어요. 삼촌도 다른 여자가 필요해요."

"넌 이제 다 큰 처녀고 빙 삼촌은 늙어가고 있단다."

그가 말했다.

"이제 늦었다. 엄마가 걱정하시지 않게 집으로 가는 버스를 타지 그러니?"

루올란은 울음을 터뜨렸다.

"왜 저를 이해 못 하세요?"

"이해한단다. 하지만 지금 이대로 살자꾸나."

빙 삼촌이 말했다.

"이대로 사는 게 뭐가 좋아요, 빙 삼촌?"

"너와 네 엄마는 지금 내 유일한 가족이야. 나는 둘 중 하나라도 차마 잃을 수가 없구나."

루올란은 손등으로 눈물을 닦고는 빙 삼촌을 뚫어지게 바라보았다. 그는 약하고 의기소침하고 지쳐버린 것 같았고, 그녀는 그를 동정했다. 원한다면, 루올란은 딸의 사랑도 연인의 사랑도 아니지만 그 둘 다이기도 한 이름 없는 사랑을 간직할 수 있을 것이다. 그를 위해 어머니의 횡포를 견뎌내며 그 정도로 만족할 수도 있었다. 하지만 왜 사랑 때문에 불행을 선택해야 하는가? 왜 그래야만 하는가? 그녀는 주머니 속의 돈을 만져보았다.

"갈게요, 빙 삼촌."

눈물이 루올란의 뺨에 흘러내렸다. 그녀가 사라지면 삼촌은 비로소 실수를 깨달으리라. 그제야 루올란은 어머니를 이길 것이고, 그는 자신이 잘못된 여자를 선택했음을 깨달으리라.

"내가 토요일에 가겠다고 엄마에게 말하렴."

빙 삼촌은 여전히 루올란을 바라보지 못한 채 말했다.

제대로만 한다면
죽음은 나쁜 농담이 아니야

팡 씨 부부의 집은 내가 누군가의 딸 노릇에서 벗어나 쉴 수 있는 장소다. 그곳에서 보내는 여름 일주일과 겨울 일주일은 내가 교사 어머니 슬하에서 살지 않아도 되는 유일한 시간이다. 누군가의 아이가 된다는 것은 어려운 일이고, 물러날 권리가 없는 자리다. 하늘이여, 부모가 아이를 행복하게 해주기 위해 등골이 휘도록 일하는 동안 고아가 되기를 바라는 모든 아이들을 용서하시라. 나 같은 애에게는 고아의 삶이 무엇보다 행복해 보였다.

두 사이즈나 작은 초라한 옷을 입고 손목과 발목이 얼어붙을 정도로 창백해진 채 거리 모퉁이에 서기를 나는 얼마나 꿈꾸었던가. 꿈속에서 세상의 온갖 슬픔에 대해 노래 부르고, 내 작은 목소리는 바람 속에서 떨린다. 가장 애끓는 노래를 끝내고 군중에게 절을 하면 남자들은 한숨을 쉬고 여자들은 손끝으로 눈물을 닦아내며 바구니에 동전을 우수수 떨어뜨린다.

"노래 잘하네. 다른 노래 불러봐, 소화야."

박수를 쳐서 백일몽에서 나를 깨우는 것은 언제나 쑹 씨 부부의 아들들이다. 나는 새로 산 토끼 모양 코트를 입고 팡 부인의 마당 한가운데 서 있다. 눈처럼 하얀 털은 부드럽고 매끈하고, 두 개의 긴 귀는 너무 연약해서 서 있지 못하고 여분의 앞머리처럼 이마에 늘어져 있다. 나는 귀를 옆으로 치우고 흥분으로 얼굴을 붉힌다. 소화는 내 이름이 아니고 내가 가장 좋아하는 여배우 첸 총이 연기한 유명한 여주인공 이름이다. 열여섯에 이미 이 나라에서 가장 유명한 여배우가 된 그녀는 매일 침대 옆 달력에서 내게 미소 짓는다.

"이봐, 넌 소화가 되고 싶니?"

네 소년 중 맏이가 말한다.

내가 열심히 고개를 끄덕이자 눈앞에서 토끼의 두 귀가 펄럭거린다. 노래를 파는 고아가 되는 꿈에 언제나 따라 나오는 다른 꿈에서는 내가 마침내 자라서 첸 총 같은 여배우가 되고, 화장을 한 아름다운 내 얼굴이 다른 사람들의 방 벽에 붙어 있다. 사회주의 사회에서는 화장을 해도 여배우들만 도덕적으로 부패했다는 비난을 받지 않는다. 내 고아 꿈에는 립스틱도 들어 있었다.

"아 그래, 넌 우리의 작은 꽃이 되고 싶단 말이지?"

네 형제 중 둘째가 놀리듯 미소 지으며 말한다. 네 소년은 박장대소한다. 일곱 살인 나는 그들의 사전에 오른 '작은 꽃'이 무슨 뜻인지 이해하기에는 너무 어리다. 나는 그들과 함께 웃지만 팡 부인이 나를 제지한다. 그녀는 부엌에서 달려 나와 소년들에게 주걱을 휘두른다.

"입 조심해."

팡 부인이 말한다. 소년들은 다시 웃으며 자기 방으로 돌아간다. 팡 부인은 마당에서 나를 끌고 나와 건물에 둘러싸인 뜰 앞의 돌사자 위에 내려놓는다. 사자 한 쌍의 머리는 문화대혁명 당시 낡은 쓰레기의 일부라고 홍위병들이 날려버렸다. 나는 돌사자에 걸터앉아 도끼에 찍혀 생긴 날카로운 모서리를 손가락으로 만지작거린다.

"이제 쑹 씨네 아들들하고 놀지 마라. 여기서 기다려. 곧 시장에 갈 거다."

팡 부인이 말했다.

팡 부인은 쑹 씨 가족을 좋아하지 않았다. 쑹 씨 부부는 처음에는 안뜰 서쪽 방에 든 세입자였으나, 팡 씨가 인민의 적이 되어 공장에서 쫓겨나자 월세를 내지 않았다. 쑹 씨 부부는 자기들이 그 방의 법적인 소유자라고 주장하며 눌러앉았다. 몇 년 동안 방을 차지하면서 팡 씨의 꽃무늬 침대를 부수고 그 자리에 부엌을 지었다. 팡 씨의 석류나무, 포도 시렁 사이에 빨랫줄을 걸었고 그들의 펄럭이는 속옷은 마당의 영원한 장식물이었다. 그들은 네 아들을 낳았고 식구들은 여전히 한 방에 살고 있는데, 막내가 벌써 열여섯이고 맏아들은 스물셋이다.

아침 해가 중천에 떠 있다. 노인 셋이 골목의 북쪽 벽 아래 앉아 있다. 눈을 감고 이빨 없는 입을 반쯤 벌린 채 베이징에서는 드물게 따뜻한 겨울 날씨를 즐기고 있다. 골목 반대편에서는 여자아이 넷이 한 번도 들어본 적이 없는 노래를 하면서 고무줄놀이를 하고 있다.

"하나 둘 셋 넷. 호랑이 잡으러 갑시다. 호랑이는 사람을 안 먹지요. 호랑이는 트루먼만 먹지요."

몇 년이 지난 후에야 나는 트루먼이 한국전쟁 때의 미국 대통령이라는 것을 알게 되므로, 1979년 겨울에는 그 노래가 별 의미가 없었다. 나는 앉은 채로 그 노래를 조용히 따라 부른다. 잠시 후 여자아이 넷은 노래를 멈추고 바닥에 사각형을 그리기 시작한다. 나는 돌사자상에서 뛰어내린다.

"같이 놀아도 돼?"

내가 묻는다.

"서약을 해."

한 소녀가 말하자 그들 넷은 재빨리 손에 손을 잡고 나를 둘러싼 채 진지한 자세로 기다린다.

"무슨 서약?"

내가 묻는다.

"서약 몰라? 넌 도대체 어디서 온 거야? 자바 섬?"

한 소녀가 인상을 쓰며 말한다.

"아니, 난 시설에서 왔어."

"무슨 시설?"

그 소녀가 말한다. 다른 소녀가 끼어든다.

"시간 낭비하지 말자. 나를 따라해. 나는 마오 주석께 약속합니다. 규칙을 따르지 않는 사람은 류사오치입니다."

"류사오치가 누구야?"

"반동분자야."

그 소녀가 내 무지를 일깨워준다.

그들에게는 내가 알지 못하는 규칙이 많다는 것에 낯설어하며 나는 선서를 한다. 몇 년이 지난 다음에야 나는 류사오치를 알게 될 것이다. 마오 주석의 충실한 추종자이자 가까운 동료였던 그는 문화대혁명에 의구심을 표한 후 한 무리의 십대 홍위병들에게 고문당해 죽었다.

골목의 여자아이들은 내가 나 자신을 외국인처럼 느끼게 만든다. 내가 사는 곳은 시설이라고 불리며, 베이징 교외에 있는 옛날 무덤 옆에 있다. 시설은 높은 담으로 둘러싸여 있고, 어깨에 착검한 총을 메고 가죽 권총집을 허리띠에 찬 무장 군인들이 순찰을 돌았다. 소문에는 그 권총집이 옛날 신문으로 채워져 있고 라이플은 언제나 비어 있다지만 날카롭고 빛나는 총검은 진짜다. 시설의 심장부는 더 많은 군인들이 지키는 회색 건물이다.

원자력산업 연구센터, 다른 아버지들과 함께 내 아버지가 일하는 곳이다. 나같이 시설 안에서 자라는 아이들에게는 인생과 놀이에서 특별한 규칙들이 있다. 우리는 시설의 안전문 밖으로 나가거나 회색 건물에 접근해도 좋다는 허락을 받지 못한다. 우리가 즐기는 놀이는 누구의 아버지가 '계산 근무'를 하느냐를 알아맞히는 것이다. 아버지들은 수년 후 '컴퓨터'라는 말이 일상 용어가 될 때까지 우리로서는 알 도리가 없었던 그 '기계'를 사용하기 위해 다른 시설로 간다.

계산 근무는 언제나 밤에 수행되고, 매일 오후 아버지 한두 명이 고급 차를 타고 어느 지도에도 존재하지 않는 장소로 가기 위해 황혼 속으로 사라진다. 우리는 그 차가 소리 없이 사라지는 것을 보고 나서 놀이를 한다. 모두들 차창 뒤에 있는 아버지의 아이인 척한다. 질문을 하고 서로의 말을 조심스럽게 살펴본 후에야 누가 진실을 말하고 누가 이야기를 꾸며내는지 알아낸다.

이곳이 나의 출신지이며, 골목 아이들의 세계와 다른 세계다. 나는 그들이 시설이나 원자력산업에 대해 들어본 적이 없다고 해서 놀란다. 나의 세계에서는 모든 아이들이 핵무기를 알고 있고, 우리는 초등학교 교장선생님에게 '원자폭탄'이라는 별명을 붙였다. 그러나 한편으로는 분명 내가 모르는 것들을 그들이 알고 있다는 사실을 인정할 수밖에 없었다. 트루먼과 트루먼을 잡아먹는 호랑이 같은 것.

점심 시간에 바람이 불기 시작한다. 우리 도시에 겨울을 불러오는 시베리아의 매운 바람이 골목을 쌩 하니 지나가며 지붕에 얹힌 기와를 흔든다. 오후 내내 나는 바람이 가라앉아 골목의 여자아이들과 놀러 나갈 수 있기를 바라며 창문 옆 의자 위에 무릎을 대고 앉아 있다. 푸른 하늘은 회갈색으로 바뀌었고, 모래와 먼지 뒤에 숨은 해는 더러워진 하얀 접시처럼 어슴푸레하다.

오후 늦게, 쑹 씨 집안의 네 아들이 새로 밀어버린 머리를 자랑스레 내보이며 하나씩 마당으로 달려나간다. 나도 마당으로 달려간다.

"오빠, 머리를 어떻게 한 거야?"

나는 바람 속에서 외친다. 먼지 때문에 눈이 아프다.

"시원하게 밀었어. 바람 부는 날은 머리 깎기 좋으니까."

형제 중 제일 어린 소년이 맞받아 고함을 친다.

"왜?"

"씻어낼 필요가 없거든. 바람이 씻어주니까."

셋째가 바람에 날려가는 몸짓을 하면서 말한다.

나는 웃는다. 나는 쑹 씨 집안 아들들을 좋아한다. 그들은 모두 농담을 하고 사람을 웃기는 방법을 알고 있는데, 아무도 학교에 다니지 않는다. 막내는 그해 일찍 패싸움 때문에 고등

학교에서 쫓겨났다. 누구 하나 일하지도 않는다. 일자리는 아주 귀하고 도시는 쑹 씨네 아들 같은 젊은 백수들, 이른바 '자리 잡아야 할 젊은이들'로 가득하기 때문이다. 쑹 씨네 아들들은 하루 종일 도시를 어슬렁거리면서 다른 소년들과 싸움을 하고 무용담을 안고 집에 온다.

쑹 씨 부인이 문에서 머리를 내밀고 소리친다.

"이 돈벌레들아! 누가 머리를 밀래? 모자 살 돈은 없다."

"샴푸 사는 돈을 쓰면 되잖아요!"

맏이가 비꼰다. 나는 웃고 도로 방으로 달려간다.

"또 나가서 쑹 씨네 애들하고 이야기했어?"

팡 부인이 불타는 난로 속에 석탄을 넣으며 말한다.

"아뇨."

팡 부인이 화를 내지 않으리라는 것을 알면서도 나는 거짓말을 한다. 팡 부인은 옛날에 내 유모였고, 내 상상으로 마음씨 고운 여자들이 고아의 응석을 받아주듯이 내 응석을 받아준다. 내가 엄청난 노력을 기울여 사랑을 얻고자 했지만 성공한 적은 거의 없는 우리 엄마와는 정반대로, 나를 있는 그대로 사랑해준다.

"걔네들은 이제 곧 걱정할 일이 많아질걸."

팡 부인은 난로 위에 물주전자를 놓으며 한숨을 쉰다.

"왜요?"

"몇 년 있으면 마누라를 찾아야 하잖아, 그렇지? 직업이 없고 살 곳이 없으면 어떻게 결혼할 수 있겠니?"

"부모님의 직업을 물려받을 수 있잖아요?"

"그럴 수야 있지. 하지만 걔네 부모는 둘뿐이잖니. 나머지 둘은 무얼 하지? 걔네는 학교에서 아무것도 배우지 않았잖아."

"맏이와 둘째는 쑹 씨 아저씨와 아주머니의 일을 물려받지 않을 거예요."

"네가 어떻게 아니?"

"그냥 알아요."

나는 비밀스레 미소를 띠며 대답한다. 쑹 씨 집안의 맏아들 말로, 자기 아버지는 전구를 만드는 공장에서 일하고 어머니는 전등 스위치를 만드는 공장에서 일한다.

"어머니가 짤깍 하면 아버지 불이 켜지는 거야, 완벽한 한 쌍이지, 응?"

그는 그렇게 말하고 내가 신나게 웃는 것을 보며 좋아했다. 쑹 씨는 전구 스위치에 잘 응답하는 충실한 전구처럼 시끄러운 아내의 온갖 명령을 따르는 조용한 남자였다.

"아는 것도 없으면서 장담하지 마라. 세상은 엄청나게 바뀐단다. 눈 깜박할 새에 산이 낮아지고 강이 말라붙어. 내일 자기가 뭐가 될지는 아무도 몰라."

팡 부인이 말한다.

저녁 시간이 얼마 안 남았을 때, 팡 씨가 일터에서 돌아와 방에 들어가려다가 마당에서 두 씨와 날씨 이야기를 한다. 두 씨는 안뜰의 동쪽 작은 방 두 개를 빌렸고 때맞춰 집세를 지불한다. 그는 중풍으로 전신이 마비된 노모와 사는 착실한 아들이다. 그의 어머니를 돌보려는 사람이 아무도 없어 장가를 못 갔다. 쑹 씨와 두 씨네 외에 다섯 가족이 둥근달 모양의 문으로 앞뜰과 연결된 더 큰 마당인 안뜰 주위에 살고 있다. 앞뜰은 하인들의 공간이었는데, 팡 씨 가족의 생활공간으로 쓰였다.

물론 그것은 '해방' 전 이야기다. 이제 팡 씨 부부는 옛날에 자기네 운전사와 가족이 썼던 작은 공간에 산다. 거실 하나, 침실 하나, 그리고 팡 씨네 두 딸이 결혼하기 전에 나누어 썼고 내가 들를 때면 차지하는 또 다른 침실 하나. 부엌 옆에 붙은 작은 방은 팡 씨의 서재 구실을 하는데, 문은 언제나 잠겨 있고 두꺼운 커튼이 쳐진 창문은 꽉 닫혀 있다.

"오늘 어땠니?"

팡 씨가 보통 때처럼 서류 가방을 모퉁이에 두고 문 뒤에 외투와 모자를 깔끔하게 걸고 들어온다.

"좋았어요. 오늘 어떠셨어요?"

"보통 때처럼 열심히 일했지."

팡 씨는 그렇게 말하고 팡 부인을 돌아본다.

"오늘 어땠어?"

그가 하루가 끝날 때 우리에게 하는 유일한 말이다. 아침에는 언제나 "잘 잤니?"다.

팡 부인은 대답하지 않는다. 팡 씨는 열심히 일하지만, 일주일에 엿새나 일하고 때로 일요일까지 잔업을 하지만 한 푼도 벌어오지 못한다. 그가 무슨 일을 하는지 아무도 모른다. 그는 문화대혁명 초기에 프롤레타리아 계급의 적인 대지주의 아들이라는 죄로 우체국에서 쫓겨났다. 대혁명 이후 자기가 다니던 우체국으로 돌아갔을 때, 신상 기록이 적힌 파일이 없어져 그곳에 고용되었다는 기록이 없다는 말을 들었다. 동료들 모두 모임에 참석해 그를 '사악한 지주 계급의 개자식'으로 고발하는 데 찬성표를 던졌는데도 그는 아랑곳하지 않고 매일 일하러 갔다. 자기 경력을 조사해달라고 호소하는 편지 사본들을 시 당국과 우체국의 여러 부서들에 부치는 매달 첫째 날만 빼고.

"힘든 날이었어."

팡 씨는 그렇게 말하고 식탁 머리에 앉는다. 팡 부인이 그 앞에 밥그릇을 무겁게 내려놓는다.

"당신이 아무리 열심히 일해도 누가 돈을 안 줘. 당신이 뭘 할 수 있어? 집에 남아서 집안일을 도와주는 편이 낫지."

팡 부인이 그 집의 밥벌이꾼이다. 팡 부인은 몇 년 동안 유모 노릇을 했고 나는 그녀가 돌본 마지막 아이이다. 내 어머니가 나를 세상에서 가장 까다로운 아이라고 꾸짖을 때면 언제나 써먹는 말처럼, 팡 부인은 나를 돌보며 시간을 보내느라 빨리 늙었다. 나를 돌보는 일이 끝난 후로 팡 부인은 잡일만 했다. 골목길의 몇몇 집에 식료품을 사다준다든지, 다른 집들의 빨래를 해준다든지, 두 씨의 어머니를 돌보는 일 등이었다.

팡 씨는 대답하지 않고 젓가락으로 밥알을 센다.

"드시지요, 일꾼 나리."

팡 부인은 그렇게 말하고 나와 미소를 주고받는다.

팡 씨는 조용히 먹는다. 그는 저녁때만 우리와 함께 있다가 곧장 자기 서재로 간다. 어느 해인가 그는 접는 침대를 서재에 설치하고 거기서 자기 시작했다.

“팡 아저씨는 서재에서 뭘 해요?”

나는 팡 부인의 설거지를 도우면서 묻는다.

“누가 알겠니!”

“내가 아는 사람 중에서 서재가 있는 사람은 팡 아저씨밖에 없어요. 나는 부자들만 서재가 있고 그 사람들은 그걸 절대 쓰지 않는다고 생각했어요.”

“그 사람 얘기네.”

“왜요?”

“그 사람도 서재에서 아무 일도 안 하거든.”

“하지만 아저씨는 부자가 아니잖아요.”

“뭐, 한때는 부자였지.”

“이제는 부자가 아닌데 왜 아직도 서재를 갖고 있어요?”

“우리가 아직 이 방들을 갖고 있어서 그 사람도 부자인 척할 수 있거든. 상황이 더 나빠질 수도 있었지. 한 푼도 못 챙기고 죄다 압수당할 수도 있었어.”

“왜요? 아주머니 아저씨는 좋은 사람들이잖아요.”

“좋은 사람이 꼭 행운을 누리는 건 아니란다. 그 속담 기억나니? 불운은 언제나 착한 사람을 고른다."

팡 부인이 말한다.

그러나 불운은 다른 이유로 팡 씨를 선택했다. 그가 쓸모없는 사람이기 때문이다.

"그 사람 부모가 기생충이었다고 말하지는 않겠지만, 그는 분명히 기생충이야."

팡 부인이 말한다. 팡 부인은 오후에 거실 한가운데의 커다란 대야에서 손빨래를 하면서 나와 수다 떨기를 좋아한다. 겨울 햇빛이 마루 위에 창백하다.

"응, 나도 그렇게 생각해요."

나는 온도를 살피기 위해 물에 손가락을 담근다. 팡 부인이 대야에 뜨거운 물을 부어준다면, 나는 늘씬한 물고기들처럼 떠도는 양말을 붙들어 기꺼이 전부 빨아줄 것이다. 팡 씨의 커다란 회색 양말이 마지막 빨랫감이다.

"넌 어떻게 아니?"

"그냥 알아요. 아저씨는 기생충이고 아주머니한테 얹혀 살아요."

팡 부인은 웃는다.

"너는 확실히 많은 걸 아는구나. 또 뭘 아니?"

"아저씨는 고등교육을 받았어요."

나는 그것을 쑹 씨네 아들들에게서 들어 알았다. 그들은 팡 씨를 가리켜 학교 공부가 쓸모없다는 증거라고 말했다.

"흥, 교육을 받았다고. 넌 그 사람이 어떻게 대학에 들어갔는지 아니? 입학시험이 어려우니까 자기 동생한테 대신 쳐 달라고 부탁했단다. 그의 동생은 아주 영리했지. 그렇게 대학에 들어간 거야. 자기가 시험을 쳤더라면? 하, 입학시험 치느라 평생을 다 보냈을걸."

"정말요?"

"그래, 그렇단다."

팡 부인은 비누조각을 내게 건네주며 말한다.

"그럼 그다음에는요?"

"그다음? 그다음에…… 공학 전공인데 수업은 하나도 듣지 않았단다. 대신 수업을 듣고 학위 시험을 쳐줄 사람을 고용했지."

"하지만 누가 그런 일을 해주겠어요? 왜 남을 위해 시험을 다 치르고 학위를 따줘요?"

"그런 일을 기꺼이 할 가난한 학생들은 언제나 있단다. 그들은 수업료를 낼 수 없었지만 좋은 교육을 받는 대가로 한 푼도 돈을 낼 필요가 없었어. 학위? 그건 그저 종잇조각일 뿐이야. 그리고 내 남편은 그걸 가졌을 뿐이지."

"아."

나는 속았다고 느끼며 팡 씨의 양말을 도로 물에 던진다.

"아저씨는 대학에서 뭘 했어요?"

"극장에 갔지. 서예와 회화를 연습하고, 정원을 가꾸고, 앵무새들에게 시를 낭송하도록 가르쳤어. 자기를 예술가라고 생각했지. 그 사람이 다른 일을 할 수 있었겠니? 그저 시간과 돈을 낭비할 뿐이지."

회색 머리에 등이 구부정한 팡 씨와 도시에서 돈을 뿌리고 다니는 젊은 남자를 연결할 수 없었던 나는 지금까지 들어본 가장 믿을 수 없는 이야기라고 생각한다.

"아주머니는 어떻게 아저씨랑 결혼하게 되었어요?"

내가 묻는다.

"넌 그때 내가 어땠는지 아니? 내 아버지도 지주였어. 우리는 시종과 시녀, 유모, 운전사, 개인교사를 집에 두었지. 나도 기생충이었단다."

내가 책과 영화에서 배운 바로는 지주의 딸들은 언제나 응석받이에 추하고 사악했다.

"아주머니는 그렇게 보이지 않아요."

"난 이젠 그렇지 않거든."

팡 부인이 미소 짓는다.

"하지만 팡 아저씨는 여전히 그렇고요."

"그래, 여전하지."

"어쩌다 결혼하게 되었어요?"

내가 다시 묻는다.

"우리 부모가 원했기 때문에 결혼했지. 내 운수가 그런 거야. 하늘이 허락하시는 것 이상으로 운수가 좋거나 나쁜 사람은 없단다. 그리고 아무도 전적으로 좋은 운수나 나쁜 운수를 갖고 태어나진 않아. 옛날에는 나를 위해 모든 것을 해주는 유모와 시녀들을 두었지만 이제는 내가 다른 사람들을 위해 일하는 것처럼 말이다."

"하지만 팡 아저씨는 언제나 운이 좋았네요. 절대 일하지 않잖아요."

"그게 그 사람의 불운이야. 그 사람은 할 일이 전혀 없어. 쓸모없는 사람이야."

다음 해 여름, 내가 팡 씨 부부의 집에 도착했을 때 팡 씨는 은퇴한 후였다. '은퇴'는 아마 잘못된 단어일 것이다. 왜냐하면 그는 몇 년이나 급료를 받지 못했고 연금을 주겠다는 말도 듣지 못했기 때문이다. 이 도시의 모든 사연을 속속들이 아는 쑹 씨네 아들들에 따르면, 어느 월요일엔가 팡 씨는 자기 책상이 다른 사내에게 넘어가고 자기 물건이 복도에 쌓여 있는 것을 발견했다. 가장 좋아하는 찻잔의 손잡이는 없어진 채였다. 그는 자기 찻잔의 손잡이를 돌려주기 전에는 떠나지 않겠다고 고집 피웠다.

"그건 오래된 도자기야. 당신들 할아버지보다 더 나이를 먹은 거라고."

그는 사람들이 자기 말에 모욕을 받았다고 느낄 때까지 계속 말했다. 그들은, 입 닥치고 찻잔과 함께 쓰레기통으로나 가라고 응수했다.

그리고 그렇게 되었다. 팡 씨는 쓰레기가 되었다. 그해 여름, 내가 가장 좋아하는 음식을 하려고 팡 부인이 사둔 수탉과 함께 그는 서재에 틀어박혀 문을 잠그고 있었다. 내가 도착하자 팡 부인이 문을 두드린다.

"은퇴한 일꾼 나리! 애가 왔어."

팡 씨는 커튼 귀퉁이를 들어 올리고 미심쩍은 눈으로 나를 바라본다. 나는 창에 얼굴을 꼭 붙이고 들여다본다. 방에는 오래된 책이 꽂힌 책장들이 있다. 그의 침대는 어질러진 수탉 둥지처럼 정리가 안 되어 있다. 수탉 녀석은 책상 위에서 빈둥거리며 여기저기 콕콕 쪼고 있었다. 흰색과 갈색이 섞인 수탉의 똥이 커다란 동전처럼 둥그런 모양으로 바닥에서 마르고 있다.

"우엑."

나는 마루를 가리키며 말한다. 팡 씨는 손을 흔들고 커튼 귀퉁이를 원위치시킨다.

팡 씨가 넋이 나갔다는 사실에 나는 아주 슬퍼져서 골목 여자아이들과 놀러 나가지 않는다. 나는 팡 씨를 기생충이라고 경멸하지만 그가 건강한 기생충이기를 바란다. 저녁 때 내가 눈썹을 찌푸리고 있자 팡 부인은 웃는다. 팡 씨는 이제 우리와 함께 저녁을 먹으러 오지 않는다. 그는 자기 방에서 수탉과 함께 먹는다.

"무슨 일이니?"

팡 부인이 묻는다.

"아무것도 아니에요."

나는 음식을 삼키지도 않고 입에 떠 넣으며 말한다.

"그 사람한테 화났니?"

"응."

"왜?"

"이러는 아저씨가 싫어요."

"그는 예전에 넋이 나갔어. 그 사람 걱정은 하지 마라."

나는 젓가락을 내려놓고 식탁을 돌아 팡 부인에게 간다.

"난 아주머니 때문에 아저씨한테 화난 거예요."

나는 팡 부인을 껴안고 흐느껴 울기 시작한다. 팡 부인은 손으로 내 눈물을 닦아낸다. 그녀의 손바닥은 사포처럼 거칠거칠하다.

"넌 참 착한 아이구나. 내 딸보다 낫다."

"왜요?"

"걔들은 우리한테 태어나지 않았으면 좋았을 거라고 말했거든. 걔네들이 널 보면 부끄러워할 거다."

팡 부인은 여전히 미소 지으며 말한다.

나는 자리로 돌아가 계속 저녁을 먹지만, 기분이 영 그렇다.

"살다보면 나쁜 일들도 생기는 거야."

팡 부인이 말한다.

"아주머니한테는 그런 일이 생기면 안 돼요."

"내 말 믿으렴. 이건 아무것도 아니야. 난 더 나쁜 일들도 봤는걸."

"왜 동생이랑 결혼하지 않았어요?"

내가 묻는다.

"누구 동생?"

"아저씨 동생요. 아주 똑똑해서 아저씨 대신 입학시험을 치른 사람요."

팡 부인은 마치 세상에서 가장 터무니없는 이야기를 들은 사람처럼 웃는다. 하지만 나는 웃지 않는다.

"그는 오래전에 세상을 떠났단다. 대학을 마치기 전에 죽었어."

팡 부인이 말한다.

"참 슬픈 일이네요."

"아니, 그건 그리 나쁘지 않아. 때로 나는 그가 일찍 죽어서 다행이라고 생각한단다."

"왜요?"

"그도 지주의 아들이었으니까. 그는 아주 총명하고 예민한 청년이었거든."

팡 부인은 잠시 내 등 뒤의 식탁 건너편 벽을 바라보고 한

숨 짓는다.

“그가 살아 있었다면 혁명 때 살해당했을 거야.”

“왜요? 나쁜 사람이었나요?”

“꼭 나쁜 사람만 살해당하는 건 아니란다. 1966년에는 홍위병들이 옛날 우리 동네 옆 마을에서 세 가족 80명을 채찍질해 죽였어. 그중 가장 어린아이는 세 살짜리 사내애였지. 나는 그 사람들을 알고 있었어. 그들의 할아버지가 지주였어.”

“나쁜 사람들이었나요?”

“그냥 나 같은 사람들이었어. 그래서 사랑하는 사람이 살아서 괴로워하는 걸 보느니 차라리 일찍 죽는 편이 낫다 싶은 거란다.”

나는 잠시 생각한다.

“우리 엄마 아빠는 절대 나한테 이런 말을 하지 않아요.”

“아마 네가 크면 말해줄 거다.”

“아뇨, 그러지 않을 거예요. 그건 엄마 아빠의 직업병이에요.”

시설이라는 우리의 세상에서는, 한번 비밀은 영원한 비밀이고 말 많은 것보다는 말 적은 쪽이 언제나 더 낫다.

저녁 식사 후 안뜰 사람들은 모두 시원한 공기를 쐬려고 마당에 앉는다. 유일하게 빠진 두 사람은 팡 씨 그리고 전신마비가 온 두 씨의 어머니다.

그해 여름에는 마당의 재스민 덤불이 미친 듯이 피어났다. 향기가 너무 진해서 덤불에 가까이 앉으면 어지러울 정도다. 벌떼가 지붕 아래 무거운 벌집을 짓고, 포도 덩굴 주위에서 웅웅거리면서 미처 영글기도 전에 포도를 맛본다. 포도에서 나오는 끈적끈적한 즙은 유독한 액체만큼이나 썩기 십상이다. 포도 시렁 아래 오래 앉아 있으면 포도가 송이송이 썩어가고 눈 깜빡할 새에 그 매끈한 껍질이 추한 상처로 바뀌는 것이 보일 지경이다.

두 씨는 난초를 방 밖으로 내놓고 조심스레 창 밑에 줄을 세운 후에야 마지막으로 와서 앉는다. 두 씨는 난초 애호가다. 그가 키우는 것은 가장 비싼 난초인 군자란이다. 그해 여름 피어나는 군자란의 작은 화분은 암시장에서 노동자 한 명의 한 해 수입보다 많은 수백 위안이나 했다.

"두 아저씨, 난초 조심하시구려. 지난주 동東 14번가에서 무슨 일이 일어났는지 들었소? 누가 노인의 집에 침입해서 난초를 몽땅 털어가고 노인을 찌르기까지 했다오."

쑹 씨는 지나가는 모기에 대나무 부채를 휘두르며 말한다. 두 씨는 대답하지 않고 고개만 끄덕인다. 미소 짓는 그의 얼굴은 주름진 갓난아기처럼 쪼글쪼글해진다. 그는 근처에 있는 창고의 수위다. 노모가 누워 하루 종일 신음하고 욕설을 퍼붓는 침대 외에 그 방에 있는 가구는 죄다 창고에서 가져온 널빤지 상자로 만들어져 있다. 낡은 달력에서 찢어낸 종이를 바깥쪽에 발랐다.

한번은 팡 부인과 함께 그 방에 가보았더니 내가 제일 좋아하는 여배우 첸 총이 장롱에 붙어 있었다. 그녀의 미소 아래에는 '1급 요소尿素, 일본에서 수입'이라는 글이 인쇄되어 있었다.

"난초를 두고 그 무슨 소동이라오? 뭐가 특별한지 전혀 모르겠더구만."

쑹 부인이 입술을 삐죽인다.

"엄마, 모르는 소리 마세요. 그건 일본 난초래요. 수입품, 알아들어요? 도시바, 소니, 파나소닉같이 일본 상품이에요."

셋째 아들이 말한다.

"수입품? 아냐, 아냐. 난초는 여기서 키우는 거야. 그러니까 그건 기껏해야 '일제 부품, 중국 조립'이라고."

맏아들이 말한다.

모두 웃는다. 베이징에서 일본 상표는 현대 생활의 상징이 되었다. 사람들은 일제 부품을 중국에서 조립한 전자 제품을 더 싼값에 사고도, 그러니까 기껏 이류 명품을 손에 넣고도 으스댈 수 있다.

"그래도 난초는 사람 목숨을 앗아갈 정도의 가치는 없어."

쑹 부인이 말한다.

"'새는 먹이 한입 때문에 기꺼이 죽고 사람은 돈 한 푼 때문에 기꺼이 죽으려 하네.' 사람들은 꽃 따윈 보지 않아. 돈을 보지."

팡 부인은 한숨을 쉰다.

"누구나 그런 건 아니죠. 여기 두 아저씨는 예외예요. 다른 사람들은 돈 때문에 난초를 키우지만 아저씨는 난초를 아내와 자식 삼아 키우고 있어요."

둘째 아들이 두 씨를 가리키며 말한다.

"정말 그래. 아시다시피 아저씨에겐 난초를 위해 싸울 이유가 얼마든지 있어요. 우리는 아저씨가 강도에게 죽는다 해도 아저씨를 비난하지 않을 거예요. 사람은 자기 아내와 애들을 훔쳐가는 놈과 싸워야 하니까. 맞죠, 두 아저씨?"

쑹 씨네 가족이 전부 웃는다. 두 씨는 말 없이 미소 짓는다. 그의 노모는 방 안에서 알아듣기 어려운 말을 외치고 있다. 그는 다시 고개를 끄덕이고, 마치 난초가 아내와 아이들인 양 부드러운 손길로 난초를 다시 방에 갖다 놓는다.

그날 밤 나는 잠을 이룰 수 없다. 모기들이 모기장 바깥에서 내 머리 근처로 마치 폭격기처럼 달려든다. 나는 대나무 돗자리가 땀으로 끈끈해질 때까지 침대 한쪽에 누워 있다가 대나무 결이 허벅지에 무늬를 남기는 느낌을 받으면 다른 쪽으로 굴러간다. 나는 우리 안뜰로 침입해 들어와 두 씨를 피 웅덩이 속에 팽개치고 그의 아내와 자식만큼이나 소중한 난초를 갖고 도망갈 강도에 대비하고 있다. 처음으로 시설의 높은 벽 속에 있는 안전한 우리 아파트를 그리워하기 시작한다.

그날 밤에도 그다음 날 밤에도 강도는 오지 않는다. 여전히 나는 강도의 침입에 대비하느라 매일 밤 깨어 있다. 커튼 위로 새벽빛이 기어들고 팡 씨의 꽉 닫힌 창문에서 수탉의 숨죽인 노래가 나올 때까지. 나는 골목 여자아이들과 놀러 나가기를 그만두고, 뜨거운 오후에 긴 낮잠을 자고 땀에 흠뻑 젖어 일어나곤 한다. 침대 위에 앉아 창문으로 안뜰을 내다보며 '얼간이'가 방에서 나와 마당에서 춤추기를 기다리고 있으면 머리가 어지러워진다. '얼간이'는 안뜰에서 앞뜰로 통하는 달 모양의 문을 건너간 유일한 거주자다.

일상생활에서 팡 부인을 마주보는 게 썩 내키지 않는 다섯 가족은 골목으로 통하는 다른 문을 만들고 달 모양 문을 가시철조망으로 막아버렸다. '얼간이'는 쑹 씨네 아들들과 이야기하려고 가슴을 드러내고 철조망을 빠져나간 적이 있다. 그 가슴이 아연할 정도로 거대해서 나는 말할 수 없이 놀랐다. 쑹 씨네 아들들이 새총으로 가슴을 겨누었을 때, 그녀는 그들을 보며 낄낄거렸다.

"너 뭘 보고 있니?"

팡 부인이 국화차 한 잔을 들고 들어온다. 그녀는 내가 낮잠 자는 동안 언제나 물대야에 찻주전자를 식힌다.

"얼간이는 어디 있어요? 한 주일 내내 못 봤어요."

"그 여자는 이제 여기 살지 않아. 너한테 말하는 걸 잊어버렸구나. 지난봄에 결혼해서 나갔어."

"누가 얼간이와 결혼했어요?"

"그 여자 아주머니의 공장에 있는 사람이래. 더 나이가 많은 사람이야. 세 번 결혼했고, 세 번 아내가 죽었어. 사람들 말로는 그가 다이아몬드 같은 운명을 타고났단다."

"그게 무슨 뜻이에요?"

"다이아몬드보다 더 딱딱한 게 있니?"

"아뇨."

"맞아. 그의 인생이 다이아몬드처럼 딱딱하기 때문에 그와 결혼하는 사람은 누구건 상처 입을 거야."

"그럼 왜 사람들은 그 사람과 얼간이를 결혼시켰어요?"

"얼간이니까. 얼간이는 공기처럼 비어 있어. 다이아몬드가 공기에 흠집 내는 거 봤니?"

나는 생각해보았다. 팡 부인의 설명은 이치에 맞기도 했고 안 맞기도 했다. 나는 팡 씨에 대해 생각했다.

"그럼 팡 아저씨의 운명은 뭐예요? 아저씨는 다이아몬드가 아니죠, 그렇죠?"

"넌 어떻게 생각하니?"

팡 부인이 미소 지으며 묻는다.

"물론 아니지요."

말은 그렇게 했지만 내 목소리는 꼬리를 끌며 사라진다. 나는 그가 팡 부인의 인생에 흠집을 냈다는 것을 안다. 그는 내 인생에도 흠집을 냈다.

"너는 요즘 생각이 너무 많아."

팡 부인이 내 턱을 꼬집으며 말한다.

"더 말라가고 있고. 네 어머니가 널 데리러 오면 무슨 일이 생겼나 걱정하겠다. 내일은 닭곰탕을 만들어주마."

"내일 그 수탉이 필요해요."

내가 떠나기 전날 팡 부인이 팡 씨에게 말한다. 그는 자기 저녁밥과 수탉에게 줄 쌀 한 줌을 가지러 살금살금 부엌에 들어오고 있다. 그에게서는 끔찍한 냄새가 난다.

"내 말 듣고 있어?"

그가 대답하지 않자 팡 부인이 목소리를 높인다.

"그래. 내가 가서 수탉 한 마리 사다 줄까?"

팡 씨는 부엌 문 쪽으로 물러가며 낮은 목소리로 대답한다. 팡 부인은 식칼을 도마 위에 탕 소리가 나게 내려놓는다.

"나는 당신 방의 수탉으로 닭곰탕을 만들 거야. 그러니 당신은 저녁밥 먹고 가서 그걸 잡아."

팡 부인은 팡 씨를 쳐다보지 않고 말한다.

팡 씨는 여전히 고개를 낮게 숙인 채 대답하지 않는다. 나는 팡 씨 옆으로 돌아가 땀이 난 팔로 팡 부인의 등을 뒤에서 껴안는다.

"유모, 닭, 닭곰탕 먹고 싶지 않아요."

"닭곰탕 먹고 싶지 않다잖아."

팡 씨는 팡 부인의 뻣뻣해진 등에 대고 중얼거린다. 팡 부인은 나를 포옹해주지 않고 기묘하게 단호한 목소리로 말한다.

"난 그 수탉을 닭곰탕 재료로 써야겠어."

나는 팡 부인을 쳐다보면서 그녀와 개수대 사이로 몸을 비비고 들어간다. 내 얼굴에 뜨겁고 큰 눈물방울이 흐른다.

팡 씨는 소리 내지 않고 자기 방으로 가서, 그 비밀이 수탉에게 새어나갈까 두려운 듯 조용히 문을 닫는다. 팡 부인은 수건을 가져와 내 얼굴을 깨끗이 닦는다.

"걱정 마라. 그 사람은 그렇게 해야 해."

"유모, 닭곰탕 먹지 마요."

"우린 닭곰탕을 먹어야 해. 저 사람이 그 수탉과 영원히 살도록 내버려둘 수는 없어."

쑹 씨네 집 막내 아들이 맥주를 사러 식료품점에 가던 길에 서西 40번 거리의 소년 패거리에게 기습당한다. 병원에서 돌아왔을 때 보니 그의 꿰맨 머리가 흥건히 피로 얼룩진 거즈로 싸여 있다. 나는 그해 여름 빛나는 전구처럼 자기 머리를 밀어버린 게 다행이라고 말할 뻔했으나 꾹 참았다.

"깨끗이 밀어버린 머리라 의사들이 꿰매기 쉬워."

나는 낮은 목소리로 혼잣말을 한다.

"내 머리는 강철 머리야."

소년이 말한다. 그는 포도 시렁 아래 앉아 재스민 덤불 속에 피 섞인 가래를 뱉고 있다.

"내 말 믿어. 이렇게 두꺼운 벽돌이 내 머리에 부딪혀 반으로 쪼개졌어."

그는 두 손가락을 움직여 상황을 그려 보인다.

두 씨는 서글프게 미소 지으며 고개를 끄덕인다. 그 소년에게 대답하는 사람은 그밖에 없다. 세 형제들은 바쁘다. 맏형은 숫돌에 긴 칼을 갈고 있다. 그 끽끽거리는 소리에 내 피부엔 닭살이 돋고 긴장이 된다. 둘째 아들은 허공에 긴 쇠사슬을 흔들고 있다. 그는 담 바깥에 있는 가상의 적에 대고 외친다.

"이 개새끼들이 더 살기 싫다 이거지. 조금만 기다려라. 너희 모가지를 따주러 갈 테다."

"그만둬! 오늘 밤엔 아무도 못 나가. 내 말 알아들어?"

쑹 부인이 방에서 나와 막내 아들의 부어오른 눈에 젖은 수건을 찰싹 붙이며 말한다.

"엄마, 무슨 말씀 하시는 거예요? 쑹 씨네 형제들은 다른 사람들이 쥐어짤 수 있는 무른 감이 아니라고요."

셋째 아들이 양손에 식칼을 하나씩 들고 부엌에서 나와 말한다.

"너네는 지금 죽여줍쇼 하고 있는 거야. 오늘 밤엔 이 문 바깥으로 아무도 못 나가!"

쑹 부인이 뜰 문을 쾅 닫고 입구 쪽에 앉으면서 외친다.

"엄마, 뭐가 무서운 거예요? 나무는 껍질 없이 살 수 없고 사람은 자존심 없이 살 수 없어요. 놈들은 우리 얼굴에 침을 뱉었어요. 이걸 모른 척한다면 우린 뭐가 되겠어요? 엄마, 내 말 좀 들어봐요. 모든 사람이 죽어요. 죽음? 죽음은 제대로만 한다면 나쁜 농담이 아니에요."

맏아들이 말한다. 네 소년은 땅에 발을 구르고 으르렁거린다. 쑹 부인은 욕지거리를 뱉으며, 남편에게 도와달라고 소리친다. 쑹 씨는 문지방에 서서 말없이 아들들을 바라본다. 이번에는 전구 스위치가 작동하고 있지 않다. 쑹 씨는 순순히 복종하는 전구 노릇을 거부하고 있다.

"당신 죽었어? 당신 아들들 좀 말려."

"개네들 가게 놔둬. 해야 할 일을 하는 거야."

쑹 씨가 마당을 어슬렁거리며 말한다. 그는 두 씨에게 묻는다.

"난초들은 어때요?"

"나쁘지 않아요, 나쁘지 않아."

두 씨는 가위로 난초들을 다듬고 미소 지으며 중얼거린다.

팡 부인이 방에서 나와 나를 끌어당긴다.

"다른 사람 일에는 신경 쓰지 마라."

그녀는 팡 씨의 문을 두드리며 말한다.

"닭 내놓을 시간이야."

팡 씨가 수탉을 갖고 자기 방에서 나올 때까지 냄비는 한참을 끓고 있다. 수탉의 양쪽 날개는 그의 커다란 손에 꽉 잡혀 있다. 팡 씨는 쑹 씨 가족의 사나운 아들들을 바라보지 않고 걷는다. 수탉은 꼬꼬거리면서 호기심 어린 눈으로 주변을 둘러본다.

팡 부인은 말 없이 식칼을 가리킨다. 나를 부엌에서 끌어내려 하지만 나는 팡 씨를 쳐다보며 문고리를 잡고 있다. 그는 식칼을 흘끗 쳐다보더니 수탉의 날갯죽지를 붙잡은 채 자기가 앉을 의자를 끌어낸다.

"아무도 사지 않는다면 아무도 널 팔지 않을 거야. 아무도 먹지 않는다면 아무도 널 죽이지 않을 거야. 수탉아, 내가 너를 죽이고 싶은 게 아니라 네가 사람들의 배를 채우러 태어났단다."

팡 씨는 그렇게 중얼거리더니 수탉의 머리에 난 짙은 녹색 깃털을 쓰다듬는다. 그는 팡 부인에게로 돌아선다.

"애가 겁먹잖아."

그는 점잖은 목소리로 말한다.

팡 부인은 나를 끌어내고 부엌문을 닫는다. 수탉은 잠시 꽥꽥거리다가 조용해진다. 우리가 얼마간 문 밖에서 기다리자, 팡 씨가 피로 얼룩진 녹색과 갈색 깃털 한 움큼을 비닐봉지에 넣어 들고 나온다.

"준비됐어."

그는 팡 부인을 보지 않고 고개를 끄덕이며 낮은 목소리로 말한다. 그의 얼굴에 땀이 맺혀 있다.

"그걸 가지고 어디로 가게?"

팡 부인은 팡 씨의 손에 들린 봉지를 가리킨다.

"이걸 쓰레기통에 버리진 않을 거야."

팡 씨는 재스민 덤불로 걸어가면서 중얼거린다.

닭곰탕은 그해 여름 내가 팡 씨네 집에 머물 때 마지막 저

넉거리였다. 식사 시간에 그것을 입에 댄 사람은 나를 데리러 온 어머니뿐이었다. 팡 씨네 집에서 시설로 돌아오는 버스에서 나는 어머니의 꾸지람을 묵묵히 듣는다. 어머니의 목소리가 점점 높아져 모든 승객이 나를 바라보고, 그 꾸짖는 눈길에서 나는 자신의 모습을 본다. 늙은 유모가 요리해준 최고의 요리에, 특히 그 유모는 평소에 먹을 수도 없는 닭곰탕에 손도 대지 않은 분별없고 예의 없는 아이를.

한 번은 어머니에게, 다음엔 모든 승객이 들을 수 있도록 큰 소리로 두 번 잘못을 인정한 후에야 어머니는 혼내기를 멈추고 승객들은 발갛게 상기된 내 얼굴에서 눈길을 돌린다. 나는 샌들을 바라보며 가장 좋아하는 노래를 콧노래로 부른다.

"공산당에 바치는 노래를 부르게 해주세요. 당은 어머니보다 더 소중해요. 내 어머니는 내게 몸만을 주셨죠. 내게 영혼을 준 것은 당이랍니다."

다음 해 내가 팡 씨네 집에 여름을 보내러 갔을 때에는 여러 가지가 달라져 있었다. 내가 가장 좋아하는 여배우 첸 충은 태평양 반대쪽으로 떠나 한때 우리 집 벽에 걸린 달력에서처럼 미소 지으며 캘리포니아에서 웨이트리스로 일한다. 석

간신문에서 나는 미국의 이류 시민이 되어 미국 자본주의자들이 던져주는 팁으로 먹고사는 그녀를 비웃는 논설을 읽는다. 마치 살기 위해 일하는 것이 너무나 큰 수치라서 필자로서는 그런 글을 쓰는 고통조차 견딜 수 없다는 듯한 길고 감정적인 글이다.

"신 포도야."

어머니는 그 논설을 읽으며 코웃음을 친다.

군자란은 한물갔다. 값이 너무나 빨리 떨어지는 바람에 이제는 잡초보다 더 싸다고 쑹 부인이 말한다. 많은 난초 재배업자들이 큰돈을 잃었다. 두 씨는 그 소식을 반긴 유일한 사람일 것이다. 그는 난초 화분들 자리를 옮기면서 더는 노심초사하지 않는다. 난초들도 두 씨처럼 더이상 걱정하지 않는다는 듯이 커다란 금빛 꽃을 피우면서 어느 때보다 잘 자랐다.

쑹 씨 부부는 자기들 자리를 맏아들과 둘째 아들에게 넘겨주고 둘 다 조기퇴직했다. 팡 씨의 재스민 덤불은 쑹 씨네 집 맏아들의 신방을 지을 자리를 내기 위해 깨끗이 잘렸다. 그로부터 두 해가 지나면 그 뜰에는 새색시와 아기 하나가 늘어날 테고, 둘 다 쑹 씨네 맏아들과 함께 새 방을 사용할 것이다. 뜰이 꽉 들어차는 바람에 여름날 저녁에도 마당에는 바람

한 점 없고 시베리아에서 부는 찬바람은 다시는 뜰 안쪽에 닿지 않을 것이다.

팡 씨는 그해 여름 일찍 우리 아버지의 소개로 작은 과학 교육 출판사에 임시직 일자리를 찾았다. 그의 일은 정기구독 광고지를 봉투에 넣고 풀로 붙이는 것이었다. 아버지는 팡 씨의 과거사에서 수탉과 한방을 쓰고 대학에서 학위를 속인 부분을 감추었고, 출판사는 그가 점심 식권과 잔업 수당을 받지 않는다는 조건으로 그를 고용하기로 한다. 첫 출근 날 팡 씨는 흰 머리를 빛나는 검은색으로 염색하고 모직으로 된 신품 인민복을 입어서 실제 나이 예순셋보다 훨씬 젊어 보인다는 말을 듣는다.

첫 월급을 받은 팡 씨는 어느 일요일 늦은 아침 두 시간 동안 버스를 타고 우리 시설에 도착한다. 30분 동안 경비병에게 들여보내달라고 간청하고, 자기는 정직하게 일해 생계를 유지하는 선량한 시민이며 출판사가 임시직 노동자에게 신분증을 발급하지 않기 때문에 직장 신분증이 없을 뿐이라고 그들을 설득하려 애쓴다.

나는 꼬꼬댁거리는 수탉 두 마리를 든 팡 씨가 떠나지 않으면 체포하겠다고 위협하는 경비병들에게 애걸하는 장면을 몇 년 동안이나 잊어버리지 않고 떠올리곤 했다. 팡 씨는 내가 아니라 계산 근무 잔업에서 돌아오던 아버지가 발견했지만, 한 시간 동안이나 높은 벽 주변을 두 마리 수탉과 함께 어슬렁거리는 모습은 너무너무 우스운 희극의 한 장면처럼 여겨진다.

"네 아버지가 또 날 구해주셨어."

수탉 두 마리를 자기 인생에서 쟁취한 가장 큰 트로피인 양 자랑스레 치켜들고 우리 아파트에 들어서면서 팡 씨가 처음 한 말이었다.

그 장면은 그로부터 16년 후 다시 떠오를 테지만, 우리 아파트에서 수탉들이 마침내 날개를 퍼덕거리며 그의 손아귀를 빠져나갔을 때 나는 그저 웃는다. 몇 분 안에 아버지는 그놈들을 다시 잡을 것이고, 몇 시간 안에 그놈들은 우리의 배를 채우고 잊혀질 것이다. 사람이 어릴 때는 인생이 아기 걸음마 속도로 흘러 가지만 점점 속도를 내어 급기야 날아가는 듯하다. 4년 뒤에 내가 가장 좋아하는 여배우 첸 충은 레스토랑 웨이트리스 일을 그만두고 할리우드에서 여배우이자 감독인 조안 첸으로 일을 시작할 것이다.

다시는 우리 벽에 걸린 사진 속 열여섯 소녀가 되지 못해도 그녀의 미소는 여전히 내 기억 속의 미소만큼이나 예쁘다. 다시 7년이 지나면 팡 부인은 나를 영원히 떠날 것이다. 그녀는 죽기 전 1년 동안 눈이 멀었다. 내가 마지막으로 팡 부인을 방문한 순간 그녀는 내 얼굴을 만지고 손가락 끝으로 눈물을 감지할 것이다. 그리고 우리 둘 다 그 눈물을 모르는 척, 그녀가 가르쳐준 방식으로 내가 요리한 닭곰탕을 맛있게 먹는 척할 것이다. 다시 5년이 지나면 나는 미국 중서부 지방의 작고 눅눅한 아파트에 앉아 팡 씨의 죽음을 알리는 아버지의 편지를 읽으면서 인생의 마지막 16년 동안 그가 하루도 빠지지 않고 참을성 있게 봉투를 붙였음을 알게 될 것이다.

쑹 씨네 아들들 입에만 오르면 팡 씨의 죽음이 아프지 않은 이야기나 될 것처럼, 나는 쑹 씨네 형제들이 지루해서 우스갯소리나 해야겠다며 그의 죽음에 대해 이야기하는 장면을 상상했다. 그 골목이 헐리고 주민들이 도시 외곽의 주상 복합 아파트로 이주한 다음부터 나는 그들을 보지 못했다.

나는 그들과 가족의 생활을, 비둘기 우리처럼 작은 회색 아파트를 상상할 수 없다. 나는 여전히 이십 대의 모습으로 이야기하고 웃고 침을 뱉고 채 익지도 않은 포도알을 따서 서로 던지고 노는 네 청년의 말끔히 깎인 머리통을 본다.

형제 중 한 명이 말할 것이다.

"팡 씨는 늙은 바보 아니었어? 33위안이면 그저 맥주 한 팩 살 돈이잖아? 그리고 과도로 찌른 십 대 강도에게 그깟 돈이 뭐야? 녀석은 그 돈으로는 하루도 펑펑 쓰지 못했을 거야."

다른 형제가 말할 것이다.

"그 노인은 아마 자기가 그 돈을 벌었다고 생각했을 거야. 강도도 그 돈을 벌기 위해 일한다는 건 잊어버리고 말이지. 그 녀석은 지갑 속의 33위안만 갖고 떠날 생각이었을 거야, 내기라도 할 수 있어. 왜 그놈에게 돈을 줘버리지 않았을까?"

"팡 부인이 언제나 말한 대로지. 새는 먹이 한입 때문에 기꺼이 죽으려 하고, 사람은 돈 한 푼 때문에 기꺼이 죽으려 하는 거야. 팡 씨의 영혼이 묘지 법정에 도착해 그가 출두했다고 보고하면 판사가 이렇게 말할 거야. '뭐라고? 33위안 때문에 칼에 찔렸단 말이냐? 너는 전생의 나보다 더 어리석구나.'"

"그게 무슨 뜻이야?"

"그다음에 그 재판관은 이렇게 말하는 거야. '너 나를 기억 못 하나? 전생에서 나는 동 14번가의 노인이었다. 기억해? 나는 군자란을 훔치려던 강도에게 찔렸다!'"

나는 쑹 씨네 아들들이 모든 사람을 보고 웃었던 방식으로 함께 웃는 상상을 한다. 죽음은 제대로만 말하면 나쁜 농담이 아니지만, 나는 제대로 된 방식을 알지 못한다. 나는 오래 전 팡 부인이 죽음에 대해 한 말을 이해하기 시작한다. 사람은 사랑하는 사람이 괴로움을 당하는 것보다 차라리 죽는 것을 보고 싶어 할 거라고.

팡 부인이 남편의 죽음을 보지 않아도 된다는 것, 쑹 씨네 아들들이 말하는 농담을 듣지 않아도 된다는 것에 나는 위안을 받는다. 이제 그녀의 삶에는 흠집이 나지 않아도 된다는 것, 그리고 팡 씨의 죽음으로 생긴 우스꽝스러운 농담과 함께 살아가는 사람은 나 혼자라는 사실에 안도한다.

그러나 다시 생각하면, 나는 팡 부인이 오래 살았으면 한다. 우리가 함께 앉아서 마지막으로 팡 씨의 옷을 개켰으면 한다. 팡 부인이 그의 옷을 정리하면서 내게 미소 지었으면 한다. 그러면 나는 일흔아홉에 산더미처럼 쌓인 봉투 속에서 생계를 위해 일하며 쓸모 있는 사람이 되어 위엄 있게 죽어간 남편을 그녀가 자랑스러워했음을 알 것이다.

감

4월이 왔다 가고, 5월, 6월, 모두 비 한 방울 떨어지지 않고 지나간다. 하늘은 봄부터 푸른 사막이었다. 해는 매일 아침 떠오른다. 밝고 하얀 원반이 매일 점점 더 크고 뜨거워진다. 매미들이 내키지 않는 듯 느릿느릿 운다. 마을 바깥 저수지는 움츠러들어 사내아이들의 목욕탕이 되어버렸고, 녀석들은 허리 깊이의 물에서 서로에게 오줌을 싼다. 네다섯 살 난 계집애 두 명이 큰길 옆에 서서 바람 한 점 없는 하늘을 향해 노래하면서 아기 새의 날개처럼 필사적으로 팔을 휘젓는다.

"동풍아 오너라. 서풍도 오너라. 동서남북 바람아, 와서 내 겨드랑이를 식혀다오."

7월이 다 갈 즈음 우리는 비를 비는 대신 절대로 비가 내리지 말고 추수철 다 지날 때까지 가뭄이 계속되라고 빌기 시작했다. 가을에 소출이 없을까봐 전전긍긍하던 농사꾼들에게 가뭄은 놀랍게도 나른한 만족감을 가져다주었다.

매일 아침부터 저녁까지 우리는 늙은 회화나무 아래에 앉아 장죽을 피우고, 나무 그늘이 강렬한 햇빛에 우리를 놓아두고 떠나려 할 때만 몸을 움직인다. 마누라들은 집에서 제대로 된 식사를 내놓기 위해 머리를 긁고 있다. 묵은 쌀은 곧 떨어질 것이고, 그 전에 마누라들 머리칼은 너무 많이 긁은 나머지 가늘어지고 숱이 적어질 테지만 이제 우리는 세상의 온갖 사소한 비극을 나 몰라라 하듯이 이런 일을 걱정하지 않는다. 우리는 하루치 담배 쌈지를 다 비울 때까지 앉아서 담배를 피운다. 그러고는 곰방대에 풀뿌리와 반쯤 마른 잎을 넣는데, 그것도 떨어지면 먼지를 피운다.

"천벌이야, 이 가뭄은."

침묵 속에서 오랫동안 담배를 피운 후, 마침내 누군가 입을 연다.

"그래, 많이들 죽었지."

"그것 때문이라면 하느님이 절대 다시 기분이 좋아지실 일이 없겠네. 사람들은 언제나 죽으니까."

"그리고 우리는 비 한 방울 얻지 못하겠고."

"나한텐 잘됐네. 하여간 농사일엔 신물이 났으니."

"그래, 맞아. 하느님이 자네를 때리러 오면 자네는 재빨리 엉덩이를 까고 이렇게 말하는 거야. '와서 절 긁어주세요, 여기가 간지러워요.'"

"그걸 바로 낙천주의라고 하는 거야. 울고 용서해달라고 비는 것보다 낫지."

"넌 무른 감이야. 나 같으면 하느님 바지를 벗기고 도로 때려줄 테다."

"하이고, 여기 영웅 나셨구만."

"왜 안 돼?"

"우린 무른 감으로 태어났기 때문이지. 감에서 영웅 나는 거 봤어?"

"라오 다가 있잖아."

"라오 다? 놈들이 그 사람 머리를 수박처럼 쪼개버렸지."

라오 다는 우리 중 한 명이었다. 그는 우리와 함께 담배를 피우고 찬성하거나 반대하는 말을 한두 마디 할 차례를 기다리며 여기 앉아 있었어야 했다. 밤이 되면 그는 우리와 마찬가지로 집에 가서 아들에게 홀딱 빠져 젓가락으로 막걸리 방울을 사내아이 입에 떨어뜨렸을 것이다. 천지간에 어디가 자기 자린지 아는 남자인 라오 다는 결코 자기가 영웅이라고 자랑하지 않을 것이다. 그러나 라오 다는 이 가뭄이 시작하기 전에 처형당했다.

선달그믐, 그는 군청으로 가서 열일곱 명을 쏘았다. 열일곱이나 되는 서로 다른 집 출신의 남자 열네 명과 여자 세 명을. 그중 열여섯은 현장에서 죽었고, 열일곱 번째 희생자는 새해 설날 한나절을 넘기지 못했다.

"무른 감으로 태어났다면 그대로 사는 게 낫지."

누군가 위안이 되는 옛 속담을 말한다.

"감은 무르게 태어나는 게 아냐."

"하지만 무르기 때문에 값이 비싸잖나."

"익어서 그렇지."

"그럼 우리가 익어 무른 채로 있다면?"

"하느님이 우리를 싫증날 때까지 쥐어짜겠지."

"하느님이 그게 재미있어서 우리를 좋아하게 될지도 몰라."

"그때쯤 우리는 가죽만 남겠지."

"가죽도 없는 것보단 낫지."

"총알이 머리를 쪼개버리는 것보단 낫지."

"성씨를 이을 아들 하나 없는 것보단 낫지."

잠시 침묵이 흐른다. 우리는 모두 살아 있고 성씨를 이을 사내아이들이 있다는 사실에 기뻐한다. 작년 요맘때, 라오 다의 아들은 그런 사내아이들 중 하나였다. 그 아이는 다섯 살이었고, 작은 아이들이 모두 그러듯이 더 나이 든 사내아이들을 뒤쫓아 뛰어다녔고, 더 나이 든 사내아이들이 새총으로 쏘아 떨어뜨린 매미들을 집어 올렸고, 매미 시체를 굽기 위해 피운 불에 마른 나뭇가지와 낙엽들을 더 넣었고, 자기 몫의 구운 매미 한두 마리를 얻으려고 기다렸다.

"라오 다의 아들은 안 좋게 죽었어."

"죽는 데 좋은 방식이라도 있나!"

"그 열일곱 명의 죽음은 좋지 않았나? 빠르고 고통 없고."

"하지만 도시에서는 그들 모두 안 좋게 죽었다던걸."

"가차 없이 살해당했다, 신문에서 그렇게 말하지 않았어?"

"그건 사실이지. 그들은 살해당했잖아."

"맞아. 하지만 도시 사람들은 그 사내아이가 안 좋게 죽었다고는 말하지 않을걸. 그들은 라오 다의 아들은 언급하지도 않았어."

"물론 안 했겠지. 누가 살인자의 아들 이야기를 들으려고 하겠나? 더군다나 죽은 아들 이야기를."

"그 사람들은 그 아이에 대해 뭐라고 말할 수 있었을까?"

"수영 중 사고로 익사, 그 아이 사망증명서에는 그렇게 쓰여 있었지."

"사고는 매일 일어난다고 하겠지."

"그 사내아이가 죽은 건 이야깃거리도 아니었어."

그러나 청중을 수용하기 위해 임시로 설치한 재판소인 극장 무대에서 열일곱 남녀의 확대 사진이 내려다보는 가운데 라오 다의 재판장은 그들의 사연을 큰 소리로 읽어주었다. 이제 그들의 이름은 기억하지 못하지만 몇몇 얼굴은 그때부터 우리를 떠나지 않는다.

우리가 젊었을 때 모두 홀렸던 소녀를 닮은 짙게 화장한 여자, 왼쪽 눈 바로 아래 음흉한 점이 있는 남자, 쐐기벌레 같은 눈썹을 가진 다른 남자. 몇 가지 이야기들도 그렇다. 20년 동안 얼음이 둥둥 뜬 강에서 수영을 하고 어른이 된 후 하루도 아픈 적이 없었던 남자, 그해 일찍 백혈병으로 죽은 십 대 소녀의 어머니. 소문으로 듣기에는 관계를 맺고 있었다는데, 재판장이 읽어준 사연에서는 각자 배우자들에게 소중한 남편과 아내였던 공무원과 그의 젊은 비서. 그런 이야기들이 계속되었고 조금 지나자 우리는 꾸벅꾸벅 졸았다.

이 죽은 사람들의 이야기를 해주는 게 무슨 소용이 있는가? 라오 다는 달아날 기회가 없었다. 사형선고를 받으리라는 것을 알면서 경찰에 자수했다. 죽은 이들의 친척이 통곡하는 법정에서 라오 다의 상황은 감안되지 못했다. 게다가 그들은 라오 다에 대한 것은 일절 읽지 않았다. 단지 극악범이라고만 말했다.

"이거 한번 생각해봐. 라오 다는 제대로 죽은 유일한 사람이었어."

"값어치 있는 죽음이었지."

"내세로 가는 여행에 동료를 충분히 데려갔어."

"우리를 말썽에 끌어들이고."

"그건 그의 잘못이 아니지. 라오 다가 아니어도 하늘은 우리를 쥐어짤 다른 이유를 찾아냈을 거야."

"맞아. 라오 다는 그저 핑계였어."

"어쩌면 하늘은 라오 다가 잘못해서가 아니라 그를 돕기 위해 화를 낸 게 아닐까?"

"무슨 소리야?"

"나는 할아버지에게 들었고 할아버지는 자기 할아버지한

테 들었는데, 살인자로 누명을 쓰고 목 베인 여자가 있었는데, 그후 3년 동안 그 지역에는 비 한 방울 안 떨어졌대."

"나도 할아버지한테 그 이야기를 들었어. 하늘이 그 여자를 위해 복수한 거였지."

"하지만 그 여자는 누명을 썼어. 남편을 죽이지 않았다고."

"맞아."

라오 다는 누명을 쓰지 않았다. 열일곱 명을 죽였고 자기 목숨으로 그 빚을 갚아야 했다. 판사가 선고문을 읽을 때 라오 다조차 고개를 끄덕여 동의했다. 그는 판사에게 절을 하고 무대에서 끌려 내려오면서 경비원들에게도 절을 했다.

"난 한 걸음 먼저 떠납니다. 당신들을 저승에서 기다리고 있겠소."

경비원들, 판사, 무대 위아래의 공무원들은 모두 라오 다에게서 눈을 돌리려 했으나 그는 고집스레 인사를 계속했다.

"빨리 오시오. 날 너무 오래 기다리게 하지 마시오."

그가 말했다. 우리는 라오 다에게 그런 유머 감각이 있으리라고는 생각하지 못했다. 우리는 그에게 웃어주었고 그도 마주 웃어 보였다. 그것은 잠깐 동안의 해프닝이었다. 곧 판사가 경비병 두 명을 더 불러 그가 너무 많은 초대장을 나누어주지 못하게 무대 뒤로 밀어내라고 손을 흔들었다.

"라오 다는 사나이였지."

"하늘에 한 방 먹였어."

"하지만 지금 더 좋은 패를 갖고 있는 건 누구지?"

"이제 라오 다에겐 그런 건 아무 의미가 없어. 그는 인생 최고의 시간을 누려봤어."

"하지만 우리에게는 중요해. 우리는 죽음의 누명을 쓴 사람들 때문에 벌을 받고 있으니까."

"누구?"

"그 열일곱 명."

"그 오쟁이진 남자 마누라는 뺐으면 좋겠는걸."

"물론 빼야지. 그년은 뺄 만하지."

"라오 다 마누라의 발톱만도 못한 년이야."

"라오 다 마누라의 방귀만도 못한 년이지."

"맞아."

"라오 다는 좋은 여자를 마누라로 뒀어."

"아주 제격이었지."

우리는 고개를 끄덕이고 라오 다의 마누라를 생각하며 남몰래 우리네 마누라와 그녀를 비교한다. 라오 다의 아내는 들에서는 남자처럼 일하고 집에서는 여자답게 행동했다. 통통하고 건강했으며 라오 다가 이런저런 이유로, 혹은 아무 이유 없이 팰 때도 신음 소리조차 내지 않았다. 우리 마누라들은 그렇게 완벽하지 못했다. 너무 말랐거나 너무 뚱뚱하다. 만약 부지런하면, 우리를 가만두지 않고 게으르다고 바가지를 긁는다. 맞을 때는 소리를 지른다. 더 나쁜 경우에는 맞서 싸우려 들기도 한다.

"그렇게 좋은 여자는 운수가 더 좋을 만한데."

"다른 아들을 둘 만한데."

"하지만 난관이 묶였잖아."

"그 불쌍한 여자는 산아제한관리국만 없었어도 살아 있을 거야."

"염병할 놈들이야, 안 그래?"

산아제한관리국 공무원들은 라오 다와 그의 마누라가 첫 아이를 낳고 사무소에 신고하지 않은 후부터 그들의 뒤를 쫓았다. 그들은 라오 다의 집에 붉은 글자로 커다랗게 '한 가족당 한 아이'라고 적어놓았다. 그들은 '돼지와 개들만 새끼를 둘 이상 낳는다'라고 써놓았다. 하지만 라오 다와 그의 마누라는 결코 포기하지 않았다.

여자의 배가 부풀어 오를 때면 다른 친척들 집에 숨어가며 공무원들과 술래잡기를 했다. 딸 셋을 낳고 벌금 때문에 큰 빚을 진 다음에 그들은 마침내 아들이 생겼다. 그 아이가 백일이 되던 날 라오 다는 염소 한 마리와 새끼 돼지 두 마리를 잔치에 쓰려고 잡았다. 그다음에 마누라는 병원에 가서 의기양양하게 난관을 묶는 수술을 했다.

"만약 라오 다의 아들을 낳아줄 수 없다면 그 여자에게 인생이 무슨 의미가 있나? 알을 낳을 수 없으면 암탉이 무슨 소용이 있느냐고?"

"그렇지."

"하지만 그 여자는 정말 대단했어."

"그랬지?"

우리는 마누라들이 라오 다의 마누라만 한 용기가 절대 없다는 것을 잘 알기에 경외의 시선을 교환한다. 우리 마누라들은 그 배로 아이를 낳을 수 없어 이혼하는 수밖에 없다면 비명을 지르고 우리에게 빌었을 것이다. 그러나 라오 다의 아내는 결코 보통 여자처럼 행동하지 않았다. 우리가 라오 다와 함께 그의 아들 시체를 찾으러 저수지에 뛰어들었을 때, 그녀는 손에 넣을 수 있는 농약 여섯 병을 한 번에 들이켜고 침대에 누웠다. 그토록 독한 농약 여섯 병은 라오 다의 마누라를 갈기갈기 찢어놓을 수도 있었지만 그녀는 아무 소리 없이 입을 꾹 다문 채 죽음을 기다렸다.

"보통 여자가 아니었어."

"하늘이 그 여자 때문에 화가 난 게 분명해."

"그 여자는 누구 때문에 누명을 쓰진 않았잖아."

"하지만 그 여자의 혼백은 낙심했어."

"누구 때문에?"

"라오 다 때문에."

"라오 다는 그 여자와 자기 아들의 복수를 했잖아."

"그게 그 여자가 원한 일이야?"

"그 여자가 뭘 원했는데?"

"들어봐, 그 여자는 라오 다가 아들을 또 가질 수 있도록 새 아내가 들어올 자리를 내주려 했던 거야. 라오 다가 제정신이 나가서 열일곱 명을 쏴 죽인다는 멍청한 계획을 실행하라고 독약을 먹은 게 아니라고. 그 생각을 해봐. 라오 다가 모든 걸 망쳐버렸어."

"그 여자가 죽어서 더 많은 열매를 맺을 수 있었는데."

"그 말이 맞아. 그 여자는 개죽음을 한 거야."

"라오 다도 그렇지."

"그 열일곱 명도 그렇고."

"아무 의미도 없이 고아가 된 라오 다의 세 딸도."

우리는 그 계집아이들을 생각하며 고개를 절레절레 흔들었다. 공무원들이 그들의 팔을 붙들어 지프차에 밀어 넣었을 때 그들이 내지른 비명은 우리의 고막을 찔렀다. 살인마의 사악한 씨앗이라는 낙인이 찍혀 그들은 서로 다른 지방의 고아원에 보내졌다. 우리가 처음에 말해주었듯이 라오 다는 그들이 태어나자마자 익사시켜 삶의 고통을 덜어주었어야 했다.

"라오 다는 더 잘 살 수도 있었어."

"무모한 사람 같으니라고."

우리는 라오 다보다 더 현명한 선택을 할 수 있었을 것이다. 죽은 자를 묻어버리고 새 아들을 낳아줄 새 아내를 찾고, 등이 휘도록 일하고, 그렇게 아내와 아이들을 먹이며 계속 살아나갔을 것이다. 당연히 그런 삶은 고통스럽고, 무른 감이 된다는 굴욕감을 불러일으켰을 것이다. 그러나 굴욕감 때문에 죽는 사람은 없다. 이 삶을 고수하는 것보다 더 중요한 건 없다. 죽음은 우리를 아무 곳으로도 데려다주지 않는다.

"한 사람의 실수로 사람이 가득 찬 배 한 척이 뒤집혀버릴 수도 있어."

"맞아."

"아들 하나의 죽음이 인생 최대의 비극은 아니잖아."

"누가 죽은들 그게 정신이 나갈 이유일 순 없지."

"하지만 라오 다는 아들에게 정의를 찾아줄 권리가 있어."

"정의? 우리한테 무슨 정의가 있어?"

"사람이 누구를 죽이면 자기 목숨으로 빚을 갚아야지. 옛날 법은 틀림이 없어. 라오 다의 아들을 죽인 사람은 벌을 받았어야 했어."

"아주 제대로 벌을 받았지. 라오 다가 그날 밤 처음으로 본 사람이었잖아?"

"머리에 두 방. 가슴에 한 방."

"자기 마누라 앞에서 말이지."

"잘된 일이야."

"그보다 더 좋을 수 없지."

"그 소식을 들으니까 고량주 한 병을 다 비운 듯이 속이 시원하더라니까."

"제일 좋은 술보다 낫지."

"봐, 정의란 그런 거야."

"맞아. 아무도 정의의 손에서 벗어날 수 없지."

"그저 때만 기다리면 돼."

"하느님이 보고 계시니까. 안 그래?"

"하지만 하느님이 보고 계신다면, 우리는 왜 벌을 받지? 이건 무슨 정의래?"

"내가 말했잖아. 우리 감들에게는 정의가 없다고."

"한 사람을 죽이면 살인자가 되고, 여럿을 죽이면 영웅이 되는 거야."

"라오 다는 열일곱을 죽였잖아."

"그걸로는 안 돼."

"자기 논지를 세울 수 있으면 영웅이야. 논지를 세우지 못하면 아무것도 아니고."

"무슨 논지를 세워야 한다는 거야?"

"모든 사람이 따라야 할 질서가 있다는 거지."

"자네는 불가능한 것을 바라는 몽상가로구먼."

"우리는 모두 폭동을 벌이면서 그걸 바랐지만 아무것도 얻지 못했잖아."

"그건 우리가 포기했기 때문이지."

"헛소리. 죽은 애를 위해 싸우는 게 무슨 소용인가?"

"맞아."

"있지도 않은 질서 때문에 우리 삶을 위태롭게 하는 게 무슨 소용이야?"

"맞아."

다들 고집 센 파리처럼 우리 주변을 맴도는 의구심을 기꺼이 쫓아버리며 모두 고개를 끄덕인다. 물론 우리는 할 수 있는 일을 다했다. 어린 소년을 물속에서 발견한 후 죽은 몸뚱이를 들고 정의를 탄원하며 함께 군청으로 행진했다. 우리는 괭이와 삽과 도끼를 몽땅 동원하고 주먹을 쥐고 목청을 높였지만, 정부가 무장 경찰을 풀어놓자 집에 돌아가기로 했다. 폭력으로는 자네 문제를 풀 수 없어, 우리는 라오 다에게 말했다. 법정에 가서 그 사람을 고소하게. 법이 말하는 대로 해. 우리는 라오 다에게 말했다.

"우리가 라오 다의 마음에 그 사람을 고소하라는 씨앗을 뿌리지 말았어야 했는지 몰라."

"나라도 라오 다와 똑같이 했을 거야."

"똑같이 뭘 해? 도시를 돌아다니면서 아들의 죽음을 고발하고 정의를 탄원한다고? '그의 아들은 수영 중 사고로 익사했다.' 사망증명서의 흰 종이에 검은 글씨로 박혀 있었잖아."

"다른 애들은 딴소리를 하던걸."

"왜 법정은 그 이야기를 듣지 않으려 했을까?"

우리는 앉아서 담배를 피우며 누군가 그 질문에 대답하기를 기다린다. 한 무리의 사내아이들이 물을 뚝뚝 흘리며 젖은 몸으로 저수지에서 돌아오고 있다. 작년에 가뭄이 왔다면 라오 다의 아들은 결코 빠지지 않았을 것이다. 우리는 올해 아들들 걱정은 하지 않는다. 헤엄을 잘 치지 못하는 아주 어린 아이라도 그렇다. 그러나 작년엔 이야기가 달랐다. 작년 저수지는 라오 다의 아들이 빠져 죽을 정도로 물이 깊었다.

"하지만 공무원들도 실수를 했다고 생각하지 않아? 라오 다의 입을 막으려고 돈이라도 좀 주었다면 어떻게 되었을까?"

"한두 달이라도 범인을 감옥에 넣었더라면?"

"그게 영리한 생각 아닌가? 아니면 그 사람을 감옥에 집어넣는 척이라도 하든가?"

"그래, 라오 다에게 그 사람이 벌을 받았다고만 말해주는 거지."

"최소한 라오 다를 좀더 사람답게 대접하는 거지."

"그들 자신도 살아남았을 테고."

"하지만 그들이 어떻게 알았겠나? 그들은 라오 다가 무른 감이라고 생각했을 텐데."

"재미로 그를 너무 쥐어짰지."

"쥐어짜다 보니 살인자가 튀어나왔지."

"라오 다는 절대 그렇게 툭 꺾일 사람이 아니었는데."

"사람이 얼마나 많은 것을 견디다가 갑자기 부서지는지 알면 놀랍잖나."

"맞아."

"하지만 요점으로 돌아와서, 죽은 아들과 죽은 마누라 때문에 정신이 나가는 게 무슨 소용이야?"

"말이야 쉽지."

"맞아. 우리가 그 일에 그만 매달리라고 얼마나 입이 닳도록 말했나?"

"때로 사람이 무언가에 집착하기 시작하면 한 가지만 보는 사냥개가 되어버려."

"그리고 우리는 그의 어리석음 때문에 벌을 받고 있고."

우리는 라오 다를 위해 유감을 표하고, 우리 자신을 위해서는 더욱 유감을 표하며 고개를 젓는다. 라오 다는 우리 말을 들었어야 했다. 대신 자기를 개처럼 다룬 공무원들의 이름과 주소를 쓰고 있었다. 그가 얼마나 오래 살인을 준비하고 있었는지 우리는 알지 못한다. 라오 다는 모든 사람이 연말 잔치를 위해 집에 머물러 있기 때문에 대량 살인을 실행할 최적기인 섣달그믐까지 반년을 기다릴 정도로 인내심이 있었다.

"최소한 우리는 라오 다가 자기 계획을 완전히 실행할 수 있었다는 걸 칭찬해줘야 해."

"복수에 관한 한 머리가 트였지."

"그리고 그 죽은 사람 열일곱 명. 그들이 그날 밤 라오 다를 보았을 때 얼마나 충격을 받았겠나."

"그들이 라오 다에게 한 짓을 후회할 시간이 있었으면 좋았을 텐데."

"라오 다가 자기 애 때문에 애걸한 것처럼 그놈들 가족들도 라오 다에게 애걸했으면 좋았을 텐데."

"무른 감에서 뭐가 나올 수 있는지 절대 몰랐을걸."

"교훈을 하나 배웠으면 좋았을 텐데."

"그 사람들은 죽었잖아."

"그럼 다른 사람이 교훈을 얻겠지."

"조용히 해! 관청에서 나온 사람이 들을라, 조심해."

"이렇게 더운데 여기까지 오겠어?"

"이제 그 사람들한테는 저수지가 충분히 깊지 않으니까."

"그 저수지가 이런 나쁜 일들을 모두 일으켰어. 우리가 그 저수지에 쏟아부은 노력을 생각해봐."

다들 고개를 끄덕이고 한숨을 쉰다. 몇 년 전, 우리는 더이상 하늘만 쳐다보고 살 수는 없는 노릇이라며 남는 시간을 저수지 짓는 데 깡그리 쏟아부었다. 저수지는 곧 군청 공무원들의 놀이터가 되었다. 여름날 오후면 그들은 지프를 타고 와 우리의 저수지에서 헤엄을 치고 우리의 물고기를 낚아갔다. 그 사람은 판사 중 한 명이었다. 그러나 우리는 군 재판소에서 일하는 모든 사람을 판사라고 불렀기 때문에 그의 정확한 직위를 알 수가 없었다.

그 판사와 동료들은 모두 물에 들어가기 전부터 취해 있었다. 아마 농담이나 그애가 붙인 별명을 들었을 텐데, 라오 다의 아들이 한 말 때문에 그 판사는 화가 났다. 그는 라오 다의 아들을 들어 올려 저수지 깊은 곳에 던져버렸다.

아이들은 첨벙하는 요란한 소리를 들었다. 그들은 울며불며 빌었지만, 판사들은 그래야 그 꼬마 호래자식이 교훈을 얻을 거라고 말했다. 소년들은 도움을 청하기 위해 가장 빠른 아이를 뛰어가라며 보냈다. 라오 다의 아들은 그날 밤에 발견되었는데, 잔치를 벌인 물고기들이 그의 눈꺼풀과 입술, 손가락,

발가락, 그리고 성기까지 먹어버린 뒤였다.

"기억해. 라오 다는 진짜로 그 저수지 공사를 밀어붙인 사람들 중 하나였어."

"그는 등골이 빠져라 일했지."

"그 가련한 남자는 자기가 무엇을 위해 땀을 흘리고 있는지 몰랐던 거야."

"우리 모두 몰랐지."

"최소한 우리는 올여름에 땀을 흘리지는 않아도 돼."

"물론, 죽음을 기다리느라 땀을 흘리지는 않지."

"죽음? 아냐, 그렇게 나쁜 건 아냐."

"그렇게 나쁜 건 아니라고? 내 한번 물어봄세. 올겨울에 뭘 가지고 마누라와 자식들을 먹여 살려야 하지?"

"뭐든 가을에 남은 걸로."

"아무것도 남지 않을 거야."

"그럼 소와 말을 잡아 먹지."

"그다음엔?"

"그다음엔 모두 군청 앞에 가서 거지가 되는 거야."

"구걸은 불법이야."

"상관 안 해."

"기왕 불법을 저지른다면 왜 거지가 되어 남들이 뱉는 침이나 맞고 있나? 나는 군청에 가서 먹여달라고 요구할 거야."

"어떻게?"

"주먹을 쥐고 도끼를 갖고 가서."

"큰소리치지 마, 그때도 주먹을 쥐고 도끼를 들었잖아."

"하지만 그건 죽은 애를 위해서였지. 이번엔 우리 자식들을 위해서야."

"그게 먹힐 것 같나?"

"아무튼 해봐야지."

"말도 안 돼. 그게 먹힌다면 지난번에도 먹혔겠지. 라오다가 사람을 죽일 필요도 없었을 것이고 우리가 벌을 받을 필요도 없겠지."

아무도 말하지 않는다. 해는 천천히 남서쪽 하늘로 넘어가고 있다. 매미들은 울음을 멈추었으나, 우리가 그 침묵을 맛보기도 전에 다시 오래된 곡조로 울어댄다. 우리 중 몇몇은 더이상 불이 붙어 있지 않은 장죽에서 상상의 연기를 빼끔거린다. 다른 사람들은 마른 나뭇가지를 주워 비를 가득 머금은 뚱뚱한 구름을 먼지 위에 그리고 있다.

천년의 기도

"로켓 공학자입니다."

사람들이 중국에 있을 때 무슨 일을 했느냐고 물으면 시 씨는 그렇게 말한다. 그다음에 사람들이 놀라면 겸손하게 "은퇴했어요" 하고 덧붙인다. 시 씨는 미국 디트로이트에 잠시 머물 때 어느 여자에게서 그 표현을 배웠다. 그는 자기 직업을 설명하려 했고, 영어가 달리자 그림을 그려 보였다.

"로켓 공학자네요!"

그 여자가 크게 웃으며 말했다.

미국에서 만나는 사람들은 다들 친절했지만, 직업을 알려 주면 더 친절해지는 것 같아 그는 시시때때로 그 말을 되풀이하고 싶다. 미국 중서부에 있는 딸의 집에 온 지 닷새 만에 시 씨는 사람을 꽤 많이 사귀었다. 아이를 유모차에 태운 어머니들이 그에게 손을 흔든다. 신사복을 입은 남편과 치마를 입은 아내, 이 노부부는 매일 아침 9시면 팔짱을 낀 채 공원에 나타난다. 그들은 멈춰 서서 그에게 인사한다. 언제나 말하는 쪽은 남편이고 아내는 미소 짓고 있다.

한 블록 떨어진 곳의 퇴직자 주택에 사는 한 여자는 그와 이야기를 하러 온다. 그녀는 일흔일곱으로 그보다 두 살 연상이고, 원래는 이란 사람이다. 둘 다 영어를 잘하지 못하지만, 서로를 이해하는 데 아무 문제가 없고 금세 친구가 된다.

"미국은 좋은 나라예요. 아들들이 돈 많이 벌어요."

그녀는 자주 말한다.

미국은 정말 좋은 나라다. 시 씨의 딸은 대학 도서관의 동아시아 부문에서 사서로 일하는데, 그가 이십 대 내내 번 것보다 더 많은 돈을 한 해에 번다.

"내 딸, 걔도 돈 많이 벌어요."

"난 미국 사랑해요. 모두에게 좋은 나라예요."

"맞아요, 맞아. 나는 중국에서 로켓 공학자였답니다. 하지만 아주 가난해요. 로켓 공학자, 아세요?"

시 씨는 말한다. 그는 손으로 봉우리 모양을 만든다.

"난 중국 사랑해요. 중국 좋은 나라, 아주 오래됐어요."

그 여자가 말한다.

"미국은 젊은 나라죠. 젊은 사람들처럼."

"미국, 행복한 나라예요."

"젊은이들은 노인보다 행복해요."

시 씨는 이렇게 말하다가 너무 성급한 결론임을 깨닫는다. 자신은 지금 이 순간 생애 어느 때보다 행복하다고 느낀다. 그럴 만한 이유가 있는지 모르겠으나 모든 것을 사랑하는 이 여자도 행복해 보인다.

때때로 그들은 영어가 달린다. 그녀는 영어 몇 마디가 섞인 페르시아어로 바꿔 말한다. 시 씨는 그녀에게 중국어로 이야기하기 힘들다는 것을 깨닫는다. 그러면 10분이고 20분이고 그녀 혼자 말한다. 그는 고개를 끄덕이고 속마음을 토로하듯 미소 짓는다. 그녀가 하는 말을 제대로 이해하지 못하지만 자신에게 이야기하는 상대의 기쁨을 느낄 수 있다. 자신도 그녀의 말을 들을 때 똑같은 기쁨을 느낀다.

시 씨는 공원에 앉아 그녀를 기다리는 아침을 고대하기 시작한다. 이름을 물어본 적이 없기 때문에 그녀를 그냥 '마담'이라고 부른다. 마담은 그 연령대 여자가, 게다가 이란 출신 여자가 입을 거라고는 상상해보지 못했던 색깔의 옷을 입는다. 빨간색과 오렌지색, 자줏빛과 노란색. 그녀는 금속 머리핀도 한 쌍 갖고 있다. 흰 코끼리 머리핀이랑 청록색 공작새 머리핀이다. 그 핀들은 가는 머리에 불안정하게 꽂혀 있는데, 그것을 보면 딸이 어렸을 때가 생각난다. 아이의 머리가 완전히 자라기 전 앞이마에 느슨하게 매달려 있던 플라스틱 나비.

시 씨는 딸이 어리던 시절, 삶이 희망에 차 있던 때를 자기가 얼마나 그리워하는지 마담에게 말하고 싶다. 그러나 시작도 하기 전에 자기 영어로는 안 된다는 것을 알아차린다. 게다가 그는 자꾸 옛날 일을 들먹이는 사람이 아니다.

딸의 퇴근 시간에 맞춰 시 씨는 저녁을 준비해놓는다. 그는 몇 년 전 아내가 죽은 후 요리 학원에 다녔고, 그때부터 대학 시절 수학과 물리학을 공부하던 열정으로 조리법을 익혔다.

"사람은 누구나 자기가 사용할 줄 아는 것보다 더 많은 재능을 갖고 태어나는 법이야. 나는 요리를 하게 될 거라고는 상상도 못 했지만, 지금 날 보렴. 내가 생각했던 것보다 훨씬 잘하고 있잖니."

그가 저녁 시간에 말한다.

"예, 대단하네요."

그의 딸이 말한다.

시 씨는 딸을 흘끗 바라본다.

"인생은 우리가 아는 것보다 더 큰 행복을 준단다. 우리는 그걸 찾는 훈련을 해야 해."

딸은 대답하지 않는다. 그는 자기 요리에 자부심을 느끼고 딸도 요리를 칭찬하지만, 딸아이는 의무감에서 조금만 먹는다. 그는 딸이 삶에 마땅히 쏟아야 할 충분한 열정을 보이지 않고 있어 걱정이다.

물론 딸에게는 그럴 만한 이유가 있다. 7년간 결혼생활을 한 끝에 최근 이혼한 것이다. 사위는 딸과 이혼한 후 아예 베이징으로 돌아갔다. 시 씨는 그들의 결혼이라는 배가 무엇 때문에 암초에 부딪쳤는지 모르지만, 이유가 무엇이든 간에 딸의 잘못은 아닐 거라 믿는다. 딸아이는 타고난 현모양처로 목소리 부드럽고 마음씨 곱고 정절 깊고 아름다운 제 어머니의 복사판인 것이다.

딸이 전화를 걸어 이혼을 알렸을 때 시 씨는 딸이 위로할 길 없는 고통에 잠겨 있다고 생각했고, 딸의 회복을 돕기 위해 미국에 오겠다고 했다. 딸아이는 거절했고, 그는 장거리 전화에 족히 한 달 치 연금을 써가며 매일 설득을 거듭했고 급기야 애원하기 시작했다.

그가 일흔다섯 번째 생일 소원은 미국에 가보는 거라고 말하자 딸은 마침내 동의했다. 물론 거짓말이었지만 지금 생각해보니 훌륭한 이유였다. 미국은 와볼 만한 가치가 있었다. 그 이상이었다. 미국은 그를 새로운 사람, 로켓 공학자, 훌륭한 대화 상대, 딸을 사랑하는 아버지, 행복한 남자로 만들어주었다.

저녁을 먹은 후 시 씨의 딸은 책을 읽으러 침실로 물러가거나 차를 타고 나가 늦은 시간에 돌아온다. 시 씨는 함께 가자고, 아마도 딸이 혼자 보게 될 영화를 같이 보자고 하지만 딸은 단호히 거절한다. 너무 많은 시간을 혼자 보내는 것은 여자에게, 특히 그의 딸처럼 생각 많은 여자에게 건전하지 못한 일임에 분명하다. 그는 딸의 고독을 방해하기 위해 더 많이 이야기하고, 그가 보지 못하는 딸의 생활에 대해 질문을 한다.

오늘 일은 어땠니? 그가 묻는다. 좋아요, 딸은 지친 듯이 말한다. 기가 꺾이지 않은 채 그는 동료들에 대해 묻는다. 남자보다 여자가 많은지, 나이들은 얼마나 되는지, 그리고 결혼했다면 아이들은 있는지. 그는 딸이 점심으로 무엇을 먹는지,

혼자 먹는지, 어떤 종류의 컴퓨터를 쓰는지, 무슨 책을 읽는지 묻는다. 그는 딸의 옛 학교 친구들에 대해, 딸이 이혼 때문에 부끄러워 연락을 끊어내겠을 거라고 생각되는 사람들에 대해 묻는다. 그는 딸의 미래 계획을 묻고, 딸이 자기가 처한 위급한 상황을 알아차리기를 바란다. 결혼 적령기인 이십 대와 삼십 대 초반 여자들은 나무에서 따낸 리치와 같다. 날이 갈수록 신선도가 떨어져 사고 싶지 않을뿐더러, 곧 값어치가 없어져 할인가에 팔아치워야 한다.

시 씨는 할인가 이야기는 하지 않을 정도의 분별은 있다. 그래도 인생의 결실에 대한 설교를 하지 않을 수 없다. 말하면 말할수록 자기의 끈기에 자부심을 느낀다. 그러나 딸은 조금도 나아지지 않는다. 매일 더 적게 먹고 조용해진다. 마침내 그가 딸에게 인생을 충분히 즐기고 있지 않다고 지적하자 딸이 말한다.

"왜 그런 결론을 내리셨어요? 난 아무런 문제 없이 내 생활을 즐기고 있어요."

"하지만 그건 거짓말이야. 행복한 사람은 그렇게 조용하지 않은 법이다!"

그녀는 밥그릇에서 고개를 들고 쳐다보았다.

"아빠, 아빠도 옛날엔 아주 조용하셨어요. 기억하세요? 그때 아빠는 불행했던가요?"

딸이 단도직입적으로 자신의 약점을 공격할 거라는 생각을 못 한 시 씨는 말문이 막힌다. 예의 바른 사람들이 자신의 질문 때문에 상대가 당황한다는 것을 깨달았을 때 그러듯이, 딸이 사과하고 화제를 바꾸기를 기다린다. 하지만 딸은 그를 놓아주지 않는다. 가차 없이 마주보며 크게 치뜬 안경 너머의 눈은 딸이 어렸을 때를 상기시킨다. 네다섯 살 때 딸은 시간 날 때마다 그를 졸졸 쫓아다니며 질문을 하고 대답을 졸랐다. 그 눈은 딸의 어머니도 생각나게 한다. 한때 아내는 그가 할 수 없는 대답을 기다리며 그렇게 묻는 듯한 시선으로 바라보았다.

그는 한숨을 쉰다.

"물론 나는 언제나 행복했지."

"그것 보세요, 아빠. 조용히 지내면서도 행복할 수 있는 거예요. 안 그래요?"

"왜 네 행복을 나와 이야기하지 않니? 네 일에 대해 더 말해주렴."

"아빠도 아빠 일에 대해서 많이 말씀하지 않으셨어요. 기억하세요? 내가 물었을 때도 그랬어요."

"로켓 공학자라는 사람들을 너도 알지 않니. 내 일은 기밀이었어."

"뭐에 대해서든 별 말씀 안 하셨는걸요."

딸이 말한다.

시 씨는 입을 열지만 말 한마디 꺼낼 수 없다. 한참 후 그가 말한다.

"난 이제 더 많이 말하잖니. 난 점점 나아지고 있어, 안 그러니?"

"물론이죠."

그의 딸이 말한다.

"너한테 필요한 게 바로 그거야. 더 말하렴. 지금 당장 시작해봐."

그러나 딸은 별로 열성을 보이지 않는다. 그녀는 보통 때처럼 말없이 재빨리 식사를 끝내고 그가 다 먹기도 전에 외출을 서두른다.

다음 날 아침, 시 씨는 마담에게 털어놓는다.

"딸애, 그애가 행복하지 않아요."

"딸이 있으면 행복한 거죠."

마담이 말한다.

"그애는 이혼했어요."

마담은 고개를 끄덕이고 페르시아어로 말하기 시작한다. 시 씨는 마담이 이혼이 무슨 뜻인지 아는지 마는지도 가늠할 수 없다. 그토록 대담하게 세상을 사랑하는 여자의 남편이나 아들은 삶의 불쾌함에 장막을 치고 그녀를 보호해주었으리라. 시 씨는 마담 이야기를 듣고 웃음으로 밝아진 얼굴을 바라보며 그녀보다 마흔 살이나 젊은 딸에게 없는 에너지를 가진 그녀를 질투한다.

그날 마담은 재주를 넘으며 웃고 있는 자줏빛 원숭이들이 프린트된 밝은 오렌지색 블라우스를 입었다. 머리에는 같은 무늬의 스카프를 쓰고 있다. 그녀는 고향에서 뿌리 뽑힌 여자지만, 분명 행복하게 뿌리 뽑혔을 것이다. 시 씨는 이란과 그 나라의 최근 역사에 대해 생각해내려 한다. 그의 제한된 지식으로는 마담이 운 좋은 여자였다는 결론을 내릴 수밖에 없다. 크고 작은 단점들이 있지만 그도 운 좋은 남자다. 서로 다른 세계 출신이고 서로 다른 언어를 사용하는 마담과 자신이 이 가을 햇빛 속에 앉아 이야기할 기회를 얻다니 얼마나 대단한 일인가, 하고 시 씨는 생각한다.

마담이 말을 멈추자 시 씨가 말한다.

“중국에는 수백세가동주修百世可同舟, 즉 누군가와 같은 배를 타고 강을 건너는 인연에는 3백 년의 기도가 필요하다는 말이 있습니다.”

그는 마담에게 영어로 설명할까 생각했지만 그깟 언어의 차이가 뭐란 말인가. 마담은 통역이 있건 없건 그의 말을 이해할 것이다.

“우리가 만나서 서로 이야기하는 것, 우리가 이럴 수 있기에는 오랜 시간의 기도가 필요했을 겁니다.”

그는 중국어로 마담에게 말한다. 마담은 동의하는 미소를 짓는다.

“그 속담의 뜻은 모든 관계에는 이유가 있다는 것이지요. 남편과 아내, 부모와 자식, 친구와 적, 거리에서 마주치는 낯선 사람들. 사랑하는 사람과 베개에 나란히 머리를 누이는 데는 3천 년의 기도가 필요합니다. 아버지와 딸? 아마 천년은 필요하겠지요. 아무렇게나 아버지와 딸이 되는 게 아니라는 건 확실합니다. 그러나 딸아이는, 그애는 이걸 이해하지 못해요. 이 애비가 귀찮은 사람이라고 생각하고 있는 게 틀림없어요.

그애는 내가 입을 다무는 쪽을 좋아하죠. 늘 나를 그런 식으로 알고 있었으니까요. 그때는 내가 로켓 공학자였기 때문에 자신은 물론이고 어머니와도 많이 이야기하지 못했다는 걸 이해하지 못해요. 모든 것이 기밀이었지요. 하루 종일 일하고 저녁이 오면 보안요원이 우리 공책과 메모 용지를 모두 거두러 왔어요. 우리는 공문서 파일에 이름을 서명했고, 그것이 하루의 일과였어요. 우리는 가족에게 뭘 하고 있는지 절대로 말할 수 없었습니다. 말하지 않도록 훈련받았어요."

마담은 양손을 가슴 위에 포개고 듣는다. 시 씨는 아내가 죽은 후로 자기 또래의 여자와 그렇게 가까이 앉아 있던 적이 없다. 살아생전의 아내에게도 이렇게 많이 말한 적이 없다. 눈시울이 뜨거워진다. 딸을 만나러 세계의 절반을 여행한 것을 생각해보라. 그애가 어렸을 때 딸과 이야기하지 않았던 업보를 보상하기 위해서였지만, 막상 여기 와서는 딸이 자기 말에 흥미가 없다는 것만을 알게 되었다. 말도 안 통하는 이방인인 마담이 그의 말을 더 잘 이해하며 듣고 있지 않은가. 시 씨는 양손 엄지손가락으로 눈을 문지른다. 그 연배의 사람은 해로운 감정에 빠져서는 안 된다. 그는 깊이 숨을 내쉬고, 가볍게 웃는다.

"물론, 관계가 나쁜 데에는 이유가 있지요. 나는 아마 딸애를 달라고 천년 동안 건성으로 빌었나봅니다."

마담은 진지하게 고개를 끄덕인다. 그녀는 그를 이해한다. 시 씨는 그것을 안다. 하지만 자기의 사소한 불행으로 그녀의 마음을 무섭게 하고 싶지는 않다. 그는 기억의 먼지를 떨어내려는 듯이 손을 비빈다. 할 수 있는 한 최선의 영어로 말한다.

"옛날이야기지요. 옛날이야기는 그리 신나지 않죠."

"난 이야기를 사랑해요."

마담은 말하고, 이야기하기 시작한다. 시 씨는 듣고 그녀는 내내 미소 짓는다. 그는 그녀의 머리 위에서 웃음 짓는 원숭이들을 바라본다. 원숭이들은 그녀가 웃음을 터뜨릴 때마다 위아래로 재빠르게 움직인다.

"우리는 운 좋은 사람들이에요. 미국에서는 무엇이든 이야기할 수 있어요."

그녀가 이야기를 끝내자 그가 말한다.

"미국, 좋은 나라지요. 나, 미국 사랑해요."

마담이 고개를 끄덕인다.

그날 저녁, 시 씨는 딸에게 말한다.

"공원에서 이란 부인을 만났단다. 그분 만난 적 있니?"

"아뇨."

"언젠가 그분을 만나봐야 해. 그 부인은 참 낙천적이란다. 그분이 네 상황을 밝게 비춰줄지도 몰라."

"내 상황이 뭔데요?"

딸이 음식에서 얼굴도 쳐들지 않고 묻는다.

"네가 말해보렴. 넌 지금 어두운 시기를 지나고 있잖니."

딸이 대화를 이어나가려는 기미를 전혀 보이지 않자 시 씨가 말한다.

"도대체 그 부인이 내 삶에 빛을 던져줄 거라는 걸 어떻게 알아요?"

시 씨는 입을 벌리지만 대답을 찾지 못한다. 자기와 마담이 서로 다른 언어로 이야기한다고 설명하면 딸이 자신을 미친 늙은이라고 생각할까봐 두렵다. 한때 이치에 닿는다고 생각했던 일들이 갑자기 우스꽝스럽게 보인다. 그는 딸에게 실망한다. 딸은 자기와 언어를 공유하지만 소중한 순간은 나누지 못하는 사람이다. 긴 침묵 후에 그가 말한다.

"너도 알다시피 여자는 그렇게 단도직입적으로 질문해서는 안 돼. 착한 여자라면 공손해야 하고 사람들이 말하게 하는 법을 알아야지."

"난 이혼했으니까 아빠 기준에 따르면 분명히 착한 여자가 아닐 텐데요."

딸이 부당하게 냉소적이라고 생각한 시 씨는 그 말을 무시한다.

"네 어머니는 착한 여자의 표본이었지."

"엄마는 아빠가 말하도록 하는 데 성공했나요?"

딸이 묻는다. 똑바로 그의 눈을 들여다보는 딸의 눈은 여느 때보다 더 격렬하다.

"네 어머니 같으면 그렇게 대들지 않았을 거다."

"아빠, 처음에는 내가 너무 조용하다고 뭐라 그러셨죠. 내가 이야기를 시작하니까, 잘못된 식으로 이야기하고 있다고 말씀하시네요."

"질문을 하는 것만이 이야기의 전부가 아냐. 네가 사람들을 어떻게 느끼는지 말하고, 그들은 너를 어떻게 느끼는지 말하도록 하는 거지."

"아빠, 언제부터 정신과 의사가 되셨어요?"

"난 너를 도우려고 여기 있고, 최선을 다하고 있단다. 왜 네가 이혼했는지 알 필요가 있어. 난 무엇이 잘못되었는지 알아내 다음에는 제대로 된 사람을 찾도록 널 도와야 해. 넌 내 딸이니까 네가 행복했으면 좋겠다. 네가 두 번 실패하지 않았으면 좋겠어."

"아빠, 전에는 묻지 않았지만요. 미국에 언제까지 계시려는데요?"

"네가 회복될 때까지."

딸이 일어난다. 의자 다리가 마루를 긁는다.

"우리는 이제 서로 유일한 가족이야."

시 씨는 간청하다시피 말하지만, 딸은 더 이야기할 틈도 주지 않고 침실 문을 닫는다. 시 씨는 딸이 손도 대지 않은 요리를 바라본다. 다진 버섯과 새우, 생강과 죽순, 고추, 깍지완두 따위를 넣고 튀긴 사각 두부를. 딸은 매일 저녁 그의 요리를 칭찬하지만, 그는 그녀의 칭찬이 건성이라고 느낀다. 딸은 요리가 아버지의 기도라는 것을 알지 못하고, 그 기도에 응답하지 않은 채 가버린다.

"아내였다면 더 능숙하게 딸아이의 기운을 북돋아주었을 겁니다."

시 씨는 다음 날 아침 마담에게 말한다. 이제 그녀에게 중국어로 말하는 쪽이 더 편하다.

"아내와 딸은 서로 더 친했어요. 내가 아내와 딸과 가깝지 않았던 것은 아닙니다. 나는 그들을 매우 사랑했어요. 로켓 공학자라면 겪게 되는 일입니다. 낮 동안 너무 열심히 일한 나머지 밤에도 계속 일 생각을 멈출 수가 없는 거죠. 모든 것이 기밀이어서 내가 무슨 생각을 하고 있는지 가족에게 말할 수가 없었어요. 하지만 아내는, 내 아내는 세상에서 가장 이해심 깊은 여자였어요. 내가 일에 너무 빠져 있다는 걸 알고는 날 간섭하지 않았고, 딸애도 그러지 못하게 했어요. 그것이 딸애에게는 좋지 못했다는 걸 이제 알겠어요. 일하는 자아는 사무실에 놓아두고 와야 하는 거였어요. 그걸 이해하기에는 너무 젊었죠. 이제 딸애는 내게 아무것도 말하지 않아요."

딸에게 말하는 습관을 만들어주지 못한 것, 그것은 실로 큰 실수였다. 그러나 그때는(그는 자기 자신을 위해 변명했다), 그 시대에는 대의에 복무하도록 선택된 소수의 사람은 자기 가족보다 일을 더 중히 여겨야 했다. 명예롭고 서글펐지만, 서글프기보다는 명예로운 감정이 더 컸다.

그날 저녁 식탁에서 시 씨의 딸은 중국어를 하는, 동부와 서부 해안에서 여행 프로그램을 운영하는 여행사를 발견했다고 알린다.

"아빠는 미국을 보러 오셨잖아요. 겨울이 오기 전에 여행을 두어 번 해보시는 게 좋을 거예요."

"그거 비싸니?"

"내가 돈을 낼 거예요, 아빠. 아빠가 생일 선물로 원한 거였잖아요, 안 그래요?"

그녀는 결국 그의 딸이다. 아버지의 소원을 기억하고 들어준다. 하지만 그녀가 이해하지 못하는 것이 있다. 아버지가 보고 싶은 미국은 딸이 행복하게 결혼생활을 하는 나라라는 것이다. 그는 딸의 그릇에 채소와 생선을 담아준다.

"넌 더 먹어야 해."

그는 부드러운 목소리로 말한다.

"그럼, 내일 그쪽에 전화하고 여행을 예약할게요."

딸이 말한다.

"너도 알겠지만, 나한텐 여기 있는 게 더 좋을 것 같다. 난 이제 노인이라 여행이 썩 내키지 않구나."

"하지만 여기는 볼 게 없어요."

"왜 없니? 이게 내가 보고 싶었던 미국인데. 걱정 마라. 난 여기 친구들이 있어. 널 너무 방해하지는 않을 거란다."

딸이 대답하기 전에 전화벨이 울린다. 딸은 전화를 집어 들고 자동적으로 침실로 들어간다. 그는 문이 쾅 닫히기를 기다린다. 그녀는 결코 아버지 앞에서 전화를 받지 않는다. 낯선 사람이 전화로 무엇인가를 팔려고 할 때조차 그렇다. 그녀가 더 길게 속삭이는 목소리로 얘기하는 저녁에는 문에 귀를 대고 듣고 싶은 충동을 억누르려고 애쓴다. 그러나 그날 저녁 딸은 생각을 고쳐먹었는지 침실 문을 열어둔다.

그는 딸이 영어로 하는 말을 듣는다. 딸의 목소리는 평소보다 날카롭다. 딸은 빠르게 말하고 자주 웃는다. 그는 딸의 말을 알아들을 수 없지만 그보다 더 이해할 수 없는 것은 딸의 태도다. 너무 날카롭고 너무 크고 너무 버릇없는 딸의 목소리가 너무 불쾌하게 느껴진 나머지 어쩌다가 그녀의 벌거벗은 몸을 훔쳐본 기분이다. 자신의 딸이 아닌 아주 낯선 사람을 보는 듯하다.

딸이 방에서 나오자 시 씨는 그녀를 뚫어지게 바라본다. 딸은 수화기를 제자리에 놓고 말없이 자리에 앉는다. 그는 잠시 딸의 얼굴을 보다가 묻는다.

"누구 전화였니?"

"친구요."

"남자친구, 아니면 여자친구?"

"남자친구요."

그는 딸이 더 설명하기를 기다리지만, 딸은 그럴 생각이 없는 것 같다. 조금 있다가 그가 말한다.

"그 남자…… 그 사람은 특별한 친구냐?"

"특별하냐고요? 물론이죠."

"어떻게 특별한데?"

"아빠, 이걸 아시면 내 걱정을 덜 하실지도 모르겠네요. 그래요, 그는 아주 특별한 사람이에요. 친구 이상이죠. 연인이에요. 이제 내 생활이 아빠 생각처럼 불행하지 않다는 걸 아셔서 마음이 좀 놓이세요?"

"미국 사람이냐?"

"네, 지금은 미국인이죠. 하지만 루마니아 출신이에요."

최소한 그 남자는 공산주의 국가에서 자라났구나. 시 씨는 긍정적으로 보려고 애쓰며 생각한다.

"그 사람을 잘 아니? 그는 너를 이해하니? 네가 어디 출신이고 어떤 문화를 가졌는지…… 응? 조심하렴. 같은 실수를 두 번 하면 안 되잖니. 정말 주의 깊게 선택해야 해."

"우리는 오랫동안 서로 알고 있었어요."

"오랫동안? 한 달은 긴 기간이 아냐!"

"그보다 길어요, 아빠."

"기껏해야 한 달 반이겠지, 그렇지? 네가 고통스럽다는 건 안다. 하지만 여자는 서둘러 달려들어선 안 돼. 특히 너 같은 상황에서는. 버림받은 여자…… 그런 여자들은 외로워서 실수를 하게 마련이야!"

딸이 쳐다본다.

"아빠, 내 결혼생활은 아빠가 생각하는 것과는 달랐어요. 난 버림받지 않았어요."

시 씨는 딸을 쳐다본다. 딸의 눈은 아무 걱정 없이 편안하고 확신이 어려 있어 거리낌 없어 보인다. 그는 잠시 딸이 더이상 자세히 이야기하지 말았으면 했다. 하지만 다른 사람들과 마찬가지로 일단 딸이 이야기를 시작하자 말릴 수가 없다.

"아빠, 우리는 이 남자 때문에 이혼했어요. 굳이 그렇게 듣고 싶으시다면, 남편을 버린 쪽은 나예요."

"하지만 왜?"

"결혼에서는 일이 잘못되기 마련이죠, 아빠."

"하룻밤에 만리장성을 쌓는다는데, 넌 7년 동안 결혼생활을 했잖니! 어떻게 네 남편한테 그런 짓을 할 수 있니? 하여간, 네 사소한 불륜 사건 외에는 무엇이 문제였니?"

시 씨가 말한다. 그는 절대 자기 딸을 부정한 여자로 키우지 않았다.

"지금 그 이야기를 하는 건 무의미해요."

"난 네 아버지다. 알 권리가 있어."

시 씨가 손으로 탁자를 내리치며 말한다.

"우리 문제는 내가 남편한테 충분히 이야기한 적이 없다는 거예요. 내가 조용했기 때문에, 그는 언제나 내가 무엇인가를 숨기고 있다고 의심했죠."

"너는 그에게 애인을 숨기고 있었잖니."

시 씨의 딸은 그의 말을 무시한다.

"그가 내게 이야기하라고 윽박지를수록 나는 혼자 조용히 있고 싶었어요. 아빠가 지적한 것처럼 나는 이야기를 잘하지 못해요."

"하지만 그건 거짓말이야. 넌 방금 전화에 대고는 아주 버릇없이 이야기하지 않았니! 이야기하고, 웃고, 꼭 무슨 창녀처럼!"

그의 격렬한 말에 어리둥절해진 딸은 오랫동안 아버지를 바라보다가 부드러운 목소리로 대답한다.

"그건 달라요, 아빠. 우리는 영어로 이야기하고, 그러면 더 쉬워요. 난 중국어로는 잘 말하지 못해요."

"그건 말도 안 되는 구실이야!"

"아빠, 만약 자기 감정을 제대로 표현해본 적이 없는 언어를 쓰며 자란 사람은 새 언어로 말하기가 더 쉬워져요. 그건 사람을 다시 태어나게 만들어요."

"넌 네 어머니와 나 때문에 간통을 했다고 우리를 비난하는 거냐?"

"내 말은 그런 뜻이 아니에요, 아빠!"

"하지만 결국 그거 아니냐? 우리가 너를 중국어로 잘 키우질 못해서 네가 결혼생활을 하면서 남편에게 정직하게 말하지 못했고, 그래서 새 언어와 새 애인을 찾기로 했다는 거?"

"두 분 다 결혼생활에 문제가 있다는 것을 알았으면서도 아빠도 엄마도 절대 그렇다고 말하지 않았어요! 나는 말하지 않는 법을 배웠어요."

"네 어머니와 나는 문제가 생긴 적이 없다. 우리는 그저 조용한 사람들이었을 뿐이야."

"그건 거짓말이에요!"

"아니, 거짓말이 아니다. 내가 일을 너무 앞세웠다는 실수를 했다는 건 안다. 하지만 내가 직업 때문에 입을 다물었다는 걸 이해해줘야 해."

시 씨의 딸이 눈에 동정심을 담고 말한다.

“아빠, 아빠도 그게 거짓말이라는 거 아시잖아요. 아빠는 로켓 공학자가 아니었어요. 엄마도 알았어요. 나도 알았어요. 모두 알고 있었죠.”

시 씨는 오랫동안 딸을 노려본다.

“난 네가 무슨 말을 하는지 모르겠다.”

“아니, 알고 계세요, 아빠. 맞아요, 아빠는 절대 일터에서 무슨 일을 하는지 말하지 않았죠. 하지만 다른 사람들은…… 그 사람들은 아빠에 대해 말했어요.”

시 씨는 자기를 방어할 말을 찾으려 하지만, 그의 입은 한 마디 말도 못하고 그저 떨릴 뿐이다.

“미안해요. 아빠 마음을 상하게 하려는 건 아니었어요.”

딸이 말한다. 시 씨는 길게 숨을 들이쉬고 품위를 유지하려 한다. 그건 그렇게 어렵지 않다. 그는 평생 재난을 맞이할 때마다 침착하게 평정을 유지했으니까.

“난 마음 상하지 않았다. 네 말마따나 넌 진실만 말하고 있었으니까.”

시 씨는 그렇게 말하고 일어선다. 그가 손님용 침실로 물러가기 전, 딸은 뒤에서 조용히 말한다.

"아빠, 내일 여행사에 전화해서 예약해놓을게요."

시 씨는 공원에 앉아 마담에게 작별 인사를 하려고 기다린다. 그는 딸에게 미국 여행 뒤 샌프란시스코를 떠나도록 준비해달라고 부탁했다. 떠나려면 아직 한 일주일 정도 있어야 하지만, 그는 마담에게 단 한 번, 마지막으로 자신의 모든 거짓말을 밝힐 용기밖에 없다. 그는 로켓 공학자가 아니었다. 그는 훈련을 받았지만, 38년 중 3년 동안만 시설에서 일한 로켓 공학자였다.

"젊은 남자가 자기 일에 침묵을 지키기란 어렵지요. 젊은 로켓 공학자, 그런 자부심과 긍지. 그 흥분을 누군가와 나누고 싶었을 뿐입니다."

시 씨는 마음속에서 되뇌어본다.

42년 전 시 씨를 위해 펀치카드 기계에서 일하던 스물다섯 살 여자애가 있었다. 그때는 그들을 펀처라고 불렀는데, 펀처는 컴퓨터가 발전하면서 오래전에 없어진 직업이다. 하지만 그의 삶에서 사라진 것들 중에서 가장 그리워하는 것은 카드 펀처이다. 그의 카드 펀처.

"이름은 일란입니다."

시 씨는 공중에 대고 크게 말한다. 그러자 누군가 행복이 묻어나는 목소리로 '헬로'라고 화답한다. 마담이 가을 낙엽이 담긴 양동이를 들고 걸어온다. 그녀는 하나를 집어 시 씨에게 건넨다.

"아름다워요."

그녀가 말한다.

시 씨는 그 잎을 열심히 들여다본다. 잎맥의 아주 미세한 가지들이며 노란색과 오렌지색 음영들을 바라본다. 지금까지 세계를 그렇게 자세히 들여다본 적이 없었다. 그는 더 익숙하게 느껴지는 연해진 언저리와 부연 색깔들을 기억해보려 하지만, 백내장이 제거된 환자처럼 모든 것이 날카롭고 분명하다는 것을 발견한다. 그것은 무시무시하지만 매혹적이다.

"당신에게 이야기하고 싶은 게 있어요."

시 씨는 말하고, 마담은 화사한 미소로 반응한다. 시 씨는 벤치 위에서 옮겨 앉으며 영어로 말한다.

"난 로켓 공학자가 아닙니다."

마담은 열심히 고개를 끄덕인다. 시 씨는 그녀를 바라보다가 먼 곳으로 시선을 돌린다.

"나는 한 여자 때문에 더는 로켓 공학자일 수 없게 되었습니다. 우리는 이야기만 나누었을 뿐입니다. 그건 잘못이 아니라고 생각하시겠지만, 아닙니다. 유부남과 결혼하지 않은 처녀가 이야기하다니, 안 될 말이었이요. 그때 우리 시대는 그렇게 슬펐답니다."

그래, 슬프다는 것이 답이다. 젊은이들이 그 시대를 낙인찍는 것처럼 '미친' 것이 아니라.

"사람은 언제나 이야기하고 싶어 하지요. 이야기하지 않는 것이 훈련의 일부일 때조차도 그랬어요."

이야기란 그렇게 흔한 일이지만, 사람들은 얼마나 거기에 중독되어 있는가! 그들은 5분간 휴식 시간에 이야기를 시작했고, 점심시간 내내 카페테리아에 앉아 이야기했다. 당시 거대한 역사에 참여한 그들은 젊은 공산주의 모국을 위해 최초의 로켓을 만드는 희망과 흥분에 대해 이야기했다.

"일단 이야기를 시작하자 나는 더 이야기하고 싶었고 계속 이야기하게 되었죠. 집에 가서 아내에게 이야기하는 것과는 달랐습니다. 아무것도 숨기지 않아도 되었기 때문이죠. 물론 우리의 생활에 대해서도 이야기했습니다. 이야기하는 것은 고삐 풀린 말을 타는 것과 같아서, 어디서 끝나게 될지 모르고 끝에 대해서 생각하지 않아도 되지요. 우리 이야기는 그와 같았지만 사람들 말처럼 연애를 한 건 아니었습니다. 우리는 전혀 사랑하지 않았어요."

시 씨는 말하다가 잠시 당황한다. 그가 말하는 것은 사랑인가? 사람들이 의심한 바와는 다른 사랑이지만 분명 그들은 사랑에 빠져 있었다. 그는 언제나 존중하는 마음으로 거리를 유지했고, 그들은 손 한 번 잡은 적이 없었다. 그러나 그들이 자유롭게 이야기하며 느낀 사랑, 그들의 마음이 서로 닿으며 느낀 사랑…… 그것도 사랑이 아니겠는가? 다른 남자와 내내 이야기한 것, 딸은 그런 식으로 결혼을 끝내지 않았나?

시 씨는 벤치에서 옮겨 앉고, 10월의 서늘한 바람에도 불구하고 땀을 흘리기 시작한다. 사람들이 연애를 한다고 비난했을 때 그는 결백을 주장했다. 일란이 지방 도시로 쫓겨가자 그녀를 위해 탄원했다. 그녀는 좋은 편처였지만, 편처는 훈련시키기 쉬웠다. 그는 공개적으로 연애를 인정하고 자아비판을 한다는 조건으로 그 자리에 머물러 있어도 된다는 언질을 받았다. 그는 자신이 누명을 썼다고 생각했기 때문에 거부했다.

"나는 서른둘에 로켓 공학자 일을 그만두었습니다. 그 뒤 어떤 연구에도 참가한 적이 없지만 직업상 모든 일은 기밀이었기 때문에 아내는 알지 못했지요."

적어도 전날 밤까지는 그렇게 생각하고 있었다. 시 씨는 그런 훈련을 받은 사람 입장에서는 상상할 수도 없었던 단순 업무를 배정받았다. 마오 주석의 생일과 당 창건일을 위해 사무실을 장식했다. 한 연구실에서 다른 연구실로 업무 노트와 문서를 수발했다. 저녁에는 동료들의 업무 노트와 문서를 수거하고, 그것들을 기록한 다음, 보안요원 두 명이 지켜보는 가운데 캐비닛에 넣고 잠갔다.

그는 일터에서 품위를 유지했고, 일에 몰두했으며, 조용한 로켓 공학자로서 아내가 있는 집으로 돌아갔다. 그는 아내의 눈에 나타난 질문을 회피하고 보려 하지 않았다. 어느 날 그 질문들이 사라질 때까지. 그는 딸이 아내처럼 조용하고 이해심 깊은 착한 소녀로, 착한 여자로 자라는 것을 보았다. 그는 직장에 다니는 동안 도합 서른두 명의 경비병과 함께 일했다. 제복을 입고 벨트에는 빈 권총집을 차고 다니는 젊은이들. 하지만 착검한 그들의 라이플 총은 진짜였다.

당시 그에게는 달리 선택의 여지가 없었다. 그가 내린 결정, 그것은 아내와 다른 여자에 대한 충실함에서 나온 것이 아니었던가? 어떻게 로켓 공학자로 남겠다는 욕심으로 착한 아내에게 상처를 입히고 불륜을 인정할 수 있었겠는가? 혹은 더 있을 법한 일이지만, 일생을 다른 여자와 보내겠다는 그리 자랑스럽지 못한 욕망 때문에 직업과 아내와 두 살 난 딸을 포기할 수 있었겠는가?

"희생이 인생을 의미 있게 만듭니다."

시 씨는 훈련 때 종종 반복하던 대사를 말한다. 그는 힘껏 고개를 젓는다. 외국에 오면 외국인처럼 생각하게 된다고 그는 생각한다. 그와 같은 노인에게는 지난 기억을 너무 많이 떠올리는 건 해롭다. 훌륭한 사람이라면 지금 옆에 앉아 있는 소중한 친구, 그에게 보라며 완벽한 금빛 은행잎을 햇빛 속으로 들어 올리고 있는 마담과 함께 오늘을 살아야 한다.

작가의 말

최근 어느 낭독회에서 누군가 내 책을 중국어로 번역하도록 허락할 생각이 있느냐고 물었고, 내 대답은 '노'였다. 사람들은 걸핏하면 이런 질문을 했다. 사실 한 중국 출판사가 판권을 사고 싶어 했지만 나는 거절했다. 왜냐하면 제2의 언어인 영어로 쓴 내 책을 나 자신이 번역하건 다른 사람이 번역하건 모국어인 중국어로 번역하기를 바란 적이 없기 때문이다. 그래서 아시아에서 처음 나오는 번역판인 한국어판 출간이 매우 신기하다. 그것은 귀향에 가깝지만, 그저 가깝다는 얘기일 뿐 진정한 의미의 귀향은 아니다.

일단 영어로 글을 쓰는 사람은 언제나 서양 독자들을 대상으로 글을 쓴다고 가정한다. 하지만 나는 자신이 특정한 독자를 위해 글을 쓴다고 생각하지 않는다. 집에 앉아 잠옷 바람으로 글을 쓰는 모습이야말로 가장 자연스러운 내 모습이다. 내 눈에 보이는 것은 모니터와 단어들뿐이다. 중국어로는 무언가를 써본 적이 없기에, 영어는 내가 글을 쓰기 시작한 최초의 언어다.

내가 영국 문예지에 기고한 에세이 한 문단을 인용하겠다. 그 글은 톈안먼 학살 이후 세뇌 교육을 받기 위해 1년 동안 중국군에서 복무하던 내가 돈 맥클린의 「아메리칸 파이」를 발견한 이야기다.

> 소등 후 창고의 단골은 나뿐만이 아니었다. 내 소대의 여자 동료 셋이 돈을 갹출해 더 밝은 빛을 내는 전구를 구입했다. 내가 창고로 슬금슬금 들어가 보면 그들은 이미 자리를 잡고 있었다. 둘은 영어 단어를 외고 나머지 한 사람은 『바람과 함께 사라지다』의 두꺼운 복사본을 읽고 있었다. 때때로 다른 여자들이 창고에 슬쩍 들어오려 했으나, 우리 넷이 삽과 빗자루와 쓰레받기들 사이의 공간을 차지하고 있어서 빈자리가 없었다. 사람들은 다른 방안을 강구했다. 뻔질나게 들락거리는 몇 사람이 빨래를 너는 작고 축축한 방을 차지했는데, 다들 화장실 두 칸을

가장 탐냈다. 둘 다 안에서 잠글 수는 없지만 문이 있었기 때문이다. 늦은 밤 오는 이들은 대개 자기들의 미래는 오로지 미국행에 달렸다고 믿는 축이었다. 그들은 밤에 영어 공부를 하고 지루하기 짝이 없는 하루 온종일 미국을 꿈꾸며 살았다.

셋 중 복사본을 읽는 사람은 1시에서 2시 사이 늦은 밤공부를 끝내면 전구를 원래의 기름기 묻은 10와트짜리로 갈아 끼웠다. 그녀가 문을 닫은 후 나는 군복 주머니에서 일기장을 꺼내 침침한 불빛 아래서 눈이 안 보일 때까지 글을 썼다. 나는 돈을 내지 않았으므로 그 전구의 혜택을 누리지 않으려 했다. 그보다 글을 쓰는 동안 내 옆에 앉아 있을 사람을 믿지 않았기에 차라리 침침한 쪽을 택했다. 창고에 혼자 있으면서도 나는 매우 은유적인 글을 썼다. 내 생활에 대한 게 아니라 풀숲에서 우는 가을 귀뚜라미, 연병장을 돌아다니는 돼지들, 자기보다 더 배고픈 파리들을 덫으로 잡는 배고픈 거미들에 대한 글을. 막사에는 자물쇠가 없었기 때문에 나는 훈련할 때면 얇은 짚 매트리스 아래 숨겨놓은 일기장을 누군가 찾아내지 않을까 노심초사했다. 내가 쓸 수 없었던 주제가 있다. '왜 나는

글을 쓰는가.'

어느 날 밤, 나는 라벨에 아무것도 적혀 있지 않은 테이프를 워크맨에 집어넣었나. 행복한 미국인 두 명이 대화하는 게 아니라, 어느 남자가 기타를 연주하며 내가 들어본 가장 슬픈 노래를 부르고 있었다.

나는 동료 여자애가 옆에 있는데도 마루에 엎드려 울었다. 그녀는 나를 흘낏 보더니 도로 복사본 소설을 보았다. 그녀는 여러 사람의 소설집을 무릎 위에 쌓아두고 읽었다. 나는 노래를 들으며 울었다. 내가 한 번도 본 적 없는 장소에 있는, 모르는 사람들에 대한 노래였다. 그 노래는 나에 대한 것, 내가 바라지 않았음에도 왔고 떠날 기회가 없을지도 모르는 장소에 있는 나의 꿈과 공포, 고독에 대한 것이었다.

내가 「아메리칸 파이」를 발견한 것처럼, 글쓰기와 읽기는 어떤 의미로는 비슷한 경험이라고 믿는다. 무엇인가에 당신은 감동하고, 당신은 결코 그 전과 같을 수가 없다. 당신은 거듭난 것이다.

한국어판의 출판사와 번역자에게 감사드린다. 다시 말하

지만 이 한국어판은 내게 너무나 소중하다. 이로써 나의 책이 고향에 가장 가까이 갔기 때문이다.

한국어판에 부쳐
이윤 리

천년의 기도

2011년 4월 25일 초판 1쇄 인쇄
2011년 4월 30일 초판 1쇄 발행

지은이 이윤 리
옮긴이 송경아
펴낸이 우찬규
펴낸곳 도서출판 학고재

주간 손철주
편집국장 김태수
편집 박정철, 강상훈, 조주영, 문여울, 유정민
디자인 정태은
관리/영업 김정곤, 박영민, 이영옥
인쇄 현문

주소 서울시 종로구 계동 101-12번지 신영빌딩 1층
전화 편집 (02)745-1722~3 영업 (02)745-1770, 1776
팩스 (02)764-8592
이메일 hakgojae@gmail.com
홈페이지 www.hakgojae.com
등록 1991년 3월 4일(제1-1179)